그리운 아버지께

※ 이 책 저자의 인세 수익은 사회 복지를 위해 전액 기부할 예정입니다.

나의 글로벌 직장 일기

최수향 글 | 그림

봄이게

| 프롤로그

"유네스코 사무국 과장 한국 여성 첫 진출"

"최수향 씨 한국 여성 첫 유네스코 본부 국장에"

"유네스코 본부 최수향 박사 아프리카 지역사무소장에"

나의 유네스코 경력에 대한 국내 신문 기사 제목들이다. 1998년에 우연하게 시작된 나의 국제기구 경력에 주목한 이들 기사를 보고 사람들이 나를 찾기 시작했다. 국제기구에 진출하고 싶은 사람, 지구촌 곳곳에서 봉사하고 싶은 중장년, 자녀에게 글로벌한 진로를 격려하는 부모, 취업을 준비하는 젊은이, 비혼주의 여성 등등, 내가 선택한 삶을 궁금해하는 이들은 실로 다양했다.

그들에게 들려주고 싶은 이야기가 많았다. 세계 시민으로 살아가는 데는 어떤 장단점이 있는지, 우연히 국제기구에 들어가게 된 사람이 글로벌 무대에서 어떻게 관리자로서 살아남았는지, 특권을 가진 사람들은 어떤 태도를 가져야 하는지, 국제적인 활동에 대해 사람들이 갖고 있는 로망과 실제 마주쳐야 하는 현실에는 어떤 온도 차가 있는지를 이야기해 주고 싶었다. 그러나 기회가 없었다.

2022년 1월 1일. 내가 23년간 근무한 유네스코에서 퇴직하고 맞이한 첫날이다. 은퇴 후의 자유로운 생활에 대한 흥분을 가라앉히기 위해 나는 그동안 걸어온 길을 되짚어 보기로 하고, 펜을 들어 가슴 한구석에 빚진 이야기를 풀어내기 시작했다.

프랑스의 베르사유 궁전에 가보면 겉으로 드러나는 화려한 건물뿐만 아니라 그 안에서 왕과 왕비들이 살던 모습을 볼 수 있다. 그들이 사용한 가구와 식기, 입던 옷, 그리고 각종 생활 가재가 전시되어 있어 그들의 일상을 눈에 보듯 상상해 볼 수 있다. 주로 건물이 위주인 우리나라의 고궁과는 차이가 있다.

이 책에서 나는 나의 삶을 베르사유 궁전처럼 보여주려고 노력했다. 내가 방문한 나라들, 그 속에서 만났던 사람들, 그 사람들이 전하는 형형색색의 교훈, 감동, 웃음, 나의 성찰을 솔직하게 기록했다. 그 기록 속에는 소위 말하는 성공담도 있고, 그에 못지않게 아픈 흑역사도 있다. 모두 내가 23년여에 걸쳐 국제기구에서 일하면서, 그리고 글로벌 시민으로 살면서 겪은 일상이다. 이제 독자들을 그 일상으로 초대하고자 한다.

아마도 독자들이 생각한 국제기구 직원의 일과 삶은 내가 전하는 그들의 세계와는 차이가 있을 것이라 생각된다. 그 신선한 발견은 내가 이 책에서 독자들에게 주고 싶은 선물 중의 하나다. 인생은 요란하게 준비할 것도 아니고, 치열하게 싸워야 할 것도 아니라는 메시지도 받아 갔으면 좋겠다. 거기에 묵묵히 노력하는 사람도 보상받을 수 있다는 희망을 누군가가 품게 된다면 더할 나위 없이 기쁠 것 같다. 그리고 미운 오리 새끼처럼 튀는 생각을 하거나 행동을 하는 사람들에게 그들의 삶은 별나서 더욱 값지다는 이야기를 해주고 싶다.

이 책에 나온 이야기들은 모두 나의 실제 경험에 근거하고 있다. 인물 가운데 일부는 실명을 사용했고, 개인 정보 보호 차원이나 외교 관례상 주의가 필요한 경우에는 가명을 사용하거나 익명으로 처리했다.

끝으로, 이 책의 출간과 관련해 감사의 말과 마음을 전할 이들이 많다. 홍기형 총장, 이근님 박사, 김재웅 교수, 한유경 교수, 서현숙 실장, 준 모로하시 과장, 임현묵 원장, 정우탁 원장, 김태리 교수, 최동주 교수, 장광철 과장, 그리고 캐롤린 샤우란트. 모두 내게 용기를 북돋아 주었고, 자료와 원고 준비에 아낌없는 도움을 주었다.

나의 국제기구 진출은 나의 단점에는 눈감아 주고, 장점은 나보다 더 자랑하고 칭찬해 준 두 직장 상사가 있어 가능했다. 나를 유네스코에 파견해 준 한국교육개발원의 성경희 박사, 유네스코에 정식 직원으로 처음 채용한 아이샤 바 디알로 국장. 평생 갚아도 다 못 갚을 그 두 분의 은혜에 부족한 인사 한마디를 남긴다. 감사합니다.

마지막으로 국제 관계에 대한 전문적 안목으로 원고의 방향을 잡아 준 도서출판 경계의 최재훈 대표에게 감사드린다. 출판 과정에서 해야 할 일이 많음에도 불구하고 은퇴 후 조용한 삶을 살기를 원하는 저자의 소원을 기꺼이 존중해서 최소한의 부산함으로 책을 묶어 준 최 대표의 사려 깊음이 기억에 남는다.

2024년 봄,

사직동에서

차례

1장

우연의 여신

백수 탈출

서울에서 전화가 왔다. 한국교육개발원에 근무하는 지인에게서 온 전화였다. 1년 계약의 임시직 자리가 있는데 오겠냐는 내용이었다.

그 당시 나는 캐나다 밴쿠버에 있는 브리티시컬럼비아 대학교에서 박사 후(postdoctoral) 과정을 밟고 있었다. 말이 박사 후 과정이지, 3년 전에 박사 학위를 받은 뒤로 변변한 일자리를 찾지 못해 백수 노릇을 하고 있던 시절이었다.

고민스러웠다. 캐나다에서 교육심리학으로 박사 학위를 받은 후 한국에 들어갔다가 다시 밖으로 나온 시점이었고, 무엇보다도 임시직이 끝난 후에 대한 보장이 없는 제안이었다.

하지만 내 처지가 그런 제안을 무시할 만큼 여유롭지는 못했다. 사실 그 전화가 있기 얼마 전에 교육개발원에 있는 다른 한 지인이 내가 밴쿠버에 가 있다는 이야기를 듣고는 "아니, 공부가 끝났으면 이력서라도 써서 여기저기 돌리지 않고, 거기서 혼자 뭐 하고 있냐"고 전화로 호통을 친 적이 있었다.

인터넷이 지금같이 보편화되어 있지도 않고, 온라인 소통이란 말은 들어 보지도 못한 그 당시에는 일자리를 찾으려면 여기저기 아는 사람들에게 이력서를 돌려야 했다. 그렇게 알음알음 직장을 찾던 시절이라, 외국에 가서 아무도 모르게 박혀 있는 내가 한심해 보였던 것 같다.

내가 보기에도 한심했다. 밴쿠버에는 겨울에 비가 자주 오는데, 비가 오면 빨간 단풍잎 끝에 빗방울이 예쁘게 맺혔다. 그걸 들여다보고 있노라면 처량한 내 신세를 대변하는 눈물 같아서 길을 가다 말고 단풍잎을 쳐다보며 눈시울을 적시곤 했다. 그러나 정작 일자리를 찾기 위한 노력은 아무것도 하지 않고 있었다.

난 학위가 끝나면 직장이 어디서 뚝 떨어지는 줄 알았다. 남에게 무엇을 부탁하면서 살 일도 없었고, 남에게 머리 숙이는 일은 체질에도 맞지 않았다. 이력서를 들고 다니면서 구직을 한다는 것은 상상을 할 수가 없었다. 더 한심한 것은, 그때까지 한글 타자를 칠 줄 몰라서 제대로 된 한글 이력서 한 장 갖고 있지 않았다는 사실이다.

그런 와중에 바다 건너 날아든 호통의 전화를 받고 보니 정신을 차려야 할 것 같았다. 그래서 먼저 이력서를 하나 만들었다. 그러고는 부끄러운 마음에, "보내라고 하시니, 그럼 보내봅니다"라고 쓸데없는 토를 달면서 이력서를 들이미는 용기를 냈다. 직장을 찾기 위한 첫 행동 개시였다.

그렇게 해서 보낸 이력서 덕분에 그날의 전화가 걸려 온 것이다. 그래서 망설여졌다. 내 재주로 어디서 또다시 구직과 관련된 제안을 받을 수 있을 것 같지 않았다. 박사 후 과정을 지도해주던 교수에게 물었다. "어떻게 하면 좋을까요?" 지도 교수는 "제대로 된 직장을 잡기 위해서는 첫발을 어디엔가 내디뎌야 하니 일단 가보는 것이 좋겠네"라고 하셨다.

듣고 보니 맞는 말 같았다. 1년 후의 일은 1년 후에 생각하면 되지 않겠는가. 단순한 생각이지만, 이런저런 고민과 갈등을 걷어내는 데 효과적이었다. 마음을 굳힌 뒤 바로 캐나다 생활을 정리하고 한국으로 들어갔다. 그렇게 해서 박사 학위 받은 지 약 3년 만에 임시직으로 첫 직장을 다니게 됐다.

1993년 3월 1일의 일이다.

'영어가 좀 되는'

그렇게 들어간 첫 직장에서는 임시 직원이 필요했던 유아교육과에 배정됐다. 아동교육 자료를 만드는 것이 첫 업무였다. 아동심리 발달을 공부했지만, 아이들 놀잇감을 만드는 일은 또 다른 지식과 경험을 필요로 했다. 큰 재미는 없어도 배우는 것이 있어서 할 만했다.

그러던 중 내가 '영어가 좀 된다'는 소문이 교육개발원 안에 돌기 시작했다. 영어권 국가에서 유학하고 온 연구원들이 많아서 영어를 한다는 것 자체는 그리 특별한 일이 아니었는데, 언젠가부터 동료들과 윗사람 사이에서 나는 상대적으로 '영어가 좀 더 잘 되는' 신입 연구원으로 회자되기 시작한 것이다.

그러자 나에 대한 직장 동료들의 관심이 늘어 갔다. 하루는 한 선임 연구원이 내 사무실을 찾아왔다. 사무실 문을 조금 열더니 머리만 빼꼼히 내밀고서는 "최 박사는 어느 대학을 나왔나?" 하고 물었다. "중앙대학교 출신인데요"라고 했더니, "아아, 그랬구나"하고는 조용히 얼굴을 뽑아서 돌아갔다. 나중에 듣기로 그 선임 연구원은 내가 어느 대학 출신인지를 놓고 다른 연구원들과 대화를 나누다가 내가 소위 말하는 명문 대학 출신이 아니라는 이야기를 듣고는 믿기지 않아 직접 확인을 하러 왔던 것이다.

기분 상할 일로 느껴지지는 않았다. 오히려 그렇게 와서 묻는 그 사람이 신기할 따름이었다. 뭐가 믿어지고 말고 할 일이며, 또 안 믿어진다 해도 본인에게 직접 확인해야 할 정도로 그렇게 중요한 일인가?

소문 덕택인지 영어 관련 업무는 나의 또 다른 업무가 되어 비중이 점점 늘어갔다. 주로 원장실에서 영어로 처리해야 하는 일을 보조하는 업무였다. 원장실 업무를 한 까닭에 '권력의 중심'에 접근해 있었지만, 나는 그것을 이용해서 임시직을 어떻게 탈출해 볼까 하는 야심 찬 생각은 하지 못했다. "예, 원장님" 소리를 못 하고 원장님을 자꾸 "선생님"이라고 부르는 바람에 진땀이나 빼던 어리벙벙한 사회 초년생이었다.

그러나 1년 뒤 임시직 계약이 끝나갈 무렵 나는 다행히도 국제협력실에 정규직 발령을 받았다. 그때 채용된 세 명의 다른 연구원들이 더 있었는데, 그들은 모두 같은 명문 대학 출신들이었다. 주위 사람들이 갸우뚱하던 학벌 문제를 떠올리면서 나는 '좀 되는' 영어로 첫 정규직 자리를 얻었구나 생각했다.

기껏 박사 학위 받아서 연구원에 들어와 언어 능력으로 정규직 자리를 꿰찬 것이 좀 꺼림칙했으나, 먹고사는 일이 일단 해결됐으니 그것만도 다행이라 여겼다.

날개가 필요한 새

교육개발원 국제협력실에서는 개발 도상국을 위한 개발 사업을 담당했다. 주로 유네스코*와 엮인 일이 많았다. 그곳에서 한 3년 동안 연구원들을 유네스코 관련 회의에 보내고, 유네스코에서 오는 방문객들을 맞이하는 일을 했다. 그러나 내가 정작 해외 출장을 가거나 내 전공 분야와 관련된 국제 업무를 할 기회는 많지 않았다. 전문 연구 인력으로 활동을 못 하고, 남 뒷바라지만 하는 것 같아서 마음이 편치 않았다.

그러던 어느 날 내 책상 위로 편지 한 장이 날아들었다. 프랑스 파리의 유네스코 본부에서 온 편지였는데, 유아교육 관련 전문가를 파견해 달라는 내용이었다. 국제협력실에서 일하는 동안 내 분야와 관련된 사안을 접한 것은 그때가 처음이었다. 기관 내에는 나 말고 선배인 유아교육 연구원이 두 사람 있었는데, 전공과 더불어 해외 업무에 필요한 언어 능력을 고려해 볼 때 내가 해 볼 수 있을 것 같다는 생각이 들었다. 어차피 누군가를 추천해야 하

유네스코(United Nations Educational, Scientific and Cultural Organization)는 유엔의 교육 담당 전문기구로서 2차 세계 대전이 끝난 직후인 1945년에 창설됐다. "전쟁은 인간의 마음에서 시작했기 때문에 평화를 위한 노력도 인간의 마음에서 시작해야 한다"라는 기구의 헌장에 나타나 있듯 유네스코는 교육, 문화, 과학을 통해 세계 평화를 구축하는 데에 근본 목적을 두고 있다. 현재는 193개의 회원국과 12개의 준회원국이 가입해 있으며, 본부는 프랑스 파리에 있다. 2022년 기준으로 169개 국가 출신 2,260여 명의 직원이 일하고 있다.

는 상황이기에 상사인 국제협력실 성 실장님께 "이거, 제가 해보면 안 될까요?"라고 여쭀다. 아마도 이 세상에 태어나서 누군가에게 내가 원하는 것을 표현하는 첫 순간이지 않았을까 싶다. 한번 해 볼 만한 일이라는 생각이 직감적으로 들지 않았더라면, 평소 구차한 부탁이라곤 못하는 내가 나 자신을 추천하는 용기는 내지 못했을 것이다.

그렇게 의사 표시는 했으나, 조직에서 나를 보낼 줄 리는 만무했다. 일단 해외 장기 파견은 고참 연구원들에게 일종의 안식년 개념으로 돌아갈 수 있는 기회였다. 비용도 만만치 않았고, 그걸 파견 기관에서 전부 부담해야 하는 조건도 걸림돌이었다. 무엇보다 조직에서 필요하다고 생각해 뽑아 놓은 신입 인력을 불과 얼마 만에 그리 쉽게 내놓을 리가 없어 보였다.

이런 기관 내의 사정을 나보다 더 잘 알고 있던 성 실장님은 자신은 찬성이지만 기관에서 파견 자체에 대한 결단을 내리기는 쉽지 않을 거라고 하셨다. 그러나 일단 원장님께 말씀은 드려보겠다고 하시면서, "내가 보니까 최 박사는 누군가가 날개만 달아 주면 멀리 날 수 있는 새와 같은 사람이야. 내가 한번 밀어 볼게"라는 말을 덧붙이셨다.

나는 그 당시 직장 생활 3년이 넘도록 '상사 모시는 법'을 제대로 익히지 못한 것은 물론이고, 맘에 안 드는 것이 있으면 상사에게도 조목조목 따지고 드는 겁 없는 신입 직원이었다. 게다가 툭하면 정부 관리들에게 눈을 동그랗게 뜨고 바른말이나 해서 조직에 민망한 상황을 만들기 일쑤였던 지라, 날개 운운한 실장님의 이야기는 뭔가 감동을 자아내는 말인 것 같으면서도 한편으로는 찜찜한 구석도 있었다.

그 일이 있기 며칠 전에 꾼 꿈 생각도 났다. 꿈에 실장님이 나타나, 내가 말썽을 피우니 어디론가 보내야겠다고 하면서 이리저리 궁리를 하는 꿈이었다. 얌전히 지내고 있을 걸 하는 후회가 들면서 겁도 나기 시작했다.

세월이 많이 지난 후에 실장님은 당시를 이렇게 회상했다. 자신은 나의 단점보다는 장점을 보았고, 그 장점을 살리기에는 바깥세상이 더 맞을 것 같다는 생각을 했다고. 그러면서 날개만 달아 주면 멀리 날 수 있는 새 같은 사람인데, 그때 내가 있던 환경에 그냥 놔두었다가는 날기는커녕 곧 터져 나갈 풍선 같았다는 기억을 끄집어내셨다.

내가 한국에서 처음 사회생활을 하면서 겪는 고충을 실장님이 모를 리 없었다. 그녀 역시 오랜 시간을 해외에서 보내고 한국에 돌아와 일하면서 적응 기간을 거친 경험이 있기 때문이다. 그러나 그녀는 부하로서 나의 부족한 점을 눈감아 주고, 장점에 초점을 맞춰 그것을 키울 수 있는 기회를 주고자 했다.

나는 그 후에도 그녀처럼 나를 믿고 관대하게 밀어주는 상사들을 몇 명 더 만나게 되는데, 그들은 결정적인 시점에서 나에게 '날개'를 선물했고, 그 덕에 나는 위기도 넘기고 생각지도 못한 기회들을 잡게 됐다. 스스로 날개를 만드는 재주를 갖지 못한 나에게는 그들을 만난 것이 그야말로 천운이었다.

도움의 징검다리

기대하지 말라는 말을 몇 번이나 되풀이한 후 성 실장님은 원장님을 뵈러 가셨다. 당시 원장은 나를 채용한 전 원장의 후임으로 오신 이돈희 원장님이었다. 후에 교육부 장관까지 역임하신 분이다.

원장님의 반응은 놀랍게도, 우리의 예상과 달리, 긍정적이었다. "이제 우리도 직원의 해외 근무 역량을 본격적으로 키울 때가 됐고, 밖에 나가 있는 인력도 넓은 의미에서는 우리 인력이라는 인식을 가져야 한다"고 하시면서 추진해 보라고 하신 것이다.

멀리 내다보는 통 큰 안목이었다. 어느 분야든 장기적 투자는 개인 차원에서도 힘들다. 당장 이익이 눈앞에 보이지 않기 때문이다. 하물며 조직 차원에서 이루어지는 인력 투자는 말할 것도 없다. 조직을 위한 투자이지만 결국에는 한 개인을 통해서 그것이 이루어질 수밖에 없고, 그 개인이 조직에 이익을 환원할지, 또 환원한다고 해도 그게 투자에 비례하는 가치를 창출할지에 대한 의문이 생기기 때문이다. 그래서 확신보다 믿음이 필요한 것이 장기 인력 투자다.

원장님의 소신 있는 판단으로 파견을 위한 작업이 본격적으로 추진됐다. 그러나 넘어야 할 산과 건너야 할 강이 수도 없이 많았다. 그중에서 예산이 가장 큰 문제였다. 교육개발원에서 받는 내

월급은 파리에서의 생활비로 쓰기에는 턱없이 부족했다. 애초에 계획되지 않았던 사안이라 기관에서 보충 예산을 마련해 줄 수도 없었다. 어딘가 다른 곳에서 돈 나올 구석을 더 찾아야 했다.

그 당시 국제협력실에서 나는 동료 연구원 한 명과 사무실을 같이 쓰고 있었다. 나보다 교육개발원 경력이 많은 선배 연구원 이 박사였다. 그녀는 예산 문제로 고민하던 내게 연구자들의 해외 안식년 체류를 지원하는 기금이 있는데 그걸 신청해 보면 어떻겠냐고 제안했다. 그러면서 어디에 가서 누구에게 문의해야 하는지를 알려줬다.

같은 방에서 일하는, 게다가 자기보다 나이도 어린 신입 직원이 기관장의 특혜 아닌 특혜로 해외 파견을 가게 되었으면 시기와 질투가 있을 법도 한데, 이 박사는 달랐다. "실장님, 최 박사 같은 사람은 도와줘야 해요" 하면서 내 상사와 머리를 맞대고 처음부터 끝까지 파견 준비에 도움을 주었다.

이렇게 동료 연구원 덕에 나는 월급 외에 약간의 예산을 더 마련하게 됐다. 풍족하지는 않았지만, 파리에서 기본적인 생활은 할 수 있을 만큼의 예산이 모아졌다. 필요한 예산이 마련되면서 나의 파리 파견이 현실화되었다. 신입 직원이 국제기구에 장기 파견을 나가게 된 것은 그 당시 교육개발원의 27년 역사상 처음 있는 일이었다.

나는 주위 사람들이 그때 왜 그렇게 나에게 도움의 징검다리를 놓아 주었는지 아직도 잘 모른다. 그들에게 선물을 준 적도 없고, 잘 보이려고 애를 쓴 기억도 없다. 마찬가지로 그들도 내 앞에서 이러이러해서 도와준다는 이야기를 한 적도 없고, 도움을 주는 것에 대해 생색을 낸 적은 더더구나 없었다.

그러나 그들은 나에 대한 판단을 근거로 자신들이 해 줄 수 있는 것을 묵묵히 해주었고, 그런 행운의 징검다리 덕에 나는 언감생심 파리에 파견되는 기회를 손에 쥘 수 있었다. 사람들은 흔히 '행운을 잡는다'라고 이야기한다. 나는 달리 표현하고 싶다. 행운은 잡는 것이 아니라 만나는 것이다. 나의 단점을 눈감아 주고, 장점을 확대해서 그것을 키울 수 있는 기회를 제공하는 사람들이 행운의 전도사들이다. 나에게 행운은 하늘에서 떨어진 것이 아니라 사람을 통해서 내게 굴러왔다.

누가 아니, 그런 일이 생길지

중학교에 들어가면서 내가 영어를 배우게 되자 아버지는 참 자랑스러워하셨다. 아버지가 근무하는 대학에 외국인 교수가 방문할라치면 집으로 모시고 와서 내게 영어로 대화해 보라고 시키곤 하셨다.

고등학생이 되면서는 내 방에 따로 텔레비전 한 대가 놓였다.

다른 가족의 방해 없이 혼자서 외국어 방송을 보게 하기 위한 아버지의 배려였다. 대학교 졸업 후 국내에서 대학원 진학을 준비하고 있던 나를 외국 유학으로 이끈 것도 아버지였다. 아버지는 내가 외국과 이래저래 관련되는 것을 좋아하셨다.

그런 아버지는 내가 유학에서 돌아와 한국에서의 사회생활에 잘 적응하지 못하는 것을 보고 가슴 아파하셨다. 20대 대부분을 외국에서 보낸 뒤 박사 학위 타이틀을 달고 들어온 여자에게 한국에서의 사회생활은 쉽지 않았다. 이해가 안 되는데 무조건 참고 견뎌야 하는 것들이 많았다.

처음에는 신기하게만 느껴지던 학연, 지연 문제도 그렇게 단순한 것이 아님을 깨달았다. 다시 밖으로 나가고 싶었고, 그래서 이민을 알아본 적도 있었다. 그러나 남의 나라에 가서 일자리를 찾는 게 그리 쉬운 일이 아니라는 것을 박사 후 과정을 밟는 동안 경험한 바가 있었기 때문에 그것도 포기하고, 생기 없는 직장 생활을 이어가고 있었다.

아버지는 "쟤는 암만해도 다시 밖으로 나가야 할 것 같은데"라는 말씀을 엄마에게 자주 하셨다. 그런 와중에 날아온 나의 파리 파견 소식에 아버지는 적잖이 흥분하셨다. 뭔가 내게 돌파구가 생긴 듯한 느낌을 받으신 것 같았다. 그러나 2년 후 다시 한국으로 돌아와야 한다는 사실에는 주춤하셨다.

파리로 떠나기 전날, 엄마는 타지에서 밥 잘 챙겨 먹으라고 수저 한 벌을 곱게 싸 주셨다. 엄마의 마음이었다. 아버지는 만감이 교차하는 표정으로, "그래, 일단 가라. 가보면 또 어떻게 되겠지… 거기 가서 네가 갈 길을 찾았으면 좋겠다. 누가 아니, 그런 일이 생길지…" 하시며 옅은 한숨 속으로 말끝을 흐리셨다.

부담스러웠다. 현재 계획으로는 2년 후에 돌아와야 하는데 나보고 어쩌라고 이런 소리를 하시나. 나보고 무슨 기적이라도 만들라는 이야기인가?

그 '부담스러운 미래'는 아버지의 소망이었고, 사실 내 마음속 깊은 곳에서 솟아나고 있던, 막연하지만 간절한 나의 바람이기도 했다. 그러나 현실감 없는 희망 사항인지라 그런 말씀을 하시는 아버지도, 또 그 말을 듣는 나도 예견된 좌절감으로 흔들리고 있었다.

그렇듯 모두에게 투명한 듯 투명하지 않은 미래를 접어 두고, 다음 날인 1997년 9월 15일 나는 파리행 비행기에 몸을 실었다. 밴쿠버에서 한국으로 돌아온 지 4년 반만의 일이었다.

뜻밖의 기회

파리에 도착한 다음 날, 내가 일하기로 되어 있는 유아가정교육과의 과장님께 인사를 드리러 갔다. 빨간 모자만 쓰면 영락없이 산타클로스가 될 듯한 분위기의 아일랜드 출신 남성이었다. 그는 덥수룩한 수염 뒤로 웃음을 지으며 내가 할 일을 찬찬히 설명해 주었다. 낯선 곳에서 만난 상사가 좋은 사람인 것 같아 다행이라는 생각이 들었다.

대화가 끝나 갈 무렵 과장은 자신이 3개월 후인 12월 말에 은퇴한다는 말을 했다. 인상 좋은 상사와 같이 일하게 됐다고 안심한 지 반 시간도 지나지 않은 시점이었다. '그럼 내가 이 사람하고 일할 수 있는 시간이 고작 3개월 정도밖에 안 된다는 건가?' 정말이냐고 물으니 그렇다고 고개를 끄덕였다. 거짓말할 사람 같지는 않았다.

다시 정신을 가다듬고, "참 좋으시겠어요. 저도 과장님처럼 지금 은퇴를 눈앞에 두고 있으면 좋겠네요"라고 했다. 진심에서 한 말이었다. 구직, 출세 이런 것에 더 이상 신경 쓰지 않아도 되고, 인생을 자기 뜻대로 여유롭게 살 수 있게 된 그가 부러워서 한 말이었다. 나는 언제나 인생의 저 시점에 도착할 수 있을까를 생각해 보니 까마득하게 느껴진 나머지 자조적으로 내뱉은 말이기도 했다.

내 말에 과장은 수염 뒤로 엷은 미소만 띨 뿐 아무 반응이 없었다. 나중에 안 사실이지만, 그 당시 과장을 포함한 과의 동료들, 그

리고 더 나아가 그 과가 속한 기초교육국*의 많은 직원들은 내가 한국에서 파견으로 왔다는 소식을 듣고 모두 한결같은 생각을 하고 있었다고 한다. 곧 퇴임하는 과장의 자리를 노리고 내가 선제적으로 '말뚝 박으러' 왔다고 말이다.

그러니 내가 놀라워하는 모습이나 "당신이 부럽다"라고 하는 말을 그 과장이 순수하게 들었을 리가 없다. 그러나 인자한 모습의 과장은 아무 말 없이 그냥 웃음으로 침묵했다. 차라리 내가

유네스코 교육본부에는 당시 기초교육, 중등교육, 고등교육, 교육정책, 교육일반, 국제결의사항 등을 다루는 국 단위의 조직이 있었다. 그리고 각 국에는 3~4개의 과가 있었다. 내가 속해 있던 기초교육국에서는 유아가정교육, 초등교육, 문해교육, 특수교육 등을 다뤘다.

"아, 얘기 들어서 알고 있습니다"라고 했더라면 솔직하다는 소리라도 들었을 텐데.

그렇거나 말거나 나는 그 과장 자리에 대해서 생각을 안 하기로 했다. 아니, 안 하려고 애썼다. 솔깃한 이야기였으나 내가 쳐다볼 수 있는 기회 같지도 않았고, 무엇보다 한국에서 교육개발원의 많은 사람들이 도와준 덕분에 파리에 도착한 지 하루도 지나지 않아 그들의 기대를 저버리고 도망갈 생각을 하는 것은 나 스스로에게 용납이 안 됐다. 그래서 모래밭에 머리를 파묻고 "나는 모르는 일일세" 하며 지냈다.

그러나 그 과장직 채용 건은 얼마 지나지 않아 부메랑처럼 돌아와 내 머리를 다시 흔들어 놓았다.

행운의 부메랑

하루는 기초교육국의 어느 과장이 나를 사무실로 불렀다. 수단에서 온 압둘이라는 사람이었다. 이름은 들어 알고 있었지만 예전에 만나 본 적은 없었다. 그는 이런저런 안부를 묻는가 싶더니 바로 본론으로 들어가, 그 유아가정교육과 과장 자리에 지원할 거냐고 물었다. 채용 공고의 마감일이 얼마 남지 않은 시점이었다.

나는 "아니요, 저는 2년 후에 한국으로 돌아갑니다"라고 했다. 그랬더니 의아한 표정을 지으며 잘 생각해 보라면서 그때 마침 한국에 닥친 IMF 사태를 언급하기 시작했다. 압둘 과장은 이 사태로 한국이 어떻게 될지도 모르는 상황이니 과장직에 지원해서 파리에 자리를 잡는 것이 낫지 않겠냐고 했다.

아닌 게 아니라, 나는 그 당시 파리에 도착한 지 몇 달도 안 돼 터진 IMF 사태로 한국에서 오는 돈이 종잇장이 되면서 2년 파견 계약 기간도 못 채우고 집으로 돌아갈 처지에 놓여 있었다. 하지만 "한국에 있는 제 자리는 IMF로 없어질 자리는 아닙니다"라고 하면서 사양의 뜻을 고집했다. 그는 "그래도 한번 잘 생각해 보세요"라면서 여운을 남겼다.

그날의 대화는 거기서 끝났다. 친한 동료 사이라면 흔히 있을 수 있는 대화였겠지만, 잘 모르는 사람이 나를 일부러 불러서 그런 이야기를 하니 '이건 뭐지?' 하는 의문이 들었다.

당시 그 과장직 채용 건의 주무자는 기초교육국 국장이었는데, 유네스코에 임명된 지 얼마 되지 않은 사람이었다. 그 신임 국장은 자신이 소신껏 믿고 추천할 수 있는 인물들이 많이 지원해서 채용 선택의 폭이 넓어졌으면 하고 바라고 있었다.

그런 와중에 같이 일하던 동료 한 명이 나를 지목했다. 그는 한 프로젝트에서 같이 일한 적이 있는 동료였는데, 내가 장황한 논의의 핵심을 짚어내어 프로젝트의 틀을 잡아가는 모습을 인상 깊게 봤던 모양이다. 게다가 마침 전공도 맞고, 이미 유네스코로부터 과장급인 P-5 직급*을 받아 파견 나왔다는 사실 등을 근거로 내가 지원하기를 바라고 있었다. 그러나 지원 마감일이 다가오는데도 내가 지원에 관심을 보이지 않자, 동료들이 나서서 내게 지원을 권유하기에 이른 것이었다. 시간이 많이 지난 후에 들은 이야기들이다.

알지도 못하는 주위 사람들이 나서서 지원을 설득하는 전혀 생각지도 못한 상황에 부딪히고 보니, 이제는 그동안 내가 머릿속에서 떨쳐 버리려고만 했던 이 사안에 대해 뭔가 결정을 내려야 할 시간이 온 것 같았다. 모래밭에 박아 두었던 머리를 무 뽑듯 뽑아 들고 서울의 성 실장님께 전화를 드렸다.

우선 자초지종을 말씀드리고 "어떻게 해야 할까요?"라고 물었다. 질문이라기보다는 "저 대신 결정을 좀 내려 주세요" 하는 편에 가까운 심정의 표현이었다. 이야기를 듣고 난 실장님은 낮고 차

유엔 직원들의 정규 직급 중에는 채용 후 국제적으로 활동을 하는 직급이 두 가지가 있다. Professional이라고 하는 전문 직급과 Director라고 하는 국장 직급이다. Professional은 1단계(P-1)에서 5단계(P-5)로 나뉘고, Director는 1단계(D-1)와 2단계(D-2)로 나뉜다. P-5는 통상 과장급이며, D-1과 D-2는 국장급이다.

분한 목소리로 "최 박사, 내가 하는 말 잘 들어. 여기 일은 내가 알아서 처리할 테니 걱정하지 말고, 당장 지원서 준비해서 제출해"라고 하셨다. 그러면서 "이런 기회가 쉽게 오는 것이 아닌데, 시도조차 해보지 않는 건 바보짓이야"라고 단호히 잘라 말씀하셨다.

나라고 왜 그런 기회가 솔깃하게 들리지 않았겠는가. 그러나 나는 아버지와 내가 막막하게, 그러나 간절하게 희망했던 미래가 눈앞에 다가오는 것을 보면서도 공들여 파견 보내 준 직장에 대한 도덕적 딜레마 때문에 고민하고 있었다.

그런데 실장님 얘기를 듣고 보니 '그 문제는 임용이 되면 그때 가서 생각해도 되는데 내가 김칫국부터 마시고 쓸데없는 고민을 하고 있었구나!'하는 생각이 들었다. 그리고 교육개발원 내의 문제는 이제 실장님이 알아서 하신다고 하지 않는가. 일단 지원하는 데야 무슨 문제가 있겠는가. 나는 복잡한 상황에 부딪히면 어느 순간에 이르러서는 단순하게 생각하는 경향이 있었다. 더 이상 망설일 이유가 없어 보였다.

며칠 후 지원에 관련된 서류를 준비해 제출했다. 그리고 결과가 나오기를 기다렸다. 몇 달이 걸렸다. 그 몇 달 동안 IMF 사태의 영향은 더욱 커져 파리에서 나의 생활은 그만큼 더 궁핍해졌다. 파견이고 뭐고 당장 짐 싸서 한국으로 돌아가야 할 판이었다. 기다리고 있던 한 가닥의 희망이 없었더라면 아마도 그랬을 것이다.

1998년 7월 초의 어느 날, 아침에 출근해서 사무실에 들어가니 과의 비서가 책상 위에 놓인 편지 한 통을 가리켰다. 나를 유아가정교육과 과장으로 임명한다는 통지서였다. 동료들이 뒤에서 지켜보고 있다가 축하해 주었다. 그들은 인사국에서 온 편지봉투가 두툼한 것을 보고는 합격 통지인 줄 알았다고 했다.

아무 생각이 안 났다. 무엇보다 이제는 생활비에 쪼들리지 않아도 되겠다는 생각부터 먼저 들었다. 나에게 직장은 항상 '나 먹고 살게 해 주는 곳'이었다. 인류 평화라는 거대한 목표를 지향하는 조직에 들어가는 그 순간에도 나는 그런 '세속적인' 생각을 먼저 했다.

먹고사는 일은 누구에게나 힘들고 중요한 일이다. 특히 아는 사람, 모르는 사람들이 기적처럼 도와줘서 먹고살 길이 생겼는데 그 사실에 우선 감사하는 것은 마땅한 일이지 않은가! 나는 두 손으로 합격 통지서를 들어 올리고 세상의 모든 신들에게 감사드렸다.

유네스코에서의 임용이 확정된 후 퇴직 절차를 밟기 위해 한국으로 잠시 건너와 개발원에 들렀다. 기관에서는 큰 파티를 열어 실장님은 물론이고 직원 모두가 축하해 주었다. '파견 보내 놓으니 도망갔다'라는 시각보다는 개발원의 직원이 국제기구에 정식으로 들어갔다는 사실에 기뻐해 주었다. 사실 그게 마음에 가장 걸렸던 부분인데, 큰 짐을 내려놓는 기분이었다. 기관 내에서의

'사태 수습'은 실장님께서 잘해 놓으신 것 같았다.

파리로 다시 돌아오기 전에 나는 개발원과의 약속대로 파견 기간 기관에서 받은 월급과 파견에 들어간 모든 비용을 반납했다. 계약대로 기관으로 다시 돌아오지 못한 데 대한 변상이었다. 금전적인 변상으로 심리적인 빚도 갚는 것 같아 기꺼이 감사하는 마음으로 돌려드렸다. 기관에서 받은 퇴직금과 그동안 모아 둔 저금을 털어서 빚을 갚고 나니 통장에는 일 원 한 푼 남지 않았다. 그렇게 나는 제로에서 다시 출발했다.

2장

새내기 글로벌 직원

애물단지의 집 떠나기

교육개발원에서 파견돼 파리에 처음 갈 때는 이사 비용 지원이 없었다. 그래서 2년 체류를 위한 살림을 큰 이민 가방 두 개에 꾹꾹 눌러 담아야 했다. 그러다가 임용 후 유네스코에서 이사 비용을 정식으로 지원받고 나니 흙이라도 퍼 갈 만큼 이삿짐에 여유가 느껴졌다.

그러나 막상 서울에 짐을 싸러 가 보니까 실제로 가져갈 만한 내 살림은 많지 않았다. 독신이었던 나는 서울에서 직장 생활을 하는 동안 부모님 집에서 살았다. 그러다 보니 짐이라고 해 봤자 유학 생활에서 들고 온 책들과 약간의 가재도구, 그리고 옷이 전부였다.

이사 준비를 하면서, 이제 떠나면 부모님 집에서는 영영 나가는 것이라는 생각이 들었다. 대학교를 졸업하자마자 유학을 떠났기 때문에 이미 오랜 시간 부모님과 떨어져 살아온 경험이 있었지만,

해외에 직장을 잡고 집을 나가는 기분은 좀 달랐다. 완전히 독립하는 느낌이었고, 또 사실이 그랬다.

여자들이 결혼하며 집을 떠나는 기분을 상상하면서, 그럴 바에 아예 시집가는 기분으로 짐을 꾸려 보자는 생각을 했다. '그래, 여자들이 결혼할 때 가구를 사 가잖아. 나도 가구를 좀 사 갖고 가자*, 한국의 고전 가구를.' 마침 유네스코에서 받은 첫 월급으로 약간의 금전적 여유가 있었다.

아버지를 모시고 시내로 나갔다. 가구점에서는 노처녀 혼숫감 마련하러 온 부녀로 생각하고, 딸 시집보내는 부모 마음에 충동 구매라도 자극하려는 듯 아버지 앞으로 이것저것 물건을 내놓았다. 내가 시집가는 것도 아니고, 아버지가 가구를 사 주시는 것도 아니라는 것을 가게 주인이 알 리 없었다.

그런 가게 주인의 수다를 아버지는 듣는 척 마는 척하셨다. 오히려 고전 가구에 대한 당신의 지식을 나한테는 물론 가게 주인에게까지도 한껏 자랑하면서 물건 고르기에 집중하셨다. 그렇게 소품 몇 점을 고르시더니, 아버지는 가게 주인에게 대뜸 "돈은 우리 딸이 냅니다"라고 하시며 겸연쩍게 웃으셨다.

유네스코에서는 직원이 신규 채용이나 전근으로 이주할 때 이사 비용을 지원하는데, 다만 이삿짐에 들어가는 짐은 본인이 6개월 이상 사용한 물건으로 한정하게 되어 있다. 내가 파리로 가는 짐을 쌀 때도 이런 규칙이 있었을 것 같은데, 나는 그에 관한 정보를 정확하게 들은 바 없어 새 가구를 사 갔고, 유네스코 내에서도 딱히 문제 삼지 않았다.

예전 서울에서 직장 생활을 할 때 나는 아버지께 독립해서 따로 나가 살겠다고 이야기한 적이 있다. 아버지는 “네가 가진 돈 갖고는 아파트 문짝도 못 구한다”라며 놀리듯이 말리셨다. 그래도 나의 요구가 계속되자, 말리는 데 지치신 아버지는 “과년한 딸이 결혼도 안 하고 혼자 나가서 산다는 이야기를 친구들에게 할 수가 없다”라면서 깊은 한숨을 내쉬셨다. 그게 부끄러우셨던 게다.

그랬던 아버지에게 나의 유네스코 임용으로 인한 ‘살림나기’는 어쩔 수 없이 아버지의 ‘살림 내보내기’가 되어 버렸다. 무엇보다 이제는 내가 버는 돈으로 독립적인 살림을 꾸려 나가게 된 것을 한편으로 대견스럽게 생각하시면서도, 다른 한편으로는 혼수 장만으로 아버지가 돈을 내리라고 생각했던 가게 주인 앞에서 내가 돈을 계산하는 건 마음에 걸리셨던 것 같다. 자식은 이래도 저래도 애물단지였다.

그렇게 아버지와 함께 구입한 고전 가구들은 20년이 넘도록 나와 삶의 숨결을 같이 해왔다. 수많은 이사에 흠집도 많이 갔지만, 집에 방문하는 외국인 친구나 손님들에게 나의 문화적 정체성을 알리는 외교 사절 역할을 톡톡히 했다. 그리고 나에게는 이제는 돌아가신 아버지에 대한 소중한 기억의 유산으로 남아 있다. 만감이 교차하는 가운데 드디어 딸을 집에서 내보내시던 ‘친정아버지’에 대한 애틋한 기억 말이다.

하루 한 단어, 프랑스어 공부

내가 프랑스어를 배우기 시작한 건 교육개발원에서 파리 파견이 확정된 뒤 한국에서 비자 수속을 밟을 무렵의 일이었다. 당시는 예정된 파견 기간이 2년밖에 안 된 데다 업무는 영어로 해도 되니까 프랑스어를 꼭 배워야 할 필요는 없었다. 그러나 현지 언어를 모르면 일상 생활하는 데 불편할 것 같았고, 또 프랑스어는 고등학교 때 제2외국어로 공부한 적이 있어서 이 기회에 다시 배워보자 하는 마음도 있었다.

그러나 마음과 같이 몸이 따라 주지는 않았다. 차일피일 공부 시작을 미루고 있던 어느 날, 나는 방에 누워 있다가 정신 나간 사람처럼 벌떡 일어나 서점으로 달려가서는 카세트테이프가 딸린 프랑스어 문법책을 하나 사 들고 왔다. 그러고는 조그만 찻상을 방바닥에 펴놓고, 그 위에서 카세트를 손가락으로 꾹꾹 눌러가며 프랑스어 알파벳을 따라 읽기 시작했다. 그때 나이가 서른일곱이었는데, 나는 서당에서 처음 글 배우는 아이처럼 카세트테이프에서 나오는 "아, 베, 쎄, 데"를 큰 목소리로 따라 읽었다.

어느 스님이 뜨거운 감자를 손에서 놓는 방법은 하나밖에 없다고 말씀하신 것이 생각난다. 그냥 손에서 놓으면 된다고. 마찬가지였다. 이제 와 생각해 보면 그때 방에서 '벌떡 일어나는' 행위가 없었더라면, 그리고 조금은 막막해 보이는 그 조그마한 찻상 앞에서의 작은 시작이 없었더라면 나의 프랑스어 공부는 계속 늦춰졌을 것이고, 그러다가 아마도 아예 포기하지 않았을까 싶다.

시작하지 않으면 시작은 없는 법이다.

그렇게 해서 시작한 공부 덕분에 한국에서 기본 문법을 정리하고 파리에 도착했으나, 프랑스어로 일상생활을 하기에는 턱없이 부족했다. 특히 유네스코의 과장직에 임용된 뒤부터는 영어와 더불어 일상 업무에서 동시에 사용되는 프랑스어가 안 된다는 것이 큰 스트레스였다. 행여 프랑스어권 관계자들이 방문이라도 하는 날엔 꼭 프랑스어를 하는 동료를 동반해야 했다. 과장 체면에 할 짓이 못 됐다.

게다가 나를 채용할 당시 나의 프랑스어 실력이 기초 수준밖에 안 된다는 것을 문제 삼는 주위 사람들에게 상사인 기초교육국 바 디알로 국장은 "수 초이*, 6개월 안에 프랑스어 합니다. 내가 그렇게 만듭니다"**라고 장담을 해 놓은 상태였다. 국장의 체면을

유네스코에서는 내 이름 '수향'의 첫 글자 '수'와 성 '최'를 따서 나를 영어식으로 '수 초이(Soo Choi)'라고 불렀다. '향'은 그들에게 발음이 어려워 나도 그냥 '수' 혹은 '수 초이'로 부르라고 했다. 그에 비해 프랑스 사람들은 성을 빼고 이름만 부르는 것을 거북해하는 경향이 있어 '마담'을 붙이고 '슈아(Choi 의 프랑스어식 발음)'라고 불렀다. 이처럼 해외에서 일하는 동안 나의 이름은 '최수향'에서 '수 초이,' 그리고 '마담 슈아'로의 변천사를 겪었다.

임용된 직원은 미리 정해진 임용 유예 기간을 거치게 되어 있다. 이 기간 안에 임용을 위해 부족한 점을 보강하도록 권장받기도 하는데, 외국어 능력 향상이 대표적인 예다.

봐서라도 빨리 프랑스어를 익혀야 했다.

기구에서 직원들을 위해 제공하는 무료 프랑스어 수업이 있긴 했지만, 그건 사무실 업무와 출장 등으로 빠지는 날이 많아 따라가기 힘들었다. 그래서 선생님을 한 분 찾아 점심시간에 과외 수업을 받기로 했다. 내 돈을 들이기는 했으나, 업무에 필요한 표현 중심으로 받은 개별 지도는 큰 도움이 됐다.

그러면서 집에서는 늘 TV를 켜놓고 살았다. 퇴근해서 집에 들어오면 책상에 앉아 어학 공부를 따로 할 여력은 없었다. 그나마 '바보상자' 앞에 앉아 있는 일은 가능한 일이어서 그거라도 하자는 생각이었다. 말은 못 알아들어도, TV는 화면이 있기 때문에 말의 의미를 추측해서 이해하는 데 도움이 됐다. 졸아도 TV 앞에서 프랑스어 소리를 들으며 졸았다.

그렇게 한 6개월 지나고 나니 단어가 하나씩 들리기 시작했다. 그러고 또 얼마가 지나니 이번에는 문장이, 그다음에는 대화가 들리기 시작했다. 귀를 열어 놓고 사는 일이 그렇게 도움이 되는 공부인 줄 몰랐다. 최소한의 노력도 꾸준히 하니까 일말의 효과가 있었다. 듣는 것이 되니까 말문도 조금씩 트이기 시작했다.

프랑스어로 생활하는 것이 비교적 수월해진 이후에도 나는 듣기 습관을 놓지 않았다. 아침에 출근 준비를 하면서 20년이 넘게 라디오를 틀어놓고 프랑스어 방송을 매일 들었다. 하루에 한 단어만이라도 기억하고 반복한다는 생각에서였다. 세면대 옆에 항상 놓여 있던 나의 트랜지스터라디오는 오랜 시간 튄 물 자국으로 녹이 빨갛게 슬었다.

그렇듯 언어도 사용하지 않으면 녹슨다. 특히 성인이 돼서 습득한 외국어는 수소가 잔뜩 들어간 풍선 같다. 잡고 있지 않으면 어느새 달아난다.

열려라, 업무 감각

유네스코 입사 초기에 나는 엉성하기 짝이 없는 국제기구 직원이었다. 처음 듣는 나라 이름도 많았다. 서아프리카 사업을 주로 하는 동료가 말리 바마코, 부르키나파소 와가두구 어쩌고저쩌고하면 어떤 게 나라 이름이고, 어떤 게 수도 이름인지 구분이 안 됐다. 하마터면 나도 "모히토 가서 몰디브나 한잔할까?"라고 할 뻔했다.

한번은 바 디알로 국장이 세이셸이라는 나라로 출장을 갔다 오라고 했다. 감기로 몸이 좋지 않았던 나는 이런저런 핑계를 대면서 떠나지 않을 궁리만 했다. 하지만 국장은 가면 오히려 감기가 나을 거라고 하면서 등을 떠밀었다. 마지못해 회의만 마치고 바로 돌아오는 최소한의 일정으로 출장길에 올랐다.

그렇게 떠난 출장길, 회의를 마친 뒤 그다음 날 급하게 떠나는 나를 보고 현지 관계자들은 놀라는 눈치였다. 당연히 하루라도 쉬었다 가리라고 생각했던 것이다. 그도 그럴 것이 세이셸은 인도양에 있는 작은 섬으로 '지상 최후의 낙원'이라 불리는 유명한 휴양지다. 그런 곳에 와서 바다에 발도 안 담그고 가는 사람은 보기 드물었을 게다.

나는 세이셸이 그런 곳인 줄 몰랐기에 휴가를 내 낙원의 바닷가에서 잠시 쉬었다 갈 계획은 미처 세우지 못했다. 무식했던 탓에 아쉽게도 지상 최후의 낙원의 문 앞에서 발길을 돌려야 했고, 그 이후 세이셸을 다시 방문할 계기는 만들지 못했다. 당시의 이런 나는 요리사로 치면 식재료 이름을 잘 모르고, 그래서 아까운 식재료를 버리는 실수를 하는 요리사였는데, 그렇다고 내가 요리를 못하는 요리사는 다행히 아니었다. 모르는 식재료라도 만져 보고 부엌 내부를 둘러보면 그것을 어떻게 요리해야 할지, 그리고 무엇과 조합해야 할지에 대한 아이디어는 떠올릴 수 있었다.

입사 후 내가 제일 먼저 해야 했던 일은 우리 부서가 하는 일에 대한 전반적인 방향을 점검하고 필요한 부분을 재조정하는 것이었다. 1990년대는 유아교육을 교육의 첫 단계로 간주해야 한다는 목소리가 세계적으로 높아졌던 때다. 나는 회원국들이 넓은 개념의 교육 내에서 유아교육을 제도적으로 정립해 나가는 데에 유네

스코가 도움을 주어야 하고, 그것이 우리 부서가 할 수 있는 일이라고 판단했다.

그러나 기구 안팎에서는 반대가 많았다. '애들 노는 일'을 갖고 무슨 제도 운운하냐는 사람부터, 유아교육을 학교 제도 안으로 끌어들이면 조기 교육이 되어 오히려 아이들의 발달에 해가 된다고 펄쩍펄쩍 뛰는 사람들까지 다양했다. 반대하는 사람들은 "최 과장이 아직 경험이 없어서 잘 모르는가 본데"라는 말을 서두에 다는 것을 잊지 않았다.

주춤하고 있던 나의 손을 들어 준 것은 바 디알로 국장이었다. 아프리카 기니 출신의 그녀는 유아교육 정책은 세계적인 추세와 우리 기구가 해야 할 역할에 맞는 전략적 생각이라고 칭찬했다. 교육부 장관을 지낸 경험이 있는 국장이 그런 확신을 주니, 내 생각이 현장에서도 먹히겠구나 하는 믿음이 생겼다.

그 이후 우리 부서는 유아교육 정책에 관한 일을 주로 했다. 한 분야를 집중적으로 하니까 사업의 질도 향상되고, 회원국들도 우리의 사업에 관심을 보이기 시작했다. 다른 기구나 단체에서도 유아교육 정책 하면 유네스코를 찾았고, 우리가 하는 일들을 입에 올리기 시작했다.

나의 업무 감각은 주어진 현상을 그대로 보고, 그 안에 펼쳐진 상황적 요인들을 연결하면 만들어졌다. 동료들이 우리와 협력하지 않는 타 기관에 대한 성토대회를 할 때 나는 "내가 그들이라도 우리와 같이 일할 이유가 없을 것 같다"라고 하면서 우리의 문제를 먼저 지적했다. 빨간 것은 빨갛다고 인정해야 그다음 이야기를 할 수 있는 것 아닌가? 사실을 직시하면 답이 보인다.

처음 마주한 전투

내가 유네스코 일을 시작할 당시엔 유아교육 분야에서도 국제적인 유관 기관(inter-agency) 그룹이 하나 있었다. 유엔 관련 기구들은 물론이고 영유아를 위한 개발 사업에 관여하고 있는 굵직굵직한 여러 다자간 개발 기구 및 국제 비정부 단체와 시민 단체들이 속한 영향력 있는 그룹이었다.

그 안에서 유네스코는 강자가 아니었다. 우리보다 더 큰 예산으로 더 많은 활동을 하는 기구와 단체들이 그들의 돈주머니 무게

만큼의 목소리를 내고 있었다. 그에 비해 나는 초기에는 모임에 가면 쭈뼛쭈뼛 사람들에게 먼저 다가가서 내 이름을 알리는 노력부터 해야 하는 아웃사이더였다.

우리가 리셉션을 준비해도 몇몇 주요 참석자들은 그런 공식 행사에 오는 대신 그들만의 저녁 모임을 따로 만들거나, 혹은 체면상 왔다가 얼굴만 보이고는 그들만의 2차 모임으로 직행했다. 진짜 비즈니스는 나 같은 신참은 끼지도 못하는 그런 별도의 모임에서 이루어졌다. 그런 아웃사이더였던 내가 그 그룹에 들어간 지 얼마 되지 않아 나머지 기관 대표들을 상대로 한판 논쟁을 벌이게 됐다. 2000년에 아프리카 세네갈에서 전 세계 국가들이 '만인을 위한 교육' 선언에 대한 행동 강령을 발표할 예정이었는데, 거기에 들어갈 유아교육 관련 용어를 결정하는 과정에서 기관 간의 갈등이 표출된 것이 배경이었다.

논쟁의 핵심은 3세 이전의 보육과 발달을 강조할 것이냐, 3세 이후의 교육을 강조할 것이냐 하는 것이었다. 나는 보육과 교육을 합한 'Early Childhood Care and Education'으로 하자고 했다. 다른 기관들은 교육(education)이라는 말을 빼자고 했다. 그들은 아이들 문제를 교육 제도와 연관시키고 싶어 하지 않았다. 서로 분통 터지는 이메일을 주고받다가 해결을 못하고, 결국에는 나의 제안과 상대의 제안, 이 두 가지를 회의 준비위원회에 넘겨 그들의 판단에 맡기기로 했다.

준비위원회는 다행히도 나의 손을 들어 주었다. 그로 인해 2000년 세네갈의 수도 다카르에서 발표된 '만인을 위한 교육의 다카르 행동 강령(The Dakar Framework for Action: Education for All)'에는 각 정부가 실행해야 하는 첫 번째 활동 목표에 '유아 보육 및 교육(Early Childhood Care and Education)'이라는 용어가 들어가게 됐다.

내가 제안한 용어가 채택되었다는 이야기를 듣고, 나는 내가 할 일은 다 했다 싶어서 세네갈 회의에 출장을 요청하지 않았다. 어쩌면 다른 기관 사람들의 얼굴을 다시 보고 싶지 않았던 이유가 더 컸을는지도 모르겠다.

기관끼리의 밥그릇 싸움이 그렇게 치열하다는 것은 내가 유엔에 들어와서 알게 된 실망스러운 현실 중 하나였다. 그러나 동시에 중요한 교훈이었다. 그 이후에도 기관 간의 경쟁과 갈등 상황에 수없이 많이 부딪혔는데, 그때는 곰보다 여우처럼 대처할 수 있었다.

후담으로, 그때 나와 논쟁을 벌였던 상대 기관의 대표는 나중에 유네스코로 이직하게 되어 동료가 됐다. 그는 어쩌다가 내가 참석한 내부 회의에서 유아교육 이야기가 나오면 "Early Childhood Care and Education"이라는 말을 꼭꼭 씹어 발음하면서 나의 눈치를 살폈다.

곰처럼 겁 없이 뛰어들었던 싸움은 힘들었지만, 그 효과는 길게 갔다.

컨설턴트 요지경

과장으로 임명된 뒤로는 여러 프로젝트를 수행하게 됐다. 모든 걸 혼자 할 수는 없는 노릇이라 컨설턴트를 활용하는 방법을 배웠다. 그런데 그들과 같이 일하는 것이 생각만큼 그리 쉽지 않았다.

우선 선택 과정에서 이력서만 보고 결정을 내리면 실망하는 경우가 많았다. 그래서 국제기구 직원들은 사전에 같이 일을 해 본 경험을 바탕으로 각자만의 컨설턴트 리스트를 갖고 있는데, 일을 처음 시작한 나는 그런 '장비'가 있을 리 없었다. 스스로 시행착오를 거치면서 배우는 수밖에 없었다.

컨설턴트와 관련한 제일 흔한 문제는 과제에 대한 마감 기일을 지키지 않는 것이었다. 이유를 물으면 시간이 그렇게 많이 걸릴 줄 몰랐다고 하거나, 연계된 다른 사람에게 문제가 생겨서 늦는다고 했다. 처음에는 그럴 수도 있겠거니 했지만, 많은 이들이 비슷한 이유를 대는 것을 보고는 핑계가 아닐까 하는 합리적 의심이 들었다.

그래도 그들에게 맡긴 과제가 보고서를 쓰는 거면 문제가 생겨도 서로 논의해서 어느 정도 필요한 조정을 할 수 있었다. 그러나 출장 방문을 위해 컨설턴트를 고용한 뒤 그들과 같이 출장길에 오르면 황당한 문제가 눈앞에서 불쑥불쑥 튀어나왔고, 많은 경우 이미 엎질러진 물이어서 수습할 방법이 없었다.

출장 중에 컨설턴트들끼리 다툰 경우도 있다. 한번은 서너 명의 컨설턴트들과 팀을 이뤄서 인도네시아로 출장을 갔다. 그중에 개발 도상국에 대한 경험이 많은 컨설턴트와 그렇지 못한 사람이 하나씩 있었다. 후자가 지역 상황에 맞지 않는 질문을 계속하니까, 전자가 참다못해 그걸 질문이라고 하냐고 많은 사람들 앞에서 그에게 면박을 주었다. 그때 날씨가 무척 더웠는데, 그 말을 들은 신참 컨설턴트는 얼굴이 붉어지더니 땀을 비 오듯 흘리기 시작했다. 회의가 끝난 후 시작된 식사 시간에도 그는 계속 땀을 무섭게 흘렸고, 잠시 후 식탁에서 사라졌다. 화장실에서 앞뒤로 쏟아내고 왔다고 했다. 아무도 뭐가 원인이었냐고 묻지 않았다. 그냥 더워서 그러려니 생각하고 지나가기로 했다.

일과 무관하게 황당한 일이 벌어진 사례도 있었다. 카자흐스탄에 방문했을 때는 좀 심하다 싶을 정도로 정성을 들인 다과 대접을 받았다. 말이 다과지, 간단한 식사라고 해도 될 정도로 음식의 양과 종류가 많았다. 하루 종일 여러 기관을 다니면서 그렇게 음식 접대를 받고 나면 나중에는 음식만 봐도 속에서 넘어올 것 같았다. 출장단 모두가 그렇게 음식 접대에 지쳐가고 있을 무렵 마지막 방문지에서 치즈가 잔뜩 들은 왕만두가 나왔다. 다들 먹는 둥 마는 둥 하며 눈치만 보고 있던 찰나, 동행한 컨설턴트가 갑자기 "나는 안 먹는다고, 더 이상 못 먹겠다고" 하면서 울부짖듯 소리치며 밖으로 뛰쳐나갔다. 방문 기관에서 나온 여자분이 좀 드셔 보시라고 왕만두를 그의 얼굴에 들이대자 그렇게 소리를 치고 달아난 것이다.

그 컨설턴트는 치즈를 많이 먹는 유럽에서 온 사람이었다. 그런 사람조차도 견디기 힘들었으니, 된장 먹고 자란 나는 얼마나 힘들었겠는가! 그래도 나는 어쩌지 못하고 왕만두를 쥐처럼 조금씩 갉아 먹는 척을 하고 있었는데, 그 컨설턴트는 인내의 한계를 넘은 것 같았다. 방문 기관에 대한 사과는 또 나의 몫이었다.

그나마 이런 경험들은 지금 뒤돌아보면 모두 하나의 우스운 에피소드로 남아 있고, 또 다음에는 어떻게 해야겠다는 교훈을 쌓는 계기가 됐다. 하지만 그저 씁쓸한 현실에 대한 개탄으로 끝난 에피소드도 있다.

하루는 세미나에서 강의를 맡아 줄 컨설턴트가 필요했다. 여기저기 수소문해서 최고 전문가라고 하는 사람을 한 명 소개 받았다. 비용이 만만치 않을 거라고 예상하고 있었는데, 역시나였다.

비행기 좌석을 비즈니스로 요구하는 것은 기본이고, 항공사 이름까지 구체적으로 정해서 조건을 달았다. 호텔도 오성급으로 못 박았다. 일일 수당이 우리가 줄 수 있는 한도를 이미 넘은 상황에서 그렇게 많은 조건을 추가로 들이미니 도저히 감당이 안 됐다. 미안하지만 다음 기회에 보자고 하고 논의를 중단시키려 했다. 그랬더니 이 사람이 그때부터 자기가 내놓았던 조건들을 하향 조정하면서 흥정을 시작하는 게 아닌가! 항공사도 자기가 고집하는 곳이 아니어도 되고, 수당도 좀 내려 주겠다고 말이다. 그런데 우리를 경악하게 만들었던 것은 그의 마지막 흥정 제안이었다. 오성급 호텔이기는 해야 하지만, 욕조는 필요 없고 샤워기만 있어도 된다고 한 것이다.

우리는 할 말을 잊었다. 화내고, 토하고, 설사하고, 왕만두 못 먹겠다고 소리치는 컨설턴트하고는 일을 할 수 있어도, 그런 걸 흥정이랍시고 내미는 사람을 개발 사업에 끌어들인다는 것은 뭔가 윤리적으로 아닌 것 같다는 생각이 들었다. 이미 다른 사람을 구했다고 하고는 그의 긴 흥정에 빗장을 걸었다.

영국 BBC TV 방송국의 유명한 여성 앵커 제이나브 바다위는 여성 문제 관련 국제회의에서 사회를 맡아 봉사하는 것으로 유명하다. 또 국제기구 직원보다 더 겸손한 자세로 개발 사업에 임하는 컨설턴트들도 많다. 그런 사람들은 개발 사업에 대한 소명감을 갖고, 도움이 필요한 사람들에게 자신이 가진 재능과 지식을 나누며 봉사한다는 차원에서 일을 한다. 그러나 슬프게도 국제기구 주변에는 얼굴 두꺼운 '흥정' 컨설턴트들도 의외로 많다. 세월이 지나도 나의 컨설턴트 상비군 리스트가 길어지지 않았던 이유 중의 하나다.

그런 '흥정이'들에게 묻고 싶다. "세미나 하는 데 욕조가 뭐 그리 중헌디?"라고.

진정한 갑

유네스코 기초교육국에서 일하면서 나는 북유럽 스칸디나비아반도에 있는 한 모범생 국가가 국제 개발 사업을 하는 것을 가까이서 볼 기회가 있었다. 인류의 보편적 가치 추구를 국제 개발 사업의 목적으로 삼는 것뿐만 아니라 사업을 운영하는 방식도 참 특이하고 존경할 만했다.

노르웨이는 아프리카의 기초교육 관련 사업에 많은 투자를 하는 나라였다. 기금의 대부분은 한 국제개발은행이 신탁기금 형식으로 맡아서 집행했는데, 공여국인 노르웨이는 유네스코가 유엔의 교육 전담 기구인 점을 고려해 이 국제개발은행으로 하여금 유네스코와 연계해서 사업을 하도록 권장하는 것도 잊지 않았다.

한번은 해당 국제개발은행과 유네스코가 같이 노르웨이의 수도 오슬로에 출장을 가서 기금 사용에 대해 보고하게 됐다. 은행 쪽에서는 국장급의 관리가 나왔고, 우리 쪽에서는 우리 국장을 대신해 내가 출장을 가게 됐다. 현지에 도착해서 나는 그 기금의 주무 부처가 외교부라 당연히 외교부 건물에서 회의가 있을 줄 알았다. 그런데 회의는 어느 작은 대학에서 열린다고 연락이 왔다. 가서 보니 교수 회의실도 아니고, 학생들이 모이는 강의실이었다. 대상도 외교부 직원이 아닌 그 대학 학생들이었다.

아니, 학생들한테 외교부에서 지원하는 국제 개발 기금의 활용 보고를 한다고? 이해가 안 갔지만, 그게 사실이었다. 보통 장관급 관리를 상대하는 높은 직위에 있던 국제개발은행 국장은 강의실에서 학생들에게 기금이 어디에 어떻게 쓰이는지를 설명하고, 그들의 질문에 일일이 답했다.

나는 나중에 그 대학 학장에게 물었다. "왜 이런 식으로 공여금 사용 보고회를 하는 거죠?" 그랬더니 그는 국민이 내는 세금인 만큼 국민 누구나가 그 기금이 어떻게 쓰이는지를 알아야 한다는 것이 정부의 입장이고, 그래서 기금 활용 보고회를 개방하되 그 역할을 자기네 대학에서 대행한다고 설명했다. 특히 국제 개발 활동에 관심이 많은 대학생들을 대상으로 자국의 개발 기금 활용을 보고함으로써 그들이 이 분야에 대해 보다 수준 높은 비판적 사고를 갖도록 하는 의도도 있다고 했다. 아닌 게 아니라 학생들의 질문은 날카로웠다. "꼭 그렇게 할 필요가 있느냐"는 식의 나무라는 질문도 많았다.

나를 더 감동하게 만든 것은 그렇게 많은 개발 기금을 내는 국가의 관리들이 참으로 겸손한 태도를 가졌다는 점이었다. 자기네들이 분명한 '갑'이었음에도 그런 티를 내지 않았고, 오히려 다른 사람들이 조금이라도 우월 의식을 드러내려고 하면 그것을 반드시 짚고 넘어갔다. 실제로 이를 잘 보여주는 에피소드가 하나 있다.

보고회에 앞서 우리를 초청한 외교부에서는 국제개발은행과 유네스코에서 온 직원들을 위한 환영 칵테일 모임을 열었다. 그 자리에서 국제개발은행 국장을 모시고 온 젊은 남자 직원이 "난 은행에서 온 누구요"라고 짧게 자신을 소개하자, 한 참석자가 "음… 은행이라면 무슨 은행이신지?"하고 꼬집어 물었다. 그 자리에 초청된 국제개발은행은 단 한 곳밖에 없었기 때문에 어느 은행을 의미하는지를 몰라서 한 질문은 아니었다. 무스 바른 그 남자가 자기 기관의 이름을 정확히 대지 않은 채 은행이라고 하면 모두 다 알아 들을 것이라고 생각한 태도가 괘씸해서 되물은 것이다. 문제의 젊은 직원은 바로 분위기를 파악하고, 자기네 기관의 이름을 정확히 풀어서 대답했다. 그랬더니 그 질문자는 시치미를 뚝 떼며 "아 그래요?"라고 하면서 '진작 그렇게 했어야지'하는 표정을 지어 보이는 것이었다.

말이 난 김에 그 나라 국민들은 평등사상이 철두철미하게 몸에 배어 있다는 사실을 알게 해 준 에피소드도 있었다. 강의실에서 보고회가 끝난 후 나와 국제개발은행 직원들은 교수 몇 명과 별도의 면담 시간을 가졌다. 면담이 길어지자, 우리를 안내하던 외교부 직원이 손님들 일정이 빠듯해서 그만 면담을 끝내야겠다고 했다. 그러자 내 옆에 있던 교수 한 명이 "손님들만 일정이 바쁩니까? 우리 시간은 중요하지 않고요?"라며 불편한 심기를 드러냈다. 모두가 바쁜 시간을 쪼개 회의에 왔는데 손님들의 시간만을 중요시하는 것이 못마땅했던 것이다. 내가 생각해도 그 말이 맞았고, 또 손님 된 입장에서 미안하기도 하고 해서 나는 그에게 "교수님 말씀이 맞습니다"라고 조용히 속삭여주었다.

인류 공영에 이바지하고, 인류의 보편적 가치를 지향하는 노르웨이의 국제 개발 사업은 정부 관리의 머리에서 짜낸 탁상공론의 결과물이 아니었다. 그것은 그 나라 사람 하나하나가 갖고 있는 가치관의 반영이었다. 모범 정책 뒤에는 모범생 국민이 있었다.

콩나물 교실의 교훈

1960년생인 나는 우리나라가 한창 경제 개발의 길에 들어서던 1960년대 말에서 1970년대 초에 초등학교를 다녔다. 그리고 나의 초등학교 시절에 대한 기억은 내가 유네스코에 들어와서 국제 개발 사업을 이해하는 데에 많은 영향을 미쳤다.

나는 서울 변두리에서 공립초등학교에 다녔다. 입학 첫날 선생님은 우리에게 재래식 화장실에서 오물통으로 빠지지 않는 방법을 가르쳐 주셨다. 어린 학생들에게 그런 사고가 잦았던 게다. 우리는 운동장 바닥에 화장실 발판을 그려 놓고, 그 위에 두 발을 안전하게 디디는 연습을 했다. 내가 학교에 들어가서 받은 첫 수업 내용이다.

입학하자마자 전학을 간 두 번째 학교는 학생 수는 많은데 교실은 부족해서 1학년도 3부제를 실시했다. 교실 하나를 아침반, 점심반, 저녁반으로 나누어 세 반이 사용했다. 한 반의 학생 수는 90명이 넘었다. 저녁에 수업이 있는 날에는 오후에 학교에 가서 운동장에서 뛰어놀다가 어둑어둑해질 무렵 교실에 들어갔다.

비가 오는 날에는 밖에서 놀 수가 없어서 아이들이 교실 처마 끝에 제비 새끼들처럼 모여 앉아 비를 그으며 점심반 수업이 끝나길 기다렸다. 교실 환경도 열악했다. 칠판이 하도 높게 달려 있어서 나는 책상 위에 의자를 놓고 올라가 칠판에 매달리다시피 하며 'ㅂ'이라는 글자를 쓰던 생각이 난다.

교육의 질이라는 잣대를 갖다 대면 참으로 형편없는 교육이었다. 그러나 그런 교육이라도 아이들이 받았고, 그런 학교라도 아이들이 다녔다. 배우는 것이 없더라도 아이들이 거리에 나돌아다니지 않고 학교라는 울타리 안에 있었다. 그것만으로도 나라 발전에 큰 도움이 된 게 사실이다.

이런 경험 때문인지 나는 출장을 가서 열악한 환경이나 학생들이 '바글대는' 교실을 봐도 미간이 찡그려지지 않았다. 한번은 아시아의 한 저개발국 산골로 유아 프로그램을 시찰하러 간 적이 있었다. 어린아이들이 교실에 빽빽이 앉아 있었고, 교실에는 창문도 없고 전등도 없어 아이들의 얼굴조차 보이지 않았다. 같이 간 전문가 한 명은 개탄했다. "어떻게 이런 어린아이들을 초등학교 교실에 모아 놓고 학생처럼 무엇을 가르치려고 합니까, 자유롭게 놀게 해줘야지." 나는 생각이 달랐다. 초등학교 입학률이 낮은 그 지역에서 어린이들이 그렇게 해서라도 교실 환경과 친해지는 것은 나중에 그들의 입학률을 높이는 데 도움이 될 것 같았다. 무엇보다 전기가 없는 동네인데, 그럼 어떡하란 말인가?

나는 그런 곳에 출장 가면 내가 어렸을 때 겪은 우리나라의 교육 환경을 이야기해 주곤 했다. 그러면서 주어진 환경에서 그들이 할 수 있는 최선을 다하는 것이 무엇보다 중요하다고 덧붙였다. 내가 알고 있는 교육의 질에 관한 국제적인 기준치는 그들이 물어오지 않는 한 먼저 입에 올리지 않았다. 나는 그들이 그들 나름의 실험과 시도를 해 보는 것이 더 중요하다고 생각했다.

싱가포르의 유아교육 정책이 잘 되어 있다고 해서 그 나라 정부 관리와 인터뷰를 했을 때 들은 이야기도 생각난다. 정부가 유아교육의 질에 대해서 신경을 쓰게 된 계기를 묻자, 관리는 이렇게 대답했다. "양적 팽창을 추구하다 보니 어느 시점에 이르러서는 질 나쁜 프로그램이 양산되고, 그러다 보니 교육의 질에 대한 인식이 순차적으로 고조되었죠." 그러면서 자기네도 처음부터 교육의 질 문제에 신경을 쓴 것은 아니라는 점을 강조했다.

나는 국제 개발 커뮤니티가 좀 더 큰 인내심을 갖고 회원국의 개발 과정을 지켜보고 도와주어야 한다고 생각한다. 국제적 잣대를 갖다 대면서 가르치려 하기보다는 회원국이 실수를 하더라도, 그리고 문제가 있더라도 그들 나름의 노력을 기울이고, 거기서 경험을 쌓아가도록 해야 한다고 생각한다. 그래야 개발 과정과 그 결과가 지속될 수 있다. 전 세계에서 거의 유일하게 개발수혜국에서 개발공여국으로 돌아선 우리나라 역시도 그렇게 많은 실수 속에서 발전했다.

감사한 물 한 방울

유네스코 과장 시절에는 프로그램을 직접 담당했기 때문

에 '험한' 곳으로 출장을 많이 갔다. 그러다 보니 내가 사는 환경과 다른 곳에서 체험을 통해 교훈을 쌓을 기회가 많았다.

한번은 브라질 북부의 작은 마을로 출장을 가게 되었다. 출장 목적상 낙후한 곳을 일부러 찾아갔지만, 워낙 후미진 지역이어서 내가 머무를 숙소가 어떨지 은근히 걱정됐다. 그래서 현지 안내인에게 물어보니 그 마을에서 '두 번째로 좋은 호텔'을 예약했다고 했다. '두 번째'라는 말이 좀 석연치 않았으나, 일단 믿어 보기로 했다.

호텔에 도착해서 보니까 호텔이라고 하기보다는 낡은 유스호스텔에 가까웠다. 짐을 풀고 샤워를 하려는데, 하도 시설이 낡아서 샤워기에서 물이나 제대로 나오는지가 궁금해졌다. 샤워기를 틀어보니 아니나 다를까, 샤워기는 거의 막혔고, 한 10퍼센트 정도 남은 구멍에서 소면 굵기 정도의 물이 힘없이 몇 가닥 흘러내렸다.

'이걸로 샤워를 어떻게 하나?' 한숨이 나왔다. 그러나 땀에 젖은 몸에 물이라도 묻히자 하는 심정으로 샤워장 안으로 들어갔다. 아니, 그런데 이게 웬일인가. 샤워기 밑에 잠시 서 있으니 그 힘없는 물줄기들이 거품 먹은 내 머리뿐만 아니라 몸 전체까지 아주 여유 있는 리듬으로 훌륭하게 씻어내는 것이 아닌가!

정말 놀라웠다. 시간이 조금 걸리기는 하지만 그렇게 적은 양의 힘없는 물줄기로도 충분히 샤워가 되는 것이. 그 이후로 나는 어디 가서도 수도꼭지나 샤워기에서 물이 시원치 않게 나오는 것에 대해서는 아무 불평을 하지 않게 됐다. 오히려 콸콸, 쭉쭉 뻗어 나오는 물과 물줄기가 항상 불만이다. 손 닦는 데는 소면 가락만큼의 물 몇 줄기면 충분하다는 것을 아는 사람이 몇이나 될까?

물에 대한 추억이 또 하나 있다. 카자흐스탄의 북쪽에 있는 작은 도시로 출장을 갔을 때의 일이다. 겨울도 아닌데 외부 기온이 영하에 가깝게 내려가 꽤 추웠다. 그런데도 호텔에는 난방이 들어 오지 않았다. 도시의 기온이 영하로 떨어지지 않아 규칙상 가스 공급을 시작할 수 없어서라고 했다. 영하 가까이에서 더 이상 떨어지지 않는 날씨가 원망스럽기만 했다.

냉장고 같은 호텔 방에서 하룻밤을 지내야 했다. 가져온 옷을 있는 대로 다 꺼내 입었다. 양말도 겹으로 신었다. 방에 비치된 담요는 미라처럼 몸에 말고 잤다. 얼어붙은 듯한 코에서 한기가 느껴져 눈을 뜨니 아침이었다. 호텔 직원이 따뜻한 물이 담긴 작은 보온병과 수건을 방으로 갖다줬다. 온수가 없으니 그 보온병의 물로 세수를 하라고 했다. '세수? 그러면 머리는 어떻게 감으라고?'

보온병에 든 온수는 찬물을 섞는다고 해도 머리를 감기에는 턱없이 부족했다. 그렇다고 밤새 얼어붙은 몸에 찬물로 머리를 감는다는 건 상상조차 되지 않았다. 하지만 떡이 져 달라붙은 머리는 어떻게 해서든지 감아야 할 상황이기에 어떡하나 고민하다가 기발한 아이디어를 하나 생각해 냈다.

일단 샴푸를 약하게 풀어서 찬물로 두피를 건드리지 않고 머리카락만 감았다. 그런 후 보온병에 든 따뜻한 물을 따라 찬물을 좀 섞은 후에 두피 부분을 빨리 감아냈다. 따뜻한 물이 필요한 곳은 온도 감각이 있는 두피 부분이지 머리카락이 아니라는 발상이었는데, 훌륭했다. 세수하고 머리도 감았는데도 보온병에는 따뜻한 물이 아직 남아 있었다. 그래서 그 물로 양치질까지 하고 나니 밤새 얼었던 몸이 훌륭하게 해동되었다.

우리의 삶을 영위해 나가는 데는 그렇게 많은 것이 필요치 않다. 우리가 갖고 있는 것 대부분은 불필요한 덤이다. '졸졸이' 샤워 꼭지와 보온병 한 통의 온수는 고맙게도 나에게 이 중요한 사실을 일깨워 주었고, 지금도 물질적 욕구가 일 때면 나를 잡아주는 소중한 제어 장치 역할을 하고 있다.

나는 관광보다 추억

국제기구 공무원이라고 하면 사람들은 흔히 비행기 타고 동에 번쩍 서에 번쩍하며 세계 각국을 돌아다니는 모습을 떠올린다. 그러면서 끝에 "좋으시겠어요, 구경도 많이 하고"라는 말을 자주 덧붙인다. 그러나 입사 초창기에는 세상 구경하는 것을 신기해할 법도 하지만, 나는 출장을 통해 여기저기 구경할 기회를 마련하는 데는 재주가 없는 사람이었다.

일단 출장으로 여행을 가면 일이 끝난 후에도 관광 분위기로 기분 전환이 안 됐다. 출장지를 떠나기 전까지는 일에서 오는 긴장감이 쉽게 풀어지지 않았다. 시간이 남으면 호텔 방에서 출장 보고서를 쓰거나 모자라는 잠을 자는 쪽을 택했다. 다른 일에는 비교적 부지런한 편인데, 구경 다니러 나가는 일에는 갖가지 핑계로 게으름을 피웠다.

그래서 출장 가서 관광 명소를 눈앞에 두고 지나친 적이 한두 번이 아니다. 캄보디아로 그렇게 출장을 많이 갔지만, 그 유명한 앙코르와트 유적지에는 가 본 적이 없다. 브라질의 리우데자네이루에도 여러 번 갔으나, 산 위에 있는 예수상에는 올라가 본 적이 없다. 하다못해 20년을 넘게 산 프랑스에서도 그 유명하다는 프로방스 지방으로 여행을 가 본 적이 없다. 파리에서는 에펠 탑에서 엎어지면 코가 닿을 거리에서 20년을 넘게 살았는데도 탑에는 딱 한 번 올라가 봤다. 그것도 서울에서 여행 온 친구가 손을 잡아끄는 바람에. 프랑스 혁명 기념일에 에펠탑에서 대대적인 불꽃놀이가 펼쳐져도 나는 집에서 귀 막고 지내는 사람이었다.

이렇듯 관광이나 구경하는 것에는 조금 심하다 싶을 정도로 게을렀지만, 그렇다고 출장을 다니면서 쌓은 추억이 아예 없는 것은 아니다.

초기에 출장으로 간 곳 중 가장 아름다운 곳을 꼽으라면 나는 몽골의 초원을 꼽는다. 지금은 수도 울란바토르도 공해와 교통체증이 심각하다지만, 내가 방문했던 2000년 초에는 공항에서 나오면 바로 앞에 골프장 같은 초원이 펼쳐져 있었다. 도시에서 벗어난 곳에 있는 초원은 이정표가 세워져 있지 않아 현지인의 안내가 없으면 외국인은 자동차로 여행도 할 수 없을 정도로 자연이 방목되어 있었다. 사방 천지에 잔잔한 리듬으로 펼쳐진 초원을 보고 있노라면 눈도 마음도 저절로 씻겨나가는 것 같았다. 지금은 많이 변했다고들 하는데, 훼손으로 인한 변화가 아니기를 바란다.

시베리아 국경 지대에서 차를 타고 가면서 지나치듯 보았던 자작나무 숲도 잊을 수 없다. 하얀색의 자작나무 몸통은 숲을 배경으로 여기저기 모여 있는 사람들 같았다. 초가을이라 옅은 노란색으로 물들기 시작한 작은 나뭇잎들이 하얀 몸통과 조용한 조화를 이루고 있었다. 바람이 일었는지 작은 이파리들이 살랑살랑거리는데, 숲이 살아서 노래한다는 의미가 무엇인지 알 것 같았다. 단조의 읊조림에 가까운 '노래'였다. 뭔가가 살아 숨 쉬고 있는 듯한 느낌이 들었다. 지금도 자작나무만 보면 그때 시베리아 근처에서 본 숲의 음률이 귓가를 스친다.

부탄에서도 잊을 수 없는 경험을 한 적이 있었다. 오랜 비행 끝에 피곤한 몸으로 부탄의 파로 국제 공항에 도착했다. 이제는 다

왔다고 생각했더니만, 목적지였던 수도 팀푸까지는 약 54킬로미터에 달하는 꼬불꼬불 산길을 다시 차로 이동해야 했다. '아, 이렇게 힘든 곳에 왜 왔지?'하는 후회의 한숨이 나왔다.

그러나 공항에서 팀푸로 가는 산길로 들어서자 산골짜기에서 흐르는 물이 길가를 따라 흐르고 있는 것이 보였다. 산에서 떨어지는 물이지만, 돌이 많아서인지 졸졸 흘렀다. 아마도 도로에 차들이 많지 않아서 물소리가 이어폰이라도 낀 것처럼 가깝게 들렸던 것 같다. "졸졸졸."

게다가 공기는 또 어찌나 맑은지. 그렇게 한가히 햇살에 부서지는 물소리를 들으며 산길을 굽이굽이 지나다 보니, 그 멀리까지 고생해서 온 보람이 있다 싶었다. "에이씨, 이 물소리 들으려고 왔나 보네"하는 자그마한 환성이 터져 나왔다. 보석처럼 흐르던 그 산골짜기 물소리는 내 귀에 둘도 없는 호강이었다.

출장으로 가장 기억에 남는 나라는 베트남이다. 베트남은 내가 유네스코에 입사해서 처음으로 출장 간 곳이기도 하고, 초기에 가장 많이 출장을 간 나라이기도 하다. 자주 출장을 가다 보니 정부 관계자들과도 애틋한 친분을 쌓게 되어 그들은 내가 하노이를 방문하면 공항으로 꼭 마중을 나왔다.

2000년대 초기의 하노이 공항은 마치 시골의 버스 터미널 같았다. 짐 찾는 곳과 환영객들이 기다리는 로비가 같은 공간에 엉

켜 있어 도착한 사람과 마중 나온 사람들이 서로 얼굴을 볼 수 있는 것은 물론이고, 소리를 지르면 대화도 가능했다.

도착해서 짐을 찾고 있는데 복잡한 환영 군중 속에 익숙한 얼굴이 보였다. 같이 일하면서 알게 된 응우옌 씨가 마중을 나온 것이다. "닥터 초이, 닥터 초이." 나를 부르는 그의 손에는 꽃다발이 들려 있었다. 연꽃 다발이었다. 연꽃을 생화로 본 것은 그때가 처음이었는데, 길고 실하게 생긴 줄기에 얌전히 올라앉은 선분홍색 꽃봉오리가 정말 아름다웠다. 본인도 내게 줄 꽃다발이 자랑스러웠는지 내가 짐을 찾으면서 고개를 돌려 쳐다보면 그때마다 연꽃 다발을 들어 올리며 화답했다.

짐을 찾아 들고 나가 드디어 그와 얼굴을 마주하니 반갑기 그지없었다. 고향 아저씨를 만나는 것 같았다. 한참 동안 손을 잡고

서로의 안부를 물었다. 거기에 연꽃 다발을 가슴에 한 아름 안으면 고향 방문이 부럽지 않았다.

나만의 이러한 작은 추억들은 숨겨진 보석 같다. 가끔 혼자 꺼내 보면 여전히 그 빛을 발하고 있고, 지나간 시간이 모두 어둠의 장막 속으로 사라진 것만은 아닌 것 같아서 나를 행복하게 만든다. 이런 사소한 기억들을 유명 관광지 방문에 비할까? 당연히 아니다.

받는 자에 대한 예의

출장을 나가면 보통 융숭한 대접을 받기 마련이다. 나라와 문화에 따라 정도와 방법의 차이는 있지만, 대부분의 경우 회원국에서는 유네스코 방문단이 오면 최선을 다해 맞아 주었다. 하지만 나는 처음에는 대접을 받는 게 부담스러웠다. 도움을 주러 간 사람은 나인데 오히려 과분한 대접을 받고 돌아오는 것 같아 항상 미안했다. 그들의 호의에 답을 할 때는 이것저것 생각해야 할 것도 많았다.

베트남의 어느 산골 마을로 출장을 갔을 때의 일이다. 유치원 방문이 목적이었다. 유치원이라고는 하나 아이들을 위한 별다른 시설은 찾아볼 수가 없고, 흙바닥과 흙벽으로 나뉜 공간 몇 개가 전부인 낙후한 곳이었다. 그래도 아이들의 얼굴은 밝았다. 깊은 산골에 찾아온 외국인이 반가웠는지 아이들은 구름떼처럼 방문단을 좇아다녔다.

방문을 마치고 떠나려 하자, 시동을 건 차 뒤로 아이들이 몰려들었다. 그러던 찰나, 구름같이 모여 있는 아이들 사이로 여자 선생님 한 분이 큰 소리로 차를 세우면서 달려 나왔다. 그녀는 방금 나무에서 땄다며 싱싱한 리치 가지 한 다발을 차 안으로 던져주었다. 그렇지 않아도 소란만 떨고 가는 것이 미안하던 차에 정 넘치는 선물까지 받고 보니 나도 뭔가를 주고 가야 할 것 같았다. 차 안을 둘러보니 출장단이 여행 중간에 먹으려고 준비한 간식 상자가 눈에 띄었다. 낱개로 포장된 폭신폭신한 카스텔라가 들어 있었다. 양도 꽤 돼서 좇아오는 아이들에게 넉넉히 돌아갈 것 같았다.

그러나 그 순간 내가 차창을 열고 과자를 아이들에게 나눠 주려고 하면 눈앞에 벌어질 광경이 떠올랐다. 차창 주변에 몰려든 아이들이 손을 뻗쳐 과자를 받으려고 난리가 날 것이고, 그 가운데 내가 차 안에서 과자를 던져주는 산타클로스가 되는 상황 말이다.

과거 6·25전쟁이 끝나고 미군들이 지프차를 타고 가면서 초콜릿을 던져주면 우리도 코흘리개 아이들이 차 뒤를 그런 식으로 좇아다녔다. 어쩌다 보니 이제는 내가 그 미군의 위치에 놓인 상황이 됐지만, 그 아이들을 대상으로 나의 특권적 위치를 확인하는 위세를 부리고 싶지는 않았다.

차 뒤편을 돌아보니 선생님이 아이들과 아직도 우리를 배웅하고 있었다. 잠시 고민한 후에 운전기사에게 가서 선생님을 모시고 와달라고 부탁했다. 내가 차에서 내리면 뒤에 있던 아이들과 선생님이 차로 다시 달려올 것 같았기 때문이다. 그렇게 선생님이 차창 옆으로 오자, 나는 방문을 허락해 주셔서 감사하다는 말과 함께 과자를 아이들에게 주고 싶은데 선생님이 가져가서 우리가 떠난 후에 교실에서 아이들에게 나누어 주시면 좋겠다고 했다. 선생님은 고맙다며 그렇게 하겠다고 했다.

과자 상자를 가슴에 꼬옥 끌어안은 채 우리를 바라보는 선생님과 영문도 모르는 채 멀어져 가는 차를 향해 손을 흔들며 배웅하는 아이들을 뒤로하고 산길을 내려왔다. 내가 이 이야기를 한 동료에게 했더니, 동료는 그 아이들은 손님인 내가 직접 나눠주기를 바랐는지도 모른다고 했다. 그랬을 수도 있다. 그러나 나는 아이들이 과자를 받아먹기 위해 차창에 매달리게는 하고 싶지 않았다. 받는 자에 대한 최소한의 예의를 갖추고 싶었다.

'먹는 척'의 효과

유네스코에 처음 입사해서 귀에 딱지가 앉도록 들은 이야기가 타 문화에 대한 존중이었다. 직원 간에도 다양성을 인정해야 하고, 회원국을 방문해서도 예의에 벗어나는 행동을 하면 안 된다는 이야기를 선배들로부터 수도 없이 들었다. 그러나 회원국을 방문해 그들의 문화나 생활 습관에 스며든다는 건 말처럼 그렇게 쉽지는 않았다.

한번은 동남아에 있는 어느 시골 마을로 출장을 간 적이 있었다. 점심때가 되어 예약해 놓은 식당으로 들어갔다. 식당으로 들어서자마자 부엌이 보였는데, 어두컴컴한 그곳에서는 생닭 손질이 한창이었다. 바닥에는 피가 흥건하게 고여 있었고, 닭털은 먼지처럼 날리고 있었다. 식사 전에 볼 장면은 아니었다.

다행히 우리가 예약한 식탁은 부엌을 지나 조금 떨어진 2층에 마련되어 있었다. 많은 요리가 나왔다. 그런데 아니나 다를까, 그중에서도 하이라이트는 닭백숙이었다. 같이 간 여자 동료가 닭백숙을 뜨다가 냄비 안에 통째로 들어가 있던 닭대가리를 발견하고는 그대로 나동그라졌다. 같이 동석한 현지 공무원들은 미안한 마음에 어쩔 줄 몰라 했다. 그 모습을 보니 왠지 나라도 차려진 음식을 맛있게 먹는 모습을 보여 주어야 할 것 같았다. 그러나 막상 맛있게 먹을 만한 건 별로 없었다. 부엌에서 본 닭 '도살' 장면 때문에 비위가 많이 상한 이유도 있었다.

그런 내 속을 아는지 모르는지, 동석한 현지 공무원들은 우리

네 어머니들처럼 이것도 먹어 보고 저것도 먹어 보라고 계속 내 밥그릇에 음식을 얹어 주었다. 어떻게든 맛있게 먹는 모습을 보여야겠다 싶어 위에 얹힌 음식 밑에 깔린 밥을 공략하기 시작했다. 그나마 먹을 만한 것이 흰 쌀밥이었다.

밥을 물고 양쪽 볼을 고무풍선처럼 부풀려 가며 씹기 시작했다. 입안이 가득하다는 것을 보이기 위해서였다. 몇 알 안 되는 밥알은 곧이어 미음처럼 갈아져 흘러내렸다. 흐르는 밥 국물을 중간중간 삼키며 이런저런 이야기를 계속했다. 뭔가 입이 할 일이 있어야 했다.

그렇게 '맛있는' 식사가 간신히 끝나고 다시 차를 타고 떠나려는데, 우리를 안내했던 현지 공무원 한 사람이 차 옆으로 오더니 "출출하실 것 같아 빵을 차에 실어 놓았으니까 가시면서 드세요"라고 했다. 겸연쩍게 웃는 모습에 나는 속으로 뜨끔했다. '앗, 들켰구나.'

빵빵한 입 모양과 달리 좀처럼 줄어들지 않는 내 앞의 음식들을 그들이 눈치 못 챘을 리 없다. 그러나 내 노력만큼은 고맙게 받아들여진 것 같아 안심했다. 현지인들의 호의에 감사 표시를 하는 데는 결과와 상관없이 자그마한 노력을 보이는 것만으로도 족한 경우가 많았다.

3장

현장의 바다

'어미 품'을 떠나서

어느덧 세월이 흘러 2007년이 됐다. 파리에 온 지 10년, 유네스코의 정식 직원이 된 지 9년째 되는 해였다. 그사이 많은 일을 했다. 한국의 교육개발원에 있을 때는 하지 못한 전공 관련 일도 원 없이 했다. 현실과 부딪쳐 일하는 국제기구 공무원 생활에도 재미를 붙여 평생 직업으로 할 수 있겠다는 확신이 들었다.

직장 생활도 만족스러웠다. 거기에는 바 디알로 국장의 아낌없는 지원이 한 몫 했다. 내가 잘한 일을 내 입으로 선전할 필요도 없었다. 국장이 다니면서 내가 하는 일을 모두에게 알렸다. 안에서 새던 쪽박이 밖에서도 샌다고, 그런 국장에게 나는 틀렸다고 생각하는 것은 틀렸다고 이야기하는 간 큰 짓을 가끔 하곤 했는데, 국장은 그것까지도 나의 장점으로 감싸주었다.

그러던 바 디알로 국장이 다른 부서로 떠나게 되자, 나는 졸지에 어미 잃은 새의 신세가 됐다. 보호막 없이 방황하고 있는 사이 교육본부에는 조직 개편 바람이 불고 있었다. 많은 직원들이 앞날에 대한 불안감에 노출되어 있었다. 나 역시 예외는 아니었다.

그런데 조직 개편 발표가 있던 날, 나는 교육본부 내에 새로 신설된 과의 과장으로 발령이 나면서 동료들의 부러움을 사는 상황을 맞이하게 됐다. '현장지원과'라는 부서였는데, 교육본부가 회원국에서의 현장 사업을 좀 더 적극적으로 지원하기 위해 야심 차게 신설한 조직이었고, 나는 그 팀을 이끄는 책임을 맡게 된 것이다.

유아가정교육과에서 일하는 동안에도 나는 현장 지원을 위한 노력을 아끼지 않았다. 현장에서 한참 멀리 떨어져 있는 파리에 있는 본부가 모든 사업의 주도권을 쥐는 것을 막기 위해 내 예산을 현장 사무소에 나눠주고, 나는 그들의 사업을 지원하는 방식으로 프로그램을 진행했다. 본부 중심으로 사업을 하던 유네스코에서는 흔치 않은 일이었다.

그런 노력이 인정돼 그 신설 부서를 맡게 된 것 같았다. 그러나 그 당시의 교육본부장은 갓 부임해 온 사람이어서 나를 알거나, 내가 한 일을 알고서 그런 결정을 내렸을 리는 없다. 바 디알로 국장의 추천이 있었음이 분명했다. 그렇게 그녀는 격동의 시기에도 멀리서 나를 챙겼다.

야심 차게 신설된 부서인 만큼 탄탄한 인력이 주어졌다. 하지만 얼마 지나지 않아 나는 이 신설 부서가 구조적으로 문제가 있다는 것을 발견하게 됐다. 유네스코 파리 본부에는 '현장지원국'이라고 하는 독립된 부서가 교육본부 밖에 따로 있었다. 회원국에 나가 있는 유네스코 사무소들의 전반적인 행정 지원을 담당하는 부서였다. 프로그램 운영에는 관여하지 않지만, 현장 사무소의 행정을 지원하고 조정하는 부분에 있어서 내가 맡게 된 부서와 중복되는 기능이 있었다.

그 현장지원국에서 하는 일을 제외한 우리만의 역할을 찾는 것이 쉽지 않았다. 이런저런 시도를 해 보다가 나는 내가 맡고 있던 부서가 원래 의도했던 목적을 달성하기 힘들다는 결론을 내렸다. 그러고는 이 조직은 없는 편이 낫다는 목소리를 내기 시작했다. 나 스스로 내 목을 내놓은 것이다. 우리 부서가 사라질 경우 나를 포함한 팀원들은 어디로 가야 하나 하는 문제에 대해 고심하지 않은 건 아니었다. 그러나 일단 아닌 것은 아니라고 할 수밖에 없었다.

교육본부에서도 내 의견에 동의하는 분위기가 있었으나, 그 반응의 메아리가 현실이 되기까지는 시간이 필요했다. 그때까지 나는 남들이 부러워하는 인력을 이끌고 한심하게 표류하고 있는 수밖에 없었다. 그러나 그 표류의 시간은 나 개인에게는 낭비만은 아니었다. 격동의 시기를 거치면서 현장으로 가야겠다는 생각을 굳히게 됐고, 파리에서 원거리 지원이나 조정을 하는 것보다 현장의 바다에 뛰어들어 내가 직접 헤엄쳐 보고 싶어졌다. 그러고 보니 내게 필요한 것은 '망원경'이 아니라 '수영복'이었다.

고심 끝에 결국 현장 사무소 관리를 담당하는 현장지원국의 국장을 찾아가기로 했다.

드디어 현장의 바다로

레바논 출신의 현장지원국 살만 국장은 초면이라 내가 누구인지부터 설명해야 했다. 일단 교육본부에서 '잘나가는 과장'이라는 것을 강조했다. 그동안 받은 최우수 등급의 업무 평가표도 일러주었다. 자화자찬에 낯이 간지러웠으나, 어쩔 수 없었다. 이제 '어미 새'가 없으니 나 스스로 먹잇감을 찾아 나서야 했다.

유네스코 내에서 자리를 옮길 때는 대부분 공고가 난 자리에 지원해 경쟁을 다시 해야 한다.* 현장 사무소장 임명도 같은 절차를 거치기 때문에 그녀에게 내가 어떤 사람인지를 알리는 것이

---

* 같은 직급 간에는 공개 경쟁 없이 내부에서 필요에 따라 직원들의 자리 이동을 진행하기도 한다. 내가 공개 경쟁을 거쳐 국장(D-1)으로 승진한 이후 옮겨간 자리는 모두 내부 이동이었다. 반면 상위 직급으로의 진급은 반드시 공개 채용 과정을 거쳐야 한다.

도움이 될 것 같았다.

나는 의자 끝에 매달리듯 앉아 내 소개를 마치자마자 현장으로 가고 싶다는 의사 표시를 했다. 살만 국장은 아무 말 없이 의자 깊숙이 앉아 나의 이야기를 들었다. 그러더니 나더러 현장에서의 근무 경력이 없으니까 승진해서 나갈 생각은 하지 말고, 자그마한 단일 회원국 사무소에 동급의 자리로 가서 먼저 현장 경험을 쌓는 것이 현실적일 것이라고 조언했다.

사실 나는 그때 이미 P-5 과장직 호봉의 후반 단계에 와 있었던 지라 그다음 직급인 국장급으로 승진해서 현장으로 나가기를 바라고 있었다. 그러나 살만 국장은 그런 나의 야무진 속마음을 꿰뚫어 보고는 내가 마주하고 있는 현실을 가차 없이 눈앞에 들이댔다. 본부에서의 업무 평가만으로 현장 경험 부재라는 단점을 가릴 수 있다고 생각한 것 자체가 나의 현실성 없는 생각이었다. 실망스러웠지만, 어쩔 수 없었다. 알겠다고 하고 그날의 대화는 거기서 마쳤다. 까칠한 그녀와 일단 안면을 튼 것만도 수확이라고 생각하기로 했다.

그리고 얼마 지난 어느 날, 중국 출신의 교육본부 기획실장 탕에게서 이메일이 하나 날아왔다. 현장지원국에서 유네스코 파키스탄 사무소로 6개월간 장기 출장을 갈 사람을 찾고 있는데 관심이 있냐는 내용이었다. 탕 실장이 그 장기 출장 기회를 나에게 문의해 온 이유는 표류하고 있던 현장지원과의 명색이 글자 그대로 현장 지원이었고, 내가 그 부서의 책임자였기 때문이다. '쓸모없게 된' 부서를 맡고 있던 나의 타이틀이 제 몫을 하는 순간이었다.

어쨌든 나의 현장 경험 부재를 보완할 수 있는 절호의 기회라고 생각했다. 아무리 기회가 좋아도 본부에서 하던 일이 바쁘면 장시간 자리를 비울 수 없었을 텐데, 나는 '다행히도' 내 부서가 표류하고 있던 까닭에 쉽게 떠날 수 있는 처지가 됐다. 모든 박자가 맞아떨어지는 느낌이었다. 일 초의 망설임도 없이 가겠다고 답했다.

장기 출장은 말 그대로 출장을 오래 나가 있는 것이다. 예산이 많이 드는 사안이다. 그런데도 기구에서 파키스탄에 장기 출장자를 보내려고 했던 이유는 그 당시 파키스탄에서 실험적으로 진행되고 있던 유엔 기구 간의 활동을 통합하려는 노력에 파키스탄 사무소 소장이 전력투구하게 하기 위해서였다. 대신 나를 부소장 자격으로 파견해서 사무소 내의 일상 업무를 맡게 한다는 계획이었다.

비록 공식 타이틀은 아니어도 부소장 자격으로 나간다는 것에 나는 회심의 미소를 지었다. 파키스탄 사무소 소장은 D-1 국장급이었다. 그런 사무소의 안주인 역할을 맡게 됐으니, 현장 경험이 없어서 같은 동급으로 현장에 나가라고 했던 현장지원국 국장에게 내가 국장급 사무소의 일도 소화할 수 있다는 것을 증명할 기회를 잡은 것이나 다름없었다. 세상에 공짜는 없어서 능력이 있다면 그것을 증명해야 했는데, 나는 다행히 그 기회를 잡게 된 것이다.

교육본부로부터 내 이름이 추천되어 올라오자, 현장지원국의 살만 국장은 두말없이 환영하고 나섰다. 국장에게 가서 인사해 두길 잘했다 싶었다. 장기 출장 기간 그녀는 나의 임시 상사가 됐다. 이로써 현장지원국과의 연결 고리가 생겼다. 현장의 바다로 나가기 위한 나의 계획과 관련해 뭔가 희망적인 느낌이 들기 시작했다.

재난 재해와 우산 장식

파키스탄은 거친 근무지였다. 기존에 산재한 정치, 경제, 사회적 개발 문제는 물론 재난과 재해도 다발적으로 발생하는 곳이었다. 6개월간 현장 학습하러 나간 나에게 파키스탄은 국제 개발 협력과 원조에 관한 모든 문제를 짧은 시간에 훑어볼 수 있는 종합속성반 같았다.

제일 먼저 피부에 와 닿은 현실은 테러였다. 처음 파키스탄에 도착해서는 수도 이슬라마바드의 메리어트 호텔에 묵었다. 현지에 있는 유엔 안보사무소에서 안전하다고 추천해 준 호텔 중 하나였다. 나중에 아파트를 찾아서 거처를 옮긴 후에도 운동 시설을 이용하러 자주 들르던 곳이다. 그러던 호텔은 내가 파키스탄

근무를 마치고 떠난 지 얼마 되지 않아 테러로 폭파됐다. 건물이 무너진 것은 물론이고, 호텔이 있던 자리 자체가 별똥별을 맞은 것처럼 지반이 깊게 파인 큰 사건이었다. 폭파되고 남은 호텔의 잔해가 TV 화면에 비치는데, 눈에 익은 곳들이 많았다. 가슴을 쓸어내렸다.

이슬라마바드에서 같이 일하던 다른 유엔 기구의 여자 동료 하나는 북서 국경지대에 출장 갔다가 실제로 테러로 인한 폭발에 목숨을 잃었다. 그녀가 사망한 후 가족들이 그녀의 살림살이를 정리하러 이슬라마바드에 왔다는 소식을 들었을 때, 그게 내 가족이 될 수도 있다고 생각하니 가슴이 미어졌다.

이처럼 테러의 위험은 주위에 항상 도사리고 있었지만, 총소리조차 들어 본 적이 없는 나에게는 쉽게 상상되지 않는 현실이었다. 하루는 퇴근해서 집으로 돌아가는데, 집 가까이 도착하자 어디선가 "따따딱"하는 소리가 들려왔다. 그때가 마침 7월 초순이었고, 집 근처에 미국 대사관이 자리하고 있어서 나는 7월 4일 미국 독립기념일 행사 준비로 폭죽을 터뜨리는 것으로 생각했다. 그러다가 집에 도착해서 미국의 CNN 뉴스를 틀었더니 파키스탄의 한 모스크에서 발생하고 있는 테러 인질 사태를 한창 보도하고 있었다. 그런데 가만히 보니까 화면에 나온 모스크가 다름 아닌 우리 동네에 있는 모스크 아닌가! 그제야 나는 그 '폭죽 소리'

가 총소리였음을 깨달았다. 이제껏 총소리라곤 단 한 번도 실제로 들어 본 적이 없으니 내가 알 리가 있나.

테러로 인한 재난에 버금가게 파키스탄은 자연재해도 많은 나라였다. 2005년에는 7만 명도 넘는 인명 피해를 낸 대지진이 있었다. 그 지진 복구를 위한 사업을 우리 사무소에서도 하고 있었는데, 내가 파키스탄에서 근무하던 2007년 여름에는 큰 홍수로 또 한 번의 난리가 났다.

홍수로 인한 피해가 커지자, 이슬라마바드에 주재하고 있는 국제 개발 기구와 단체들은 발 빠른 움직임을 보였다. 피해 복구를 위한 기금을 마련하고, 그 기금의 용도에 관한 결정을 내리기 위해서였다. 논의를 위한 유관 기관 회의가 급히 소집됐다. 많은 기관 대표들이 모였다. 모두 긴장된 얼굴을 하고 있었다. 당시는 홍수 피해가 하도 심각해서 모두들 표정이 어두운 것으로 생각했는데, 시간이 흐를수록 그 이유 때문만은 아니라는 것을 알게 됐다. 상당한 금액의 피해 복구 기금을 기관들 사이에 나누는 것은 홍수보다 더 심각한 사안이었다.

유네스코는 장기 개발 사업을 하는 기구다. 재해 상황에 필요한 원조 사업을 하기에는 취약점이 많다. 그러나 우리도 한몫을 거들어야 했다. 우리는 재해를 당한 아이들을 심리적으로 안정시키는 것이 필요하니 그 일을 우리가 하겠다고 했다. 소장이 우리 사무소를 대표해서 필요한 발언을 했다. 그러자 다른 기관들은 집도 없고 먹을 것도 없는 상황에서 아이들에게 당장 무슨 심리 치료가 필요하냐고 반박했다. 우리 소장은 트라우마 치료도 바로 시작해야 효과가 있다고 주장했다.

그 말이 틀린 말은 아니다. 하지만 회의장으로 향하기 전에 우리끼리 사무실에서 가진 사전 전략 회의에서도 심리 치료가 당장 급한 일이 아니어서 우리의 주장이 얼마나 먹힐 수 있을지 의문스럽다는 목소리가 나왔었다. 그럼에도 다른 기관들과 맞붙어 우리의 목소리를 내야 하는 순간에 이르자, 소장은 정색을 하고 우리조차도 확신이 안 가던 주장을 그대로 밀고 나갔다. 그런 노력에 힘입어 우리의 목소리가 일부 수용되었고, 우리도 기금의 일부를 받게 됐다.

당시 소장의 행동은 배울 만했다. 그러나 내가 잘할 수 있는 일 같지는 않았다. 남들은 고사하고 우리 스스로도 설득력이 떨어진다고 생각하는 주장을 밀고 나가기 위해서는 얼굴이 두꺼워야 하는데, 나는 그렇지 못하다는 것을 누구보다 잘 알고 있었기 때문이다. '얼굴 두꺼워지기'는 기구 간의 치열한 경쟁 현장에서 살아남기 위해 내가 준비해야 할 숙제로 남겨 놓았다.

홍수 재해에 관한 유관 기관 회의가 있던 그날 오후, 나는 국제기구에서 일하는 직원들이 다닌다는 클럽에 초대받아 가게 됐다. 안으로 들어가니 조그만 야외 수영장이 있고, 수영장 주변에는 파라솔과 긴 의자들도 있었다. 의자에 길게 누운 이들은 작은 우산 장식이 달린 주스를 마시며 한가로운 오후를 보내고 있었다. 그런데 가만히 보니 그중 몇몇은 아침의 홍수 재해 회의에서 본 얼굴들이었다. 아침에 홍수 피해를 염려하며 우리가 할 일을 그렇게 심각하게 논의하던 때의 얼굴과 수영장 옆에 누워 한가롭게 주스를 마시고 있는 그들의 모습이 너무 대조적이라, 나는, 순간, 홍수가 언제 있었나 하는 착각이 들었다.

국제기구 직원들은 열악한 회원국 현장에서도 어느 정도 안전망이 쳐진 버블 속에 산다. 그들 업무의 대상인 회원국의 어려운 현실과 어느 정도의 거리를 두고 사는 것이다. 나도 그 버블 세계의 일원이었고, 버블 자체가 잘못된 것은 아니다. 그러나 그날 수영장에서 제공하던 주스에 꽂힌 파라솔 종이 장식은 왠지 눈에 거슬렸다. 아니, 내가 죄 없는 주스 장식에 시비를 걸었다고 하는 편이 맞을지도 모르겠다. 윤동주는 「서시」에서 이렇게 적었다. "하늘을 우러러 한 점 부끄럼이 없기를. 잎새에 이는 바람에도 나는 괴로워했다." 나는 뭔가 부끄러웠다. 숱한 재난 재해를 겪은 나라가 내게 준 부끄러움이다.

극한 직업, 그러나

이슬라마바드는 수도로 계획된 도시다. 그래서인지 계획도시의 대표적인 예인 브라질의 수도 브라질리아와 비슷하게 도로 정리도 반듯하게 되어 있고, 시내 구역도 네모반듯하게 잘려져 있어 번호만으로 얼마든지 집을 찾을 수 있게 되어 있다. 더운 날씨 탓인지, 낮에는 거리에 사람들도 많이 없어 비교적 한산한 편이었다. 그러나 막상 그 속에서 생활해 본 결과 그곳은 겉으로 보이는 것처럼 녹록한 곳이 아니었다.

무엇보다 날씨가 상상을 뛰어넘었다. 내가 도착한 6월은 일 년 중 가장 더운 달이었다. 온도가 매일 40도 가깝게 올라갔다. 거기에 습도까지 어마어마해서 밖에서 사람들과 잠시 이야기라도 나누려면 서로의 얼굴을 타고 무섭게 흘러내리는 땀을 마주하지 않을 방법이 없었다. 행여 사무실의 에어컨이 고장 나기라도 하는 날엔 책상 위는 뜨거운 냄비 뚜껑처럼 손을 댈 수 없을 정도로 달아올랐다.

비가 많이 오는 것을 보고 흔히 사람들은 하늘에 구멍이 뚫린 것 같다는 표현을 쓴다. 그런데 파키스탄에서는 비가 한번 오면 구멍이 뚫린 정도가 아니라 하늘이 그냥 통째로 무너지는 것 같았다. 비와 함께 동반되는 천둥과 번개의 위력도 무시무시했다. 일단 비가 내리치면 닫힌 창문 틈새를 비집고 빗물이 집안으로 그냥 흘러들었다. 부실한 건축 설비가 원인이었을 것 같은데, 닫힌 창문 사이로 그렇게 빗물이 흘러내리는 것을 보노라면 마치 마술을 보는 것 같았다.

하루는 저녁때 그렇게 홍수가 난 아파트의 물을 닦아내고 간신히 잠든 새벽에 다시 하늘이 무너지는 소리가 나서 잠이 깼다. 창문을 조금 열고 보니, 아닌 게 아니라 천둥 번개와 더불어 엄청난 비가 쏟아지고 있었다. 급히 창문을 다시 닫으려던 찰나, 아뿔싸, 빗물에 잔뜩 불은 창문틀이 제대로 닫히질 않았다. 후덥지근한 날씨에 거의 아무것도 걸치지 않고 자다가 일어난 나는 영락없는 벌거숭이 모습으로 창문에 매달려 빗줄기와 힘겨루기를 해야 했다. 불을 켜고 일어나지 않은 것이 천만다행이다 싶었다.

덥고 습한 지역인 만큼 벌레도 많았다. 많을 뿐만 아니라 그 크기가 상상을 초월했다. 바퀴벌레의 크기는 매미만 했다. 몸뚱이가 커서인지 빠르게 움직이지도 않았다. 휴지를 뽑아 들고 손으로 잡아 보려고 하면 어느새 나의 손은 벌레를 피해 마룻바닥만 내리치고 있었다. 하도 커서 벌레 위로 차마 손이 가지 않은 것이다. 생쥐를 손으로 쳐서 잡으려고 하면 쉽게 손이 가겠는가? 그런 느낌이었다.

벌레는 집에만 있는 것이 아니었다. 채소 시장에 가면 벌레 먹지 않은 물건을 찾을 수가 없었다. 벌레와 채소를 나눠 먹는 느낌이었다. 처음에는 시장 보러 가서 빈손으로 돌아오는 날이 많았다. 그러다가 현지 과일을 한번 맛본 후에는 생각이 달라졌다. 과일도 채소와 마찬가지로 '못난이'들이었다. 그래서 하루는 평소처럼 머뭇거리고 있는데 과일가게 주인이 망고를 하나 주면서 먹어 보라고 했다. 내가 알던 불그스레한 망고보다 크기도 작고 색도 노란, 처음 보는 종류의 망고였다. 그런 망고를 아저씨는 껍질도 까지 않고 손으로 주물럭거리더니, 망고의 한쪽 끝을 칼로 조금 베어내고는 빨아 먹어 보라고 했다. 얼음과자 짜 먹듯 망고를 짜니까 안에서 즙이 삐져나왔는데 향기는 코코넛과 비슷했고, 맛은 내가 알던 망고와는 비교가 되지 않을 정도로 달았다.

그 이후로는 못난이 과일을 이것저것 시도해 보고, 벌레가 먹다 버린 채소도 용감하게 사다 먹었다. 보기와 달리 다 맛이 좋았다. 특히 테러 사건이 많이 나는 북서 지방에서 재배하는 배는 정말 달았다. 우리나라 배와 비슷한데 과실의 질감이 우리 것보다 부드러웠다. 한 보따리씩 사다 먹었다.

우연한 기회에 용기를 내 일상의 편견을 버리니 다른 세상이 보였다. 편견은 현장의 바다에서 헤엄치려는 사람에게는 몸에 매달린 돌덩이 같았다. 버리지 않으면 내가 가라앉는 수밖에 없었다. 벌레 무서워 과일, 채소를 먹지 않고 살 수는 없는 일 아닌가.

이런 파키스탄에서 처음부터 내가 편견 없이 사랑한 것이 하나 있었다. 면직 옷감이었다. 습기가 많고 기온이 높은 파키스탄은 면화를 기르기에 알맞은 환경 조건을 갖고 있다. 면직물 생산은 파키스탄 수출액의 70%를 차지하고 있다. 명실공히 면화 천국이다. 우리나라 모시처럼 빳빳하게 다려진 여자들의 면직 옷감은 우리 눈에도 어색하지 않을 뿐만 아니라 색깔이며 자수 등이 매우 고급스러웠다. 옷감들이 하도 예뻐서 현지에서 천을 사서 아예 옷을 맞춰 입었다. 그 옷들은 파키스탄을 떠난 후에도 내가 출장 다닐 때 즐겨 입었을 정도로 글로벌 감각이 있었다.

코코넛 향기 나는 파키스탄 망고와 시원하면서 바삭거리는 파키스탄의 면직 옷감이 그립다. 세월이 지나고 보니 덥고 사나운 날씨와 징그러운 벌레들은 기억에서 멀어지고, 그런 기후 조건이 만들어 낸 기분 좋은 '열매'들만 생각이 난다.

타인의 마음을 어루만진다는 것

파견 기간 나는 다양한 업무를 소화했다. 산처럼 쌓여 들어오는 문서들을 처리하고 결재하는 일은 물론 사무소장을 도와 프로그램의 추진 전략도 짜고, 정부 관리들을 만나 우리의 사업을 논의하는 외부 행사에도 참여했다. 현장 사무소 업무의 전반을 제대로 맛본 것이다.

심지어 화장실 청소에 대한 직원 훈련도 했다. 걸레 하나로 화장실 변기와 바닥, 세면대까지 닦는 것을 보고는 놀라 직원들을 대상으로 전반적인 위생 강의를 한 것이다. 혹시라도 사무실에 도난 사건이 나면 '경찰' 역할도 해야 했다. 모두 큰 공부가 됐다. 그러나 가장 기억에 남는 것은 역시 직원들과 지낸 시간이다.

보수적인 사회라는 걸 대변하듯, 현지에서 채용한 직원들은 거의 모두 남자였다. 개중에는 나보다 나이가 훨씬 많은 직원들도 있었다. 그 가운데 근무 경력이 긴 일부 직원들은 본부의 직원 노조와 연계하여 현지 노조를 구성하고 있었다.

소장은 내가 사무소에 도착하자마자 사무실 운영에 관해 브리핑을 해주었다. 그는 인사 문제와 관련해서 현지 직원들이 이것저것 요구하는 것이 많으니 쉽게 귀를 빌려주면 안 된다고 했다. 그러나 소장이 외부 업무로 자리를 비우는 일이 잦았고, 사무실은 실제로 내가 지키고 있는 상황이 되다 보니까 현지 직원들이 내게 이런저런 이야기를 하러 들르는 일이 잦아졌다. 볼일이 있다는 직원을 만나주지 않을 수는 없는 노릇이라 자동으로 나의 귀가 빌려지게 됐다.

직원들은 여러 가지 이야기들을 들고 나를 찾아왔다. 겉돌고 있는 직원 복지 개선 요구에서부터 개인의 계약 조건을 변경하려는 시도까지 실로 사안은 다양했다. 그래서 더욱 나의 처신이 중요했다. 직원들에게 괜히 인심 쓰는 척했다가 소장의 입장을 난처하게 만들 수 있기 때문이었다.

하루 일과가 끝날 무렵이면 나는 소장과 면담 시간을 갖고, 그의 부재중에 생긴 문제들을 같이 검토했다. 대개 인사 관련 문제가 주를 이뤘다. 그의 생각과 접근 방식에 내가 동의하는 때도 있었고, 그렇지 않은 경우도 있었다. 후자에 대해서 나는 되도록 내 생각을 밝히려고 노력했다.

다행히 소장은 나와 친분이 있는 동료여서 서로 어긋나는 견해도 허심탄회하게 이야기할 수 있었다. 그러나 내가 목소리를 높여서 해결된 사안은 많지 않았다. 그 사무실의 주인은 소장이었기 때문에 의견이 상치될 때는 내가 적정한 선에서 알아서 뒤로 물러났다. 현장 경험이 많은 그와 사무소 관리에 관한 대화를 나누는 것만으로도 내게는 큰 공부였다.

다만 내가 한 가지 사무실에 가져온 변화가 있었다면, 그것은 사무실 분위기였다. 나도 성격이 그리 발랄한 편은 아닌데, 낯선 곳에 와서 괜히 얼굴을 찌푸리고 있을 이유도 없고 해서 되도록 직원들과 식당에서 밥도 같이 먹고, 이런저런 이야기도 나누며 그들에게 다가가려고 애썼다. 젊은 직원들과는 점심에 밖으로 나가서 외식을 하며 친분을 쌓았다. 나이 많은 노조 위원장하고도 일상적인 대화를 자주 하고, 가벼운 농담도 하면서 편하게 지냈다.

이런 나의 '다가가기' 노력을 직원들은 반기는 눈치였다.

그러다가 6개월간의 파견 근무가 끝나고 돌아갈 날이 다가왔다. 비행기 예약이 출발하기 바로 직전에서야 확인돼 직원들에게는 떠나는 날을 미리 알리지 못했다. 송별회를 연다든지 하는 번거로운 상황을 피하려고 일부러 그런 이유도 있었다.

출발 하루 전에서야 내가 떠난다는 것을 알게 된 직원들은 깜짝 놀라며 노조 위원장을 중심으로 자발적으로 자비를 걷어 부랴부랴 송별회 준비에 나섰다. 짧은 시간 안에 어디 가서 꽃도 한 다발 사 오고, 약간의 다과도 준비하느라 분주한 분위기였다. 송별식에서는 현지 직원을 대표해 노조 위원장이 인사말을 했다. 그동안 자기들의 이야기를 들어줘서 정말 고맙다는 이야기를 한참이나 했다. 사실 내가 해결해 준 문제는 별로 없었는데, 그들은 자신들의 이야기를 들어 준 것만도 감사해하는 것 같았다.

파리로 돌아와 현장지원국의 살만 국장을 다시 만나 노조 위원장에게서 꽃다발 받은 이야기를 했다. 그녀는 내가 6개월간 파키스탄 사무실에서 소화해 낸 어떤 업무보다도 그 꽃다발이 의미하는 바를 '업적'으로 평가했다. 노조 위원장과의 갈등 문제가 그 사무소의 아픈 손가락임을 알고 있었기 때문이다.

현장 업무에서 현지 고용 직원을 관리하는 문제는 간단치 않았다. 문제가 생기면 해결책을 찾는 것만이 핵심이 아니라 불평하는 자의 마음을 다독여 주는 것도 필요하다는 것을 배웠다. 그러나 그 당시 내가 미처 깨닫지 못한 것이 하나 있었는데, 그것은 파견 신분의 외부인으로 사무실을 관리하는 것과 실제 책임자가 돼서 사무실을 관리하는 데는 큰 차이가 있다는 점이다.

특히 그 '마음 다독이기' 역할을 실행하는 것과 관련해, 실제로 관리자의 책임을 지고 있는 상황에서는 불평하는 직원들을 다독여 줄 마음의 여유가 쉽게 생기지 않는다는 것을 나는 현장 사무소의 책임자가 된 후에야 알게 됐다. 나름의 뼈아픈 경험의 '대가'를 한바탕 치르고 난 뒤에서야 그 당시 소장이 겪고 있던 어려움을 비로소 이해하게 됐다.

경험을 이길 지혜는 없는 것 같다.

굴곡진 국장 승진

파키스탄에서의 파견 근무를 마치고 파리로 다시 돌아왔다. 그리고 얼마 지나지 않은 2008년 초, 아프리카 짐바브웨의 수도 하라레에 있는 유네스코 사무소*의 국장 채용 공고가 났다. 서류를 제출하고 몇 달 뒤 사무소 국장직 합격 통지서를 받았다. 파키스탄 파견 업무가 도움이 되었음은 물론이다.

승진에 특별한 집착이 있었던 것은 아니다. 동료들 중에는 P-5로 은퇴하는 사람도 많다. 그러나 P-5로 유네스코 근무를 시작한 나는 은퇴까지 남은 그 긴 세월을 같은 직급으로 지낼 수는 없었다. 어떻게 해서든지 앞으로 나아가야 했었는데 그 숙제가 해결된 느낌이었다.

한국 언론에서는 한국인 여성이 유네스코 국장급 자리에 오른 것은 처음이라는 보도를 내놨다. 그 당시로서는 유네스코 본부에서 가장 높은 직급의 한국인 직원이라는 점도 강조했다. 하지만 나는 그런 '국가적 경사'에 맞장구쳐 줄 기분이 아니었다. 그 자리까지 이르는 과정에서 조국으로부터 받은 마음의 상처가 하나 있

---

* 당시 유네스코 하라레 사무소는 클러스터 사무소였다. 사무소가 있는 짐바브웨 외에 이웃한 말라위, 잠비아, 그리고 보츠와나까지 담당했다. 사무소 소장은 남아프리카 16개국의 개발 공동체인 SADC(Southern African Development Community)에서 유네스코를 대표하는 역할도 겸했다.

었기 때문이었다.

과장에서 국장으로 승진할 시기가 되어 내 나름대로 기구의 내부에서 필요한 준비를 하는 동안 우리나라 정부에서는 다른 한국인들을 유네스코 국장급 자리에 보내려 시도했다. 유네스코에서 국장 임용은 회원국들에 알리는 공식 발표 사항 중의 하나다. 그래서 같은 국적의 사람이 근접한 시기에 국장 자리에 임용되면, 특정 회원국에 고위직 임용이 몰리는 걸 피하고자 기구에서는 동일 국적의 사람을 국장직에 추가로 임용하기를 꺼린다.

이런 외교적 관행을 아는 회원국들은 자국민을 국장급 자리에 보내는 노력을 할 때 동시에 두 마리 토끼를 풀지 않는다. 그런데 우리나라는 내가 국장급으로 승진해야 하는 시기에 유네스코의 다른 국장급 자리에 한국 사람을 앉히려는 평행 로비를 펼쳤다.

당시 정부는 어떻게든 자국민을 국제기구에 들여보내는 것이 정부의 정책이라는 입장이었다. 그 정책 실현을 위해서 기존의 자국 출신 직원이 피해를 보아도 되냐고 나는 되물었다. 듣고 보니 내 '항의'에도 일리가 있다면서 일부 로비 계획은 막판에 철회됐다. 내 입으로 그런 항의를 해야 한다는 사실이 서글펐다. 결국 정부의 시도는 성공하지 못했고, 얼마 지나 내가 내부 승진으로 국장 자리에 오르게 됐다.

우리나라 정부가 내 앞길을 막거나 방해하려고 일부러 그런 행동을 한 것은 아니라고 믿고 싶다. 내가 처음 유네스코에 파견 나갈 때 정부는 유네스코 본부와 접촉해서 나의 파견 과정을 도왔고, 임용됐을 때 같이 기뻐해 주었다. 그리고 처음에는 나의 국장 승진에도 관심을 보였다. 다만 정부는 기구에 이미 들어가 있는 사람이 내부 승진하는 것보다 새 사람을 하나 더 집어넣는 쪽에 집착했고, 이것이 기존의 한국인 직원에게 끼칠 피해에 대해서는 신경을 쓰지 못했다. 나는 그 뒤로 유네스코 한국대표부*에 신임 대표가 취임해 올 때마다 상견례 자리에서 한국인 직원을 대표해 그런 일이 다시는 일어나지 않기를 바란다는 말을 건넸다.

공정성이 절대적으로 존중되어야 하는 것이 국제기구의 인사관리다. 자력으로 들어가서 자력으로 생존하는 것이 정답이다. 정부가 자력으로 들어간 자국 직원들을 천대받는 콩쥐 신세로 만드는 일은 어떤 경우에도 있어서는 안 된다. 아무리 팥쥐를 사랑하는 마음이 커도 말이다.

서울 명동에 위치한 〈유네스코 한국위원회〉는 유네스코 프로그램을 국내적으로 홍보하기 위해 한국 정부가 세운 기관이다. 모든 유네스코 회원국은 이런 국내 위원회(National Commission)를 갖고 있다. 반면 〈유네스코 한국대표부〉는 유네스코 사무국을 접촉하는 한국 정부의 공식 외교 창구다. 양자 간 외교에서 대사관을 해당 국가에 두는 것처럼 유네스코 회원국들은 파리에 대표부(Permanent Delegation)를 둔다.

짐바브웨에서 맞은 돈벼락

국장급의 소장 발령을 받고 근무지인 짐바브웨의 수도 하라레에 도착했다. 호텔로 사무실 직원 한 명이 인사를 하러 왔다. 로비에서 간단히 대화를 나눈 뒤, 직원은 조용히 할 이야기가 있다면서 잠시 방으로 들어갈 수 있겠냐고 물었다. 그러자고 했다.

호텔 방에 도착하자, 직원은 내가 생활하는 데 필요한 현지 화폐를 미리 환전해 왔다고 하면서 묵직한 누런 봉투 하나를 건넸다. 미화 50달러를 짐바브웨 달러로 환전했다는데 봉투 안에는 깻잎같이 묶인 지폐 다발이 한가득 들어 있었다. 돈을 확인시켜 준다며 직원이 호텔 방의 침대, 탁자, 의자같이 눈에 보이는 모든 표면에 돈을 잔뜩 펼쳐 놓았는데도 봉투 안에는 돈 깻잎 다발이 여전히 남아 있었다. 내 평생 그렇게 많은 돈뭉치를 본 것은 처음이자 마지막이지 않을까 싶었다. 돈을 다 세고 난 사무실 직원은 그나마 이 지폐들도 매 순간 가치가 하락하고 있으니 빨리 써버리라고 했다.

내가 짐바브웨에 도착한 것은 2008년 여름으로, 당시는 봄에 치러진 대선과 총선 결과를 둘러싼 정치적 혼란에다 그 여파로 인한 기록적인 인플레이션으로 나라 경제가 파산 지경으로 치닫고 있던 시기다. 오늘 천 원 하는 빵이 내일은 만 원이 되기도 하는 상상하기조차 힘든 인플레이션이었다. 정부에서는 치솟는 물가에 맞서 화폐를 매번 새로 찍어 낼 수가 없어 기존의 화폐에 영(0)을 더 붙여 사용했다. 식당에 가서 식사하고 돈을 내려면 식탁 위에 휴지나 다름없는 지폐를 한가득 펴 놓고 한참을 세어야 했다.

그러고 얼마 지나지 않아 짐바브웨의 공식 화폐인 짐바브웨 달러에 기초한 경제가 사실상 파산하고, 미 달러화와 주변 아프리카 국가들의 화폐가 동시에 공공연하게 상용되기 시작했다. 그나마 그 덕에 텅 비었던 가게 선반들이 물건으로 채워졌는데, 문제는 물건의 가격이 각기 다른 화폐로 책정되어 있다는 거였다. 달걀은 남아프리카 공화국의 랜드(Rand), 우유는 보츠와나의 풀라(Pula)로 사야 하는 식이다. 슈퍼마켓에서 값을 치르려면 화폐별로 따로 마련되어 있는 계산대를 몇 번이나 왔다 갔다 해야 했다.

또 얼마가 지나자 각종 화폐의 '춘추 전국 시대'는 끝나고, 상용통화는 사실상 미국의 달러로 통일됐다. 그런데 모두가 사용하게 된 미화가 지폐는 있어도 동전은 없어서 슈퍼마켓에서는 1달러 이하의 잔돈은 사탕이나 과자로 '거슬러' 주었다. 교체되지 않은 채 마냥 돌려쓰는 바람에 1달러나 5달러짜리 지폐는 하도 닳고 닳아 지폐 위의 숫자나 그림은 형체를 알아볼 수 없을 정도가 되었다.

그러다가 파리로 휴가를 가서 슈퍼마켓에 들르면 신기하게 느껴지는 것이 한둘이 아니었다. 깨끗한 유로 지폐가 감격스러워 만져 보기도 하고, 신용카드로 계산을 할 때는 어디 다른 우주에 있는 나라에 온 듯한 느낌마저 들었다.

아프리카로 가기 전까지 나는 가게에서 받는 거스름돈과 기계에서 뽑을 수 있는 깨끗한 지폐가 엄청나게 정상으로 돌아가고 있는 나라에서만 누릴 수 있는 호사라는 생각은 하지 못했다. 물론 처음 아프리카로 가기로 결정이 났을 때 '힘든' 곳에 간다는 생각은 있었다. 그런데 막상 실제로 가보니 그곳은 지옥까지는 아니어도 뭔가 심각하게 '비정상적으로' 돌아가는 곳인 것만은 맞았다. 깻잎 다발 같이 묶인 돈뭉치를 끝도 없이 펼쳐 세어야 밥값을 치를 수 있는 상황이 결코 정상은 아니지 않은가?

전기 없는 나라의 음과 양

아프리카에서 산 적이 있다고 하면 사람들이 항상 하는 질문이 있다. "거기 어때요? 살기 괜찮아요?" 그러면 나는 대답 대신에 그들에게 이렇게 되묻곤 한다. "전기 없는 데서 살아 본 적 있으세요?"

서울에서 나고 자란 나는 전기가 없는 곳에서 살아 본 기억이 없다. 내가 경험한 '전기 없는 세상'은 어렸을 때 시골에 있는 삼촌 집을 방문했을 때가 고작이다. 겨울이면 시골에서는 해지기 전 오후 네다섯 시경에 저녁을 먹었는데, 어린 마음에 앞으로 당겨진 일상의 시곗바늘을 신기해했던 기억이 있다.

경험하지 못한 것을 경험해서인지, 나의 2년간의 아프리카 생활을 돌아볼 때 유독 먼저 머리에 떠오르는 것이 전기 없는 세상에 대한 기억들이다.

아프리카로 떠나기 전 나는 파리에서 몇 가지 캠핑 도구를 구입했다. 전기도 잘 안 들어오고 물도 잘 안 나오는 곳이라는 이야기를 들어서 그런 상황을 대비해야 할 것 같았다. 그때 산 것 중의 하나가 헤드 랜턴이었다. 필요할 것 같아 사기는 했는데, 설마 그걸 머리에 써야 하는 상황이 올 것이라는 상상은 하지 못했다.

그러나 웬걸. 호텔에서 며칠 머문 후 임시 숙소로 옮겨 갔는데, 숙소 안은 칠흑이었다. 문과 창문을 열어 봐도 어디에서도 빛 한 줄기 구할 수 없었다. 전기가 끊기면 발전기를 돌려서 전기를 공급해 줄 거라던 숙소 주인의 약속은 어둠 속 어딘가로 숨어버린 것 같았다.

어둠 속을 더듬어 파리에서 갖고 온 헤드 랜턴을 찾아 쓰고는 거울 앞에 섰다. 내 모습이 궁금했는데 영락없이 어설프게 꾸며 놓은 광부의 모습이었다. 우습기도 하고, 한편으로는 지하 갱도도 아닌 곳에서 그런 모습을 해야 하는 상황을 어떻게 받아들여야 할지 몰라 당황스럽기도 했다. 불안감을 달래기 위해 헤드 랜턴 불빛으로 숫자 맞추기를 했다. '웃픈' 광경이었다.

집을 구해서 정착한 후에는 자가발전기를 하나 샀다. 그러나 내가 살던 동네에는 노인들이 많이 살았는데, 해가 지면 일찍 자고 해가 뜨면 바로 일어나는 그들의 습관 탓인지 나처럼 동네에서 발전기를 갖고 요란을 떠는 사람은 많지 않았다. 나 편해지자고 소음과 공기 공해가 심한 발전기를 상시로 돌릴 수가 없었다. 결국 집에 탱크만 한 발전기가 있었지만, 저녁에 한두 시간만 사용하고 나머지 시간은 어둠 속에서 지낼 수밖에 없었다.

발전기를 돌릴 수 없는 이른 아침에 전기 공급이 안 되면 당장 출근 준비에 비상이 걸렸다. 머리 감을 물은 부엌의 가스 불로 끓여 충당하고, 다시 가스 불꽃 위에 얼굴을 거꾸로 들이대 젖은 머리를 말려야 했다. 어디선가 단백질 타는 냄새가 나면 내 머리카락이 진원이었다. 햇볕이 드는 날에는 볕이 있는 창가에 젖은 머리를 얹고 놓고 있으면 돼서 그나마 나았다.

전기 공급뿐만 아니라 전반적인 전력 관리 행정 서비스도 코미디였다. 계량기가 망가져도 전력 사무소에는 재고가 없어 새것으로 갈아 주지를 못했다. 전기료를 내러 가면 종이가 없어 영수증을 발급해 주지 못했다. 한 번은 내가 납부 확인을 해 달라고 조르니, 담당 직원은 옆에 있던 신문지의 한구석을 찢어 거기에 연필로 "어디 사는 누구 돈 냈음"이라고 적어줬다. 나는 그것도 영수증이라고 고이 간직하는 공조의 미덕을 보였다.

일반 국민은 물론 외국인들조차도 견디기 힘든 전기 없는 세상이었지만, 권력자 집으로 가는 전기 라인은 항상 가동됐다. 내가 살고 있던 동네는 대통령 관저 근처였는데, 그쪽으로 가는 전선 아래 있는 집들은 '대통령 라인'의 혜택을 받았다. 같은 동네지만 권력 라인 건너편에 있던 우리 집은 불행히도 캄캄했다. 밤에 골목길에 들어서면 마치 모세의 바다처럼 길의 한쪽은 크리스마스 분위기고, 다른 한쪽은 존재감조차 느낄 수 없는 어둠으로 나눠어 갈라졌다.

이런 경험들을 사람들에게 이야기해 주면서 나는 그들에게 전기 없는 곳에서만 누릴 수 있는 행복을 이야기하는 것을 잊지 않았다. 신기하게도 까만 세상이 마냥 고된 것만은 아니었기 때문이다. 음이 있으면 양이 있는 법, 아프리카에서 살면서 나는 다른 어느 곳에서도 볼 수 없던 '천국'을 보는 행복을 누렸다.

전기가 없는 도시의 밤하늘은 칠흑같이 까맣다. 하늘이 까매지면 별들이 무대 위로 등장하여 밤하늘을 수놓았다. 어렸을 때 여름에 시골 삼촌 집에 가면 밤하늘에 별이 쏟아질 듯 박혀 있었는데, 그 별들을 몇십 년이 지나 아프리카 밤하늘에서 다시 만날 수 있었다. 집 밖에 나가서 고개를 들어 바라보는 별도 아름다웠지만, 내 몸 전체를 하늘과 맞대고 누웠을 때 보이는 별들은 더 큰 감동이었다. 한번은 밤에 갑자기 아파 응급차에 실려 병원에 가야 하는 상황이 생겼다. 집에서 응급차까지 들려 나가는 몇십 초 동안 누워있는 내 얼굴 전체로 떨어지는 듯한 별들을 보고는 "어, 나는 아픈데, 별은 아름답네. 어쩌지…"라고 중얼거린 기억이 아직 생생하다.

전기가 없으면 집 안의 전기 기구에서 나는 소리가 사라지고, 주변은 소음 진공 상태가 된다. 갑자기 다른 세상으로 '툭' 떨어진 느낌이다. 들여다볼 수 있는 TV도, 컴퓨터도 없다. 낮에 충전해 놓은 배터리 전등 하나만이 나의 세상을 밝혀주면, 손은 자연스레 책으로 향했다. 아프리카에 있을 때만큼 책을 많이 읽은 적은 없는 것 같다.

아프리카 이야기를 할 때마다 내가 전기 없이 살았던 경험을 맨 먼저 꺼내곤 하는 것은, 고된 추억도 있지만 별밤과 책 속에서 상상의 날개를 펴던 행복에 대한 그리움이 더 크기 때문이 아닐까 싶다.

반갑지 않은 VIP 라운지

짐바브웨 유네스코 사무소에 임명되어 도착한 직후, 나는 서아프리카에 있는 베냉의 코토누로 출장을 떠나게 됐다. 그곳에서 열리는 회원국들 회의에 참석할 예정이었다. 비행 일정은 복잡했다. 짐바브웨에서 잠비아, 잠비아에서 케냐, 그리고 케냐에서 베냉으로 두 번의 환승을 해야 갈 수 있는 여정이었다.

첫 환승지인 잠비아의 수도 루사카에서는 시간의 여유가 있어 정부 관리들을 잠시 만나 상견례를 하기로 했다. 잠비아는 내가 원격으로 담당하는 국가 중 하나였다. 만남을 끝내고 나오는데 담당 관리가 나를 위해 공항 VIP 라운지 서비스를 준비해 놓았다고 했다. 새벽에 떠나는 비행기여서 나는 직원들을 귀찮게 한다는 생각에 괜찮다고 거절했다. 그러나 그쪽에서는 갓 부임한 소장에 대한 예의로 생각하는 듯 한사코 나의 거절을 말렸다.

그렇게 그들의 배려에 떠밀려서 나는 루사카 공항에서 VIP 서비스를 받게 됐다. 도착하니 공항 여직원이 나를 맞아 출국 수속을 대신해 준 다음 VIP 라운지로 데리고 갔다. 그러고는 탑승 시간에 맞춰 다시 올 테니 쉬고 있으라고 했다.

얼마 지나 비행기 출발 시간이 다가왔다. 그러나 그 여직원의 모습은 보이지 않았다. 주위에는 아무도 없고, 출발 안내 전광판마저 찾을 수 없었다. 혹시 비행기가 벌써 떠난 것은 아닌가 불안한 마음이 들었으나, 탑승 안내 방송이 아직 없었다는 사실로 나를 진정시키고 조금 더 기다려 보기로 했다. 그런데 잠시 후, 라운지 창문 밖으로 보이던 비행기 한 대가 이륙을 위해 몸체를 서서히 돌리기 시작하는 것이 보였다. 뭔가 불안한 느낌이 뇌리를 스쳤다. '이 비행기는 캄캄한 활주로에 유일하게 서 있던 비행기인데, 이게 지금 떠나면 내가 탑승할 비행기는 어디에 있단 말이지?' 바로 그때, 나를 안내했던 여직원이 라운지 문을 열고 헐레벌떡 뛰어 들어왔다.

혼비백산한 모습의 그녀는 나의 나이로비행 비행기가 방금 떠났다는 청천벽력 같은 소식을 전했다. VIP 라운지에서 일한 지 얼마 되지 않아서 야간에는 이용하지 않는 라운지로 나를 잘못 안내했다고 했다. 머릿속이 하얘졌다. 아무런 말도, 생각도 할 수 없어 잠시 멍하니 서 있었다. 아프리카에 발령된 후 나선 첫 출장길이 악몽으로 변하는 순간이었다.

다시 예약한 나이로비와 코토누를 잇는 비행기는 사흘 뒤에나 출발했다. 나는 루사카 공항 근처에 있는 호텔에 진을 치고, 사흘 동안 매일 공항으로 출근하다시피 했다. 내 짐의 행방이 추적되지 않았기 때문이다. 나를 남겨 두고 떠난 비행기에 실렸었다면 나이로비 공항에 있어야 하는데 거기도 없고, 출발지인 루사카 공항에서도 짐의 흔적은 찾을 수 없었다. 버뮤다 삼각지대로 사라진 듯했다. 귀신이 곡할 노릇이었다.

코토누에 다다르기까지 공항을 거쳐 갈 때마다 매번 짐 찾기에 매달렸다. 그러나 모두 허사로 끝나고, 몰골이 말이 아닌 채로 하라레를 떠난 지 닷새 만에 최종 목적지 코토누에 도착했다. 회의는 종반으로 치닫고 있었고, 나는 회의 참석자 중 내가 담당하는 네 나라 관리들에게 인사만 드리고 험난했던 긴 비행 일정을 반대로 거슬러 하라레로 돌아와야 했다. 참으로 허망한 나들이였다.

그리고 시간이 흘러 짐 분실 신고를 한 지 두 달이 지난 어느 날, 파리의 옛 동료에게서 연락이 왔다. 내가 잃어버렸던 짐이 파리에 도착했다는 연락을 받았다고 했다. 도대체 잠비아 루사카에서 잃어버린 짐이 비행 일정에 포함되어 있지도 않은 파리에 어떻게 두 달이 넘어 도착했는지는 지금도 미스터리다.

짐은 석 달 만에 찾았지만, 그 여행이 준 트라우마는 쉽게 사그라지지 않았다. 그 이후 나는 웬만한 출장길에는 짐을 아예 부치지 않았다. 기내에 허용되는 작은 가방만을 챙겨서 손수 끌어안고 다녔다. 아프리카 대륙 내에서의 환승은 되도록 몇 안 되는 큰 공항에서만 할 수 있도록 비행 일정을 짰다. 그런 곳에서는 짐을 잃어도 하루 이틀이면 되찾을 수는 있었다.

그러나 공항의 VIP 서비스에 대한 트라우마만큼은 시간이 지나도 극복되지 않았다. 가능한 한 그런 서비스를 정중히 사양했다. 그래도 어쩔 수 없이 VIP 라운지로 안내를 받게 되면 수시로 탑승 절차 여부를 확인하느라 좌불안석이었다. 정부의 관리가 나와 마지막까지 배웅하는 경우에는 탑승을 기다리는 내내 상대와 대화를 나눠야 하는 것도 고역이었다.

무엇보다 나는 특별 대우를 받는 것이 심적으로 불편했다. 특히 다른 사람들이 비행기에 다 오른 뒤 마지막으로 트랩까지 자동차로 모셔져서 혼자 비행기에 오르는 것이 부끄러웠다. '회원국을 위해 봉사하는 것이 우리 직업인데, 그게 뭐라고 그들 앞에서 이렇게 폼을 잡아야 하나'하는 생각이 항상 들었다.

또 긴 스카프를 바람에 날리며 우아하게 트랩을 오르는 것도 아니고, 웬 자그마한 여자가 자기 키의 반만 한 가방을 끙끙대며 트랩 위로 끌어 올리는 그림은 그저 아무도 모르게 그리고 싶었다. 그렇게 '폼 나게' 비행기에 올라 놓고는 단거리 비행이라 좌석표가 일반석이면, 다른 승객들이 다 착석해 있는 가운데 그들의 시선을 한껏 받으면서 비행기 뒤쪽으로 한없이 걸어 들어가는 VIP 승객이 된다. 코미디가 따로 없었다.

공항 VIP 서비스는 아무나 받을 수 있는 것이 아니지만, 누구나가 즐길 수 있는 것도 아닌 것 같다. 나는 그 특권적 서비스에 대해 좋은 기억과 시선을 갖고 있지 않은 사람 중 하나다.

칼바람 부는 사무소 재정비

하라레에 도착한 2008년 6월은 짐바브웨의 경제 상황이 바닥을 치고 있을 때다. 주재국의 전반적인 경제와 사회 기반이 무너진 가운데 유네스코 사무소는 비상 체제로 운영되고 있었다. 전기가 들어오지 않아 행정 직원들은 사무실 운영에 있어 생명줄과도 같은 자가발전기 모시기에 총력을 집중했다. 전기가 공급되어도 인터넷 접속이 불안정해 파리 본부의 전산망에 접속하지 못한 채 행정적인 공백 상황을 맞는 경우도 허다했다.

무엇보다도 현지 고용 직원들에게 예외적으로 편의를 봐주는 사무실의 변칙 운영이 많았다. 대중교통 수단이 제대로 운행되지 않아 출퇴근을 할 수 없는 직원들이 많아지자, 사무실에서는 그들을 사무소의 업무용 차량으로 실어 날랐다. 직원들의 가불 신청도 많았고, 그런 신청은 대부분 받아들여져 현지 직원들은 가불 신청을 권리행사 하듯 하고 있었다

처음 도착한 후 대략 6개월간은 나도 기존의 비상 체제 운영 방식을 그대로 유지했다. 그러다가 2009년 초부터 미 달러화의 사용이 공공연하게 허용되면서 사회의 전반적인 상황이 개선되기 시작했다. 버스도 다시 다니게 되고, 시장에 물건도 쌓이게 됐다. 비상 체제를 계속 유지해야 하는 명목이 사라지게 되자 사무실 운영을 정상화해야 하는 작업이 내게 떨어졌는데, 그것이 복병이었다. 이유야 어쨌든 간에 직원들에게 봐주던 편의와 혜택을 다시 거두어들이는 일은 쉽지 않았다. 관리자가 가장 하기 싫어하는 일 중의 하나가 아닐까 싶다. 이유가 정당해도 직원들로서는 불만

의 입이 나올 수밖에 없기 때문이다.

직원들의 이해를 구하기 위해 그들에게 먼저 그간의 사무실 운영이 비상 체제하에서 예외적으로 진행됐다는 사실을 주지시키고, 이제는 사무실 운영을 정상화해야 하는 배경을 설명했다. 그러면서 필요한 경우에는 다시 예전의 비상조치를 도입할 수 있다는 가능성도 열어 두었다. 그 정도면 그들의 이해와 협조를 얻는 데 충분하리라 생각했다. 그러나 나의 예상은 빗나갔다. 직원들이 머리로 하는 이해와 가슴으로 받아들이는 느낌에는 차이가 있었다.

하루는 한 직원이 집의 지붕이 망가져 수리를 해야겠다며 가불을 신청했다. 이야기를 들어보니 가불을 해야 할 정도로 급한 일은 아닌 것 같아 가불은 가족이 병이 났다거나 하는 좀 더 위급한 상황을 대비해서 '저축'해두는 것이 좋지 않겠냐고 물었다. 실제로 가불을 습관처럼 하는 바람에 정작 돈이 필요할 때 가불을 받을 수 없는 때도 있었기 때문이다. 그러나 나의 조언은 그저 가불을 안 해주겠다는 의도로만 받아들여졌다.

출퇴근을 위한 차량 지원 중단도 문제였다. 대중교통 수단이 다시 운영되기 시작했다는 사실을 각인시키고, 직원들의 출퇴근을 위한 사무실 차량 지원을 점차 줄여 나갔다. 게다가 직원 퇴근을 위해 사무실 차량이 사용된 후 차량의 소재가 파악되지 않고, 운행 기록에도 누락된 부분들이 있어서 사무실 차량 관리도 좀 더

엄격히 하게 됐다.

그러자 사무실에 긴장감이 돌기 시작했다. 아무래도 나부터 모범을 보여야 할 것 같아 사무실에서 제공되는 차량이 있음에도 불구하고 차를 따로 구입해서 개인적인 일은 반드시 내 차로 움직이는 방식으로 공과 사를 분명히 했다. 별 효과는 없었다. 나의 행동은 나의 행동이고, 그들은 하나씩 사라져 가는 혜택이 아쉬웠을 뿐이었다.

그러던 어느 날 사무실의 기사 한 명이 사무실 차량을 불법으로 사용하다가 사고를 낸 뒤 그것을 은폐하려 했던 사실이 발각됐다. 그 기사는 그전에도 불미한 사건을 일으킨 적이 있어 다시 한번 문제를 일으키면 해고를 감수하겠다고 본인이 각서까지 쓴 기록이 있는 직원이었다. 따라서 곧바로 해고 결정을 내려도 행정상으로는 하자가 없는 사안이었으나, 나는 멈칫했다. 그렇지 않아도 사무실 운영과 관리가 강화되면서 직원들의 긴장이 고조돼 가고 있는 상황에, 어떤 이유에서든 직원이 해고당하는 일까지 생기면 사무실 분위기가 더욱 냉각될 것 같았다. 그리고 아무리 행정적으로 문제가 없는 결정이라고 해도 한 사람의 일자리를 뺏는 일은 그리 쉽게 처리할 문제가 아니었다.

일단 그가 쓴 각서를 내가 재고해야 할 무언가의 구실이 필요했기에 다른 직원을 통해 본인이 와서 자백하면 용서해 주겠다는 나의 의도를 전하고, 그가 내 앞에 나타나기를 기다렸다. 그러나 재차 전한 나의 메시지에도 불구하고 그 기사는 끝내 나에게 와서 자기 잘못을 인정하고 용서를 빌지 않았다. 그를 구할 방법이 없었다. 행정 절차에 따라 그 직원은 해고됐고, 그로 인해 사무실에는 다시 한번 찬 바람이 불었으며, 사무실 분위기는 더욱 굳어져 갔다.

협박 편지를 받다

내가 도착하기 전 하라레 사무소는 소장 임명에 어려움을 겪으며 일 년이 넘는 오랜 기간 책임자 없이 운영됐었다. 그로 인해 전반적인 행정 처리에서도 점검해야 할 사항들이 많았다. 혼자서는 감당할 수 없는 일이어서 나는 파리 본부에 사무소 감사를 요청했다. 파리 본부의 살만 국장은 겁 없이 문제들을 찾아가면서 사무실 기강 바로 세우기에 나선 내가 고마웠는지 모든 지원을 아끼지 않았다.

그렇게 끝도 없이 사무실의 행정, 인사 문제들을 파고들어 해결사 역할을 하고 있던 어느 날 국장으로부터 이메일을 하나 받았다. 누군가가 본부에 나를 비판하는 편지를 보냈다는 내용이었다. 이메일에 첨부된 편지에는 나에 대한 오만 가지 혐의가 화려하게 담겨 있었다.

그리고 그날 밤, 잠을 설칠 줄 알았던 애초의 우려와는 달리 나는 보통 때와 다름없이 잠을 잘 잤다. 그럴 수 있다는 게 나도 신기했다. 아침에 눈을 떠 생각해 보니, 그 '혐의'라는 것이 너무 황당한 이야기들이라 나와 관련을 지어 생각해 볼 만한 여지가 없어서 그랬던 것 같았다. 충격은 있었지만, 마음은 오히려 '이건 뭐지?'하는 정도로 차분했다.

그 비방 편지 사건이 있고 난 뒤 얼마 지나지 않아, 이번에는 하라레에 있는 우리 집으로 협박 편지가 한 장 날아들었다. 필적 증거를 남기지 않기 위해 글자를 여기저기서 오려 작성한 편지였다. 나보고 다치기 전에 하라레를 떠나라는 내용을 담고 있었다. 내 반려견의 목숨이 위험할 것이라는 경고도 있었다. 영화의 한 장면을 보고 있는 느낌이었다.

그 후로 한 몇 달 동안 나는 하라레 유엔 안보사무소에서 보낸 경호원들의 호위를 받으며 출퇴근을 했다. 집 주변에도 보안 요원이 강화됐다. 파리 본부에서도 사태 파악에 나섰다. 나와 사무실 직원들 간의 관계에 초점이 맞춰졌다.

그러던 어느 날 사무소의 이런 상황을 보고 받은 짐바브웨 교육부 장관이 우리 사무실을 방문하겠다고 연락을 해왔다. 그는 유네스코 짐바브웨 위원회의 총책임자 역할을 맡고 있는 인물로, 내게는 하늘과 같은 주재국의 상사였다. 그런데 그가 사무실에 오는 이유가 직원들을 대상으로 할 말이 있어서라는 것이었다. 현지 직원과 외부에서 온 관리자 간에 문제가 생기면 해당 국가는 당연히 전자의 편을 들게 마련이다. 그렇다면 꾸지람을 위해 나를 만나러 와야 할 텐데 직원들에게 할 말이 있어서라니, 이건 또 무슨 일인가?

장관은 우리 직원들을 다 모아 놓은 자리에서 정부는 나를 지지하고 있고, 내가 하는 일에 동의하고 있다는 취지의 이야기를 풀어 놓았다. 그가 무슨 이야기를 할지 전혀 상상하지 못했던 나는 그 말을 듣는 순간 속으로 울컥했다. 생각지도 못한 천군만마를 얻은 느낌이었다.

그 후로 이런저런 조사를 거쳐 나의 혐의는 모두 벗겨졌다. 혐의라고 할 것도 없었다. 내가 사무실 운영을 정상화하는 과정에서 불거진 직원들의 불만을 배경으로 나온 이야기들이었다. 비방 편지를 본부로 보내고 나에게 살인 위협을 했던 범인은 끝내 잡히지 않았다.

그러나 나는 그것이 오히려 잘된 일이라고 생각했다. 범인이 잡힌다는 것은 나와 관련해서 누군가가 해고를 당하고 형사 처벌을 받는 것을 의미하는데, 내가 왜 나 때문에 한 사람의 인생이 망가지는 부담감을 평생 안고 살아야 하는가? 이기적인 생각이지만, 차라리 안 잡힌 것이 잘됐다고 생각했다.

이 불길 속 같은 하라레에서의 근무 경험은 나에게 두 가지 교훈을 남겼다. 하나는, 사무실 '청소'는 한꺼번에 하는 것이 아니라는 점이다. 그러면 먼지가 너무 나게 돼 모두가 정신없는 와중에 진짜 정신 나간 행동을 하는 사람도 생겨난다. 청소는 나눠서 해야 하는 법이다.

두 번째는, 그런 불길에 뛰어들 때는 직속 상사로부터의 전적인 신임이 있어야 한다는 것이다. 비방 편지를 나에게 전하면서 파리의 살만 국장은 "한번 읽어 봐"라는 말 외에 아무런 추궁을 하지 않았다. "너 진짜 이런 짓을 했니?"라는 식의 어떤 의심도 보이지 않았다. 그 대신 그녀는 정당한 조사 과정을 통해 내가 혐의를 벗을 수 있도록 도와주었다. 그런 일이 생겼을 때 상사에게 나의 무죄를 증명해야 했다면 그것이 나에게는 진정한 불길이 되지 않았을까 싶다.

어쨌든 불길 속에서 나는 살아남았다. 난생처음 겪는 황당한 경험이었지만, 그것을 겪는 동안에는 내내 담담했다. 불뚝불뚝 억울하다는 생각이 들지 않은 것은 아니지만, 견디지 못할 정도의 심리적 고통은 없었다. 그러나 상처 자체가 없었던 건 아니었고, 한참 후에 발견한 상처의 골은 아주 깊어 치유에 긴 시간이 걸렸다.

불에 데면 상처가 남기 마련이다.

정직한 브로커

내가 짐바브웨에서 근무할 당시 서방 세계는 선거에서 드러난 민심을 폭력적으로 뒤엎은 로버트 무가베 정권에 대한 불신임으로 짐바브웨에 대한 모든 원조와 지원을 중단한 상태였다. 이에 대한 반발로 짐바브웨 정부는 국내에서 활동하고 있는 유엔기구나 서방의 주요 개발공여국들과의 소통을 일절 거부하고 나섰다.

서방 개발공여국들 측에서는 화해 협상의 조건으로 무가베 정부에게 공명한 선거를 위한 언론의 자유 보장과 개방을 요구했다. 외부의 모든 지원이 끊긴 상태에서 짐바브웨 정부는 언론 개방을 위한 노력을 하겠다는 메시지를 보내고 싶어 했고, 서방 개발공여국들은 정부가 그런 노력을 기울인다면 필요한 자금을 댈 준비를 하고 있었다.

그런데 정부와 서방 개발공여국들 사이에 공식적인 소통의 길이 막혀 있어 그 길을 터 줄 브로커가 필요했다. 마침 언론의 자유는 유네스코가 담당하고 있는 프로그램의 하나여서 우리 사무소가 그 역할을 자처하고 나서게 됐다. 그리고 정부도 유일하게 유네스코와는 소통의 장을 여는 데에 동의한 상태라, 나는 우리 사무소를 대표하여 정부와 서방 개발공여국들 사이에서 메신저 역할을 하게 됐다.

브로커 역할을 자처하고 나선 나는 우선 양쪽 관련자들의 신뢰를 얻는 것이 필요했다. 방법은 간단했다. 아니, 간단하게 생각하기로 했다. 내가 특별히 외교 활동에 대한 전문적인 훈련을 받은 사람도 아니고, 그저 상식적인 수준에서 내가 숨기는 것이 없다는 걸 보이면 될 것 같았다.

양쪽을 오가며 나눈 대화의 내용은 사실 그대로, 그러나 서로에게 상처가 가지 않게 전했다. 그러면서 양쪽이 서로에게 신뢰를 쌓을 수 있는 기미가 보이면 그것은 확대해서 서로에게 다가갈 수 있도록 길을 틔워 주었다. 약간의 눈썰미와 절도 있는 소통 방법, 그리고 절대적인 솔직함이 내가 가진 무기의 전부였다.

또 국제기구 공무원은 자신의 국적과 관련된 배경을 업무에 이용하지 않는 것이 규율처럼 되어 있지만, 양쪽과의 신뢰를 쌓아가는 과정에서 내가 한국 사람이라는 사실은 실제로 도움이 되었고, 나는 그런 나의 장점을 이용하는 것을 마다하지 않았다. 정부 쪽에서는 내가 서양 사람이 아니라는 사실에 안심했다. 그리고 한국에 대해 전반적으로 좋은 인상을 가지고 있어 나를 만나면 한국의 경제 발전에 관한 질문을 많이 했다. 서방 개발공여국들 측에서는 내가 흑인도 아니고 백인도 아니라는 점을 일종의 중립성으로 받아들였다. 파리에서 내가 오랜 시간을 보냈다는 사실도 그들에게 문화적으로 다가가는 데 도움이 됐다.

그렇게 시작된 정부와 공여국들 간의 대화는 유네스코에 프로젝트를 주어서 정부의 언론 개방을 위한 프로그램을 개발하자는 방향으로 발전되기 시작했다. 내가 이런 대화를 이끌어 가고 있다는 이야기를 전해 들은 파리 본부는 정치적으로 고립된 짐바브웨가 유네스코와 함께 언론 자유와 관련한 정치적 이정표를 만들 귀한 기회라고 흥분하며, 예산도 추가로 보내고 본부의 전문가를 파견하는 등의 지원을 아끼지 않았다.

그러나 그런 협상과 대화가 결실을 보기도 전에 예상치 못했던 전근으로 나는 하라레를 떠나는 상황을 맞이하고 말았다. 시기적 배반이었다. 내가 떠난 후 양쪽 간의 대화는 여러 이유로 인해 원래의 계획대로 진전되지 못했다. 비록 결실은 보지 못했지만, 당시의 브로커 역할은 하라레 사무소에서 내가 한 일 중에 제일 기억에 남는다. 무엇보다 짐바브웨 정부가 우리 조직에 보여준 무조건적인 신뢰가 감동스러웠다. 짐바브웨 정부는 경제적으로 쪼들리는 상황에서도 돈이 아닌 중립성의 원칙을 강조하는 기구를 파트너로 손잡아 주는 경이로운 자존심을 보여 주었다.

사람이고 조직이고 간에 인기는 살 수 있지만, 존경은 살 수 있는 것이 아니다. 존경은 상대방의 마음속에서 우러나와야 하는 것이어서 더욱 귀하고 소중하다. 그런 의미에서 그동안 유네스코가 회원국들로부터 쌓아 온 신뢰의 내공이 느껴졌고, 나의 조직에 대한 자부심이 생겼다. 유네스코에서 일하기 시작한 지 10년이 지나서야 나는 나의 조직이 꿈꾸는 세상을 처음으로 이해하게 됐다.

찬밥 신세의 비주재 에이전시

하라레 사무소는 준지역사무소였다. 짐바브웨뿐만 아니라 주변에 있는 잠비아, 말라위, 그리고 보츠와나도 동시에 관할했다. 회원국에 사무소를 일일이 배치할 수 없는 유엔 기구들은 이런 식의 클러스터 사무소 운영을 통해 회원국 관리의 범위를 넓힌다. 그러나 현지에 주재하지 않으면서 그 나라 사업을 한다는 것은 이론처럼 그리 간단하지 않았다.

기본적으로 원격 조정과 지원으로 사업을 한다는 게 쉽지 않은 데다, 그것보다 더 어렵고 힘든 것은 그 나라에 주재하고 있는 다른 유엔 기구들 틈에서 우리의 목소리를 내는 것이었다. 회원국에 주재하지 않고 원격으로 그 나라의 사업을 하는 유엔 기구들을 비주재 에이전시(non-resident agency)라고 부르는데, 이들에 대한 주재 에이전시(resident agency)들의 괄시가 존재했다.

한번은 말라위에서 일하고 있는 유엔 기구 대표들 간의 회의가 소집됐다. 나도 유네스코 대표로 참석하기로 되어 있었지만, 하라레에서 타고 가기로 되어 있던 비행기 편이 갑자기 취소되는 바람에 회의에 참석하지 못하는 상황이 발생했다. 어쩔 수 없이 회의 시간에 맞추기 위해 모잠비크에 잠시 출장 나가 있던 우리 직원을 수도 마푸투에서 말라위의 수도인 릴롱궤로 보냈다.

그러나 우리 직원이 막상 회의장에 도착하자, 안에서 문을 열어주지 않는 일이 발생했다. 당황한 직원은 내게 전화로 문전박대 당하고 있는 상황을 실시간으로 중계했다. 내 대리 자격으로 왔다고 해도 막무가내로 그냥 내쫓겼다고 했다. 믿을 수가 없었다. 특히 그 당시는 유엔 자체 내에서 기구 간의 협력과 협동을 강조하는 '하나의 유엔' 정책이 수준 높게 실시되고 있었는데도 동료 유엔 기구를 대표해서 온 사람을 회의장에 들어 오지도 못하게 하는 상황이 발생한 것이다.

그 뒤 유엔 기구 대표들 모임의 좌장이 바뀌고, 우리의 회의 참석을 반대했던 기구의 소장들도 떠났다. 새로 임명된 좌장은 이제부터 새롭게 한 팀으로 일해 보자고 하면서 나를 다독였다. 우리가 쫓겨난 회의에서는 공동으로 설립된 사업 자금을 기관들에 배분하는 논의가 있을 예정이었다. 그래서 우리도 어떻게 해서든지 참석하려 했던 것이다. 새로 온 좌장은 그 후속 논의를 좀 더 공평하게 하려고 노력했다.

다시 열린 유엔 기구 대표들 회의에서 나는 '약자'의 소통 전략을 썼다. 비주재 에이전시들에 대한 주재 에이전시들의 불만은 바로 전자의 사업 운영 능력에 대한 회의적 시각에서 비롯된다. 엄연한 사실인데, 그것을 밝히고 인정하는 것이 뭐 그리 어려운 일이겠는가? 회의에서 나는 유네스코 사업을 소개하며 우리의 취약점과 우리가 손대지 않는 사업 분야를 필요 이상으로 장황하게 설명한 뒤, 반대로 우리만이 할 수 있는 사업에 관해서도 같은 길이의 시간과 노력을 들여 소개했다.

효과적이었다. 우리가 담당할 수 있는 만큼의 역할을 아무 저항 없이 보장받은 것이다. 그리고 다른 비주재 에이전시들도 그들 나름의 역할을 보장받았다. 역시 뭉치면 살고 흩어지면 죽는다더니, 비주재 에이전시 간의 단결된 모습도 우리의 집단적 존재감을 확인시키는 데에 도움이 됐다.

여담으로, 에이전시 간의 밥그릇 싸움은 사실 상당수가 기구 간의 싸움이 아니다. 속을 들여다보면 그 기구를 대표하는 사람 개인의 됨됨이에서 비롯되는 경우가 많다. 서로 상식적인 선에서 예의를 지키면 기구 간의 경쟁 분위기 속에서도 원만한 동료 관계를 유지할 수 있다.

인사가 만사라고 했던가? 세계의 평화를 추구하는 국제 개발 기구 간의 평화를 유지하는 데도 인사가 만사다.

나만의 휴식처, 디디

하라레에서 나는 참으로 많은 일에 부딪히며 인생에서 가장 어려운 시간을 보냈다. 그러나 내게 지금까지도 연결되어 있는 소중한 인연들을 만난 곳도 하라레였다. 그 인연의 꼬리는 나와 15년째 삶을 같이하고 있는 나의 댕댕이 '디디'로부터 시작했다.

어렸을 때 우리 집은 항상 개를 키웠다. 파리로 오기 전 부모님 집에 살 때도 푸들이 두 마리 있었다. 파리에 홀로 정착하면서 적적한 마음이 생겨 강아지를 한 마리 키우고 싶은 생각이 들었으나, 좁은 아파트 환경과 잦은 출장으로 엄두를 내지 못했었다. 그러다가 아프리카로 이주하면서 주택에 살게 되고, 또 집에 일하는 사람도 생기게 되자 개를 키우고 싶다는 생각이 다시 스멀스멀 올라왔다. 하라레에서는 대부분 사람들이 주택에 살고 있어서인지 개를 키우는 집이 많았다. 어쩌다 아는 사람 집을 방문해서 그 집의 개들과 시간을 보내고 오는 날이면 반려견을 하나 갖고 싶다는 생각이 더욱 간절해졌다.

그래서 결국 유기견을 입양하기로 마음을 먹고, 하라레에 있는 유기견 보호소를 찾아갔다. 그러나 외국인이라는 이유로 단숨에 거절당했다. 외국인들은 이주할 때 데리고 있던 동물들은 버리고 가는 경향이 있어서라고 했다. 딱지는 맞았지만, 이해할 만한 이유였다. 하라레에 있는 유일한 유기견 보호소에서 딱지를 맞았으니, 그다음에는 주위에서 아는 사람들을 통해 찾아보는 수밖에 없었다.

그러던 어느 날 사무실의 동료 한 명이 내가 살고 있는 동네의 어느 집에서 개가 새끼를 낳아 주인이 강아지들을 입양할 사람들을 찾고 있다고 귀띔해 주었다. 그 집에 바로 전화를 걸었다. 강아지를 입양하고 싶다고 했더니 집주인은 나의 신분을 먼저 물었다. 유기견 보호소에서 있었던 일이 생각나 목소리가 저절로 기어들어 갔다. 유엔에서 일하는 외국인이라고 하자, 아니나 다를까 외국인은 사절이라는 대답이었다. 하라레에 사는 사람들이 모두 그렇게 하기로 약속이라도 한 건가 싶었다.

그래도 그 집주인은 유기견 보호소 관리인보다는 말이라도 친절하게 해줘서 몇 마디 대화를 더 이어갈 수 있었다. 못 주겠다는 이유에 나도 공감한다고 했다. 그런 내 말을 조용히 듣더니 집주인은 강아지 구경이나 하려면 한번 들르라고 무심한 듯 툭 던졌다. 입양은 못 하더라도 잠시나마 귀여운 강아지들을 보는 것도 즐거운 일인지라 나는 전화를 끊고 그 집으로 달려갔다.

가보니까 암컷들은 이미 다 입양되어 나가고, 수컷 세 마리가 어미 옆에서 놀고 있었다. 어미는 몰티즈인데, 아비는 같은 동네 사는 푸들이라고 했다. 그러니 강아지들은 몰티즈와 푸들의 하이브리드인 말티푸라는 종이었다. 세 마리 새끼 중 한 마리가 유난히 활발하게 돌아다니길래 얼러주며 잠시 놀았다. 나는 이 세상에 갓난 동물 새끼들처럼 사랑스러운 것은 없다고 생각한다.

내가 강아지랑 노는 모습을 옆에서 물끄러미 지켜보던 집주인은 "그렇게 사랑스러우면 데리고 가슈" 하면서 예상치 않은 입양을 허락해 주었다. 내가 유기견 문제에 공감하는 것을 전화상으로 확인했을 때 일단 '기본 코드가 맞는' 사람이라는 생각을 했고, 내가 강아지를 대하는 모습을 실제로 보고는 믿을 만한 사람이라는 확신을 굳힌 것 같았다.

그러나 강아지가 아직 어미 젖을 안 뗐으니 일주일 후에 와서 데리고 가라고 했다. 감격해서 주인에게 머리 숙여 인사하고 있는데, 마당에 있던 그 집 아이가 안으로 뛰어 들어가더니 매니큐어 병을 들고 나왔다. 그러고는 내가 같이 놀아 주던 강아지 발톱에 빨간 칠을 했다. 내가 데려갈 강아지라는 표시를 한 것이다.

일주일 후 강아지를 데리러 갔다. 이런저런 인사를 나눈 뒤, 주인에게 강아지 값으로 얼마를 드리면 되겠냐고 물었다. 그 집은 동네에 있는 다른 집들과 마찬가지로 부유한 백인의 집이었다. 돈벌이로 강아지 분양을 하는 것이 아님은 분명했지만, 그래도 나로서는 인사치레를 해야 할 것 같았다. 그랬더니 집주인은 그동안 먹인 분윳값이라고 치고 10달러만 주고 데려가라고 했다. 그렇게 해서 강아지 식비로 우리 돈 만 원이 조금 넘는 돈을 지불하고, 발톱에 빨간 매니큐어를 칠한, 아직 눈도 크게 뜨지 않은 하얀 말티푸 강아지 한 마리를 집으로 데려오게 됐다.

강아지의 이름은 디디라고 지었다. 불어로 'de la dune,' 즉 모래 언덕이라는 말을 줄인 것으로, 휴식처라는 의미가 있다. 낯선 땅에서 고생하던 내게 작은 휴식처가 되어주길 바라는 마음에서 지어준 이름이다. 아프리카에서 만난 이 작은 생명은 그 이후 지금까지 나에게 유일한 가족이 되어 주었다.

가족의 울타리가 된 앨리스

디디를 데려왔을 때 내가 살고 있는 주택에는 백인 집주인이 집과 함께 남겨 두고 간 흑인 여자 가사도우미가 한 명 있었다. 임차 계약서에는 그 가사도우미를 그 집에 딸린 그녀의 거처에 계속 살게 하면서 우리 집의 가사도우미로 내가 고용한다는 내용이 포함되어 있었다.

디디를 데려오기 전에 그녀에게 개를 좋아하냐고 물었다. 좋아한다고는 하는데, 대답에 힘이 없어서 몇 번 반복해서 물어보았다. 그때마다 그녀의 답은 한결같이 "네, 좋아합니다"였다. 그런데 어느 날 내가 출장에서 돌아와 보니 디디의 배가 금방 터져나갈 풍선처럼 부풀어 올라 있었다. 뭔가 심상치 않았다.

사연인즉슨, 그 가사도우미는 내가 집을 떠난 후 디디를 돌보기는커녕 밥도 주질 않았다. 그것을 보고 집에 배치된 흑인 여자 경비원 하나가 가사도우미에게 사료를 달라고 해서 디디 밥을 먹였는데, 며칠 굶은 디디가 그만 사료를 너무 먹어버리는 바람에 배가 터지기 일보 직전까지 간 것이었다.

그 일이 있고 난 뒤에도 나는 그 가사도우미와 디디와 관련한 일로 몇 번 더 부딪치게 됐다. 그녀는 디디의 배설물이라도 치우게 되는 날에는 화를 심하게 냈고, 내가 없는 사이에 내 옷가지들을 집어던져 놓는 등의 이상한 행동을 했다. 나에 대한 공격이었다. 섬칫한 느낌이 들었다.

집에 배치된 흑인 경비원들은 그녀가 아프리카 토속의 주술을 써서 디디를 해치려고 한다는 이야기를 하면서 내게 주의하라고 했다. 외국인인 나는 잘 모르겠지만, 자기네는 보면 안다고. 실제로 그 가사도우미는 무엇을 하는지 한밤중에 집을 나가 새벽에나 들어오곤 했다.

무서운 생각이 들기 시작했다. 그러나 임차 계약 조건상 그녀를 내보낼 수는 없었다. 그래서 일단 그녀에게 더 이상 집안일을 돕지 않아도 된다고 말하고, 그녀가 내 생활 반경으로 들어오는 것을 금지시켰다. 무엇보다 디디와 부딪치지 않게 하는 것이 필요했다. 그렇게 되고 보니 집 안 청소며 집 안팎의 주택 관리가 몽땅

내 몫으로 떨어졌다. 그러던 어느 주말 오후 집 청소와 정리로 혼자 분주하게 왔다 갔다 하고 있는데, 그런 나를 마당 한 구석에서 물끄러미 바라보던 여자 경비원이 자기가 좀 도와주면 안 되겠냐고 물어왔다. 내가 출장 나갔을 때 디디 밥을 먹여 주었던 그 경비원이었다.

낯선 이들 모두에게 경계심이 들던 때라 나는 괜찮다고 했다. 그러자 그녀는 자기의 제안을 더 이상 밀어붙이지 않았다. 그러면서 필요할 때 이야기하면 자기가 도와주겠다고 여운을 남겼다. 말하는 모습이 얌전했다. 그래서 나는 그녀와 대화를 몇 마디 더 이어가고 그 이후에도 이런저런 대화를 나누며, 그녀에 대해서 좀 더 알게 됐다.

그녀의 이름은 앨리스였다. 경찰로 일하다가 미화로 월급을 받을 수 있는 사설 경비 회사로 자리를 옮겼고, 그러면서 우리 집에 배치된 것이다. 같은 경찰이었던 남편은 몇 년 전 교통사고로 죽고, 아이들 셋을 혼자 키우고 있었다.

그녀는 무엇보다 디디를 생각하는 마음이 있었다. 하루는 퇴근 후 집에 돌아왔는데, 낮 근무 담당이던 앨리스가 퇴근을 하지 않고 깜깜한 집 한구석에서 디디를 끌어안고 있었다. 왜 퇴근 안 했냐고 물었더니, 전기가 없어 깜깜해진 집에 디디를 그냥 두고 갈 수가 없어서 내가 오기를 기다리고 있었다고 했다.

앨리스의 됨됨이를 지켜본 후 나는 결단을 내렸다. 일단 그 집에서 나오기로 하고, 이사를 가면서 앨리스를 디디 보모 겸 가사 도우미로 고용하기로 한 것이다. 나는 앨리스가 경비원으로 받던 월급보다 많은 월급을 제안했다. 앨리스는 고마워하며 내 제안을 받아들였다. 그리고 내가 이사 갈 집을 찾는 동안 그녀는 우리 집에서 경비원으로 일하면서 디디도 번번이 살펴 주었다. 자기가 당번이 아닌 날에는 다른 경비원들에게 마당에서 노는 디디 좀 들여다보라고 부탁하는 것도 잊지 않았다. 고마운 일이었다.

얼마 후 나는 할아버지 할머니들이 사는 타운하우스 단지로 옮겨가 디디랑 앨리스와 함께 가족의 둥지를 틀었다. 앨리스는 경찰에서 일을 해서 그런지 주위에 아는 사람도 많고, 조직력도 뛰어

났다. 그녀의 도움으로 나는 그 낯선 곳에서 집이라는 울타리를 두르고 드디어 정착할 수 있게 되었다.

똑똑이 캐롤라인

앨리스와의 인연은 내가 하라레를 떠난 지 14년이 되는 지금까지도 계속되고 있는데, 그것은 다름 아닌 그녀의 막내딸 캐롤라인과의 인연 때문이다.

하루는 퇴근해서 집에 갔더니 조그마한 흑인 여자애 하나가 집에 와 있었다. 그 애가 바로 캐롤라인으로, 감기가 들어서 엄마인 앨리스가 데리고 출근했던 것이다. 나는 캐롤라인에게 많이 아프냐고 물은 다음에 뭐 먹고 싶은 것은 없냐고 덧붙여 물었다. 어른들이 흔히 하는 질문이기도 하지만, 퀭한 눈으로 감기에 지쳐있는 꼬마의 모습이 안쓰러워 실제로 뭔가 맛있는 것이라도 주고 싶어서 한 질문이었다.

그러나 캐롤라인은 커다란 눈으로 나를 멀뚱멀뚱 쳐다볼 뿐 대답이 없었다. 표현을 바꿔가며 재차 물었다. 이것저것 구체적인 예를 들면서 캐롤라인이 좋아하는 음식을 알아내려고 애썼다. 그래도 답이 없었다. 앨리스가 옆에서 거들며 대답을 재촉했으나, 캐롤라인은 끝내 입을 열지 않았다.

며칠 후 캐롤라인은 앨리스를 통해 왜 그날 자기가 내 질문에 아무 대답도 하지 않았는지를 전해 왔다. 앨리스가 전한 진실은 이랬다.

캐롤라인이 제일 좋아하고, 또 그날 먹고 싶었던 음식은 후라이드 치킨이다. 그러나 자기는 감기로 목이 아파 아무것도 먹을 수 없는 상황이라, 만약 치킨이 생기면 그 귀하디귀한 치킨이 나머지 식구들의 차지가 되고 말 게 분명해서 이야기하지 않았다고 한다. 그러면서 앨리스에게 부탁하기를, 이제 감기가 다 나아서 치킨을 먹을 수 있으니까 나한테 가서 자기가 가장 먹고 싶은 건 후라이드 치킨이라고 꼭 전해 달라고 했다고 한다.

그때 캐롤라인의 나이가 채 다섯 살이 되지 않았는데, 그 작은 아이가 눈만 깜박거린 채 내 질문에 대답을 안 하는 동안 속으로 그렇게 많은 생각을 하고 있었다는 사실이 놀라웠다. 그리고 그 어린아이가 자기가 좋아하는 먹거리 하나를 사수하기 위해 들인 노력이 애잔하기도 했다.

캐롤라인이 단순한 아이가 아니라는 사실을 확인할 기회는 또 있었다. 앨리스네 아이들은 내가 출장 가는 것을 반겼다. 출장에서 돌아올 때마다 그들에게 줄 선물을 챙겨 왔기 때문이다. 파리에 가면 과자를 사다주고, 한국에서는 학용품을 사다주었다. 하루는 내가 출장 간다는 소리를 전해 듣고 캐롤라인이 앨리스에게 어느 나라로 가냐고 물었다. 잠비아라고 하니까 캐롤라인은 "에이, 잠비아는 짐바브웨보다도 못사는데*" 하면서 한숨을 쉬었다고 한다. 가난한 나라라 기대할 만한 선물이 없으리라 생각한 것이다.

이런저런 에피소드로 나는 캐롤라인이 생각이 많은 똑똑한 아이라는 인상을 가지게 됐고, 그 이유 하나로 하라레를 떠난 후에도 캐롤라인의 학비를 보태주게 됐다. 그 자그마한 도움으로 캐롤라인은 고등학교를 마치고 지금은 대학에 다니고 있다. 교육의 기회를 얻게 된 것이 그녀의 행운이라면 행운인데, 그게 다 후라이드 치킨 한 마리에 대한 그녀의 깊은 침묵에서 비롯된 것이다. 쉽게 내뱉지 않은 말 한마디가 한 아이의 미래를 바꿔 놓은 셈이다.

피부색, 그게 뭐라고

하루는 퇴근 후 집에 와 보니 앨리스가 화가 잔뜩 나 있었다. 동네에 쓰레기 문제가 생길 때마다 동네 노인들이 우리 집 문

건국 초기인 1980년대만 해도 짐바브웨는 아프리카의 '빵 바구니'라고 불릴 정도로 아프리카 지역 최대의 농산물 생산국이었고, 경제적 인프라뿐만 아니라 국민의 교육 수준도 아프리카의 상위권에 속하는 나라였다. 그런 짐바브웨의 과거 위상은 어린아이들을 포함한 국민 모두에게 공통된 기억으로 남아 있다. 그러나 내가 짐바브웨에 도착했을 때는 이미 경제가 파탄 지경에 이르렀고, 농장을 몰수당한 짐바브웨 백인들은 정치, 경제적으로 상대적인 안정을 누리고 있는 잠비아나 남아프리카 공화국 같은 이웃 나라로 많이 이주해 갔다.

을 두드리고는 "너희 주인 중국 사람이지? 이거 너희가 한 짓이지?"라고 하면서 괴롭힌다는 것이다. 저녁에 내가 집에 있을 때 나한테 와서 이야기하게 하라고 일렀으나, 동네 노인들은 나를 찾아오지는 않고 만만한 앨리스에게만 '중국 안주인'에 대한 불만을 털어놓았다. 우리가 잘못했다는 증거가 없으니 나를 만나서 따지지는 못하는 것 같은데, 뭔가 나의 존재가 그들의 눈에 거슬리고 있는 것은 분명했다.

내가 살던 타운하우스 단지는 짐바브웨가 백인이 통치하는 로디지아*라는 나라였던 시기를 겪은 백인 노인들이 사는 곳이었다. 오늘날 그들은 땅과 농장을 빼앗아 간 무가베 정권을 미워하는 것은 물론이고, 그 당시 무가베 정권과 끈끈한 관계를 맺고 짐바브웨에서 한창 자원 외교를 펼치던 중국도 증오의 대상으로 삼았다. 그 불똥이 같은 동양인인 애먼 나에게 튀고 있었던 것이다.

일단 내가 중국 사람이 아니라는 것을 알려야 했다. 그리고 중국 사람이든 아니든 간에 동양인에 대한 무시와 차별을 어떤 식

아프리카 중남부의 로디지아는 19세기부터 영국의 식민 지배를 받는 과정에서 남북으로 분할되었다. 북로디지아는 1964년 독립해 잠비아가 되었다. 남로디지아는 1965년 독립을 선포하면서 국명을 로디지아로 정하였으나 국제 사회로부터 인정을 받지 못했고, 1980년 4월에야 짐바브웨라는 국명으로 국제 사회에서 독립 국가로 인정받았다. 로디지아는 국경을 맞대고 있는 남아프리카 공화국과 마찬가지로 1965년부터 1980년까지 15년간 백인우월주의 정권하에서 극심한 인종차별 체제를 경험하였다.

으로든 해소해야 했다. 그러나 좀 더 전략적으로 접근해, 내가 누구라고 알리기보다는 그들이 생각하는 것만큼 낯선 이방인이 아니라는 인식을 심어줘야겠다는 생각이 들었다.

그래서 반장님 부부를 시작으로 동네 할머니 할아버지들을 한 사람씩 집으로 초대해 파리에서 갖고 온 음식 재료들로 다과 대접을 하기 시작했다. 그들에게 익숙한 유럽 문화 카드를 꺼내 들면 뭔가 문화적 공통 분모가 생길 것 같았다. 우선 준비한 다과를 대접하기에 앞서 음식 재료에 관한 설명을 쓸데없이 길게 늘어놓았다. “이건 파리에서 갖고 온 트러플이 들어간 올리브기름인데요, 백색 트러플과 흑색 트러플이 향이 다르니까 드시기 전에 잘 비교해서 음미해 보세요.” “아, 그리고 요건 토마토를 말려서 곱게 가루를 낸 건데 처음 보셨죠? 카나페 위에다 많이는 말고 조금만 뿌려 드시면 새콤한 맛이 기름의 느끼한 맛을 잡아 준답니다.“

물론 나는 그들이 그런 식자재를 본 적이 없을 거라는 것을 잘 알고 있었다. 좀 치사했으나, 그것이 목적이었다. 그들이 알지 못하는 것을 나는 알고 있다는 사실을 알리는 게 이 ‘잘난 척’ 모임의 목적이었다. 그러면서 내가 중국 사람이 아닌 한국 사람임을 확인시키는 것도 잊지 않았다.

‘잘난 척’ 작전은 예상대로 통했다. 초대받은 손님들은 우리 집에 대해 입소문을 내기 시작했고, 그 입소문이 작은 타운하우스 단지 안에 퍼지는 데는 그다지 긴 시간이 걸리지 않았다. 우리 집에 왔던 할머니 할아버지들은 길에서 만나면 요전 날 대접받은 음식에 대한 감동을 길게 늘어놓았다.

그 이후 동네에서 일어나는 문제로 죄 없는 우리를 괴롭히는 일은 더 이상 일어나지 않았다. 그러나 낯선 할아버지 할머니들에게서 뼈에 박힌 인종 차별을 당하는 수모만큼은 여전했다.

하루는 디디를 데리고 타운하우스 단지를 산책하다가 볼일을 치른 디디의 변을 비닐봉지에 주워 담고 있었다. 지나가던 할아버지가 그런 나를 보더니 자기도 다음 생에는 강아지로 태어났으면 좋겠다고 했다. 그러고는 "그러면 네가 내 똥도 치워줄 테지?" 하면서 얄궂은 웃음을 내던지고 지나갔다. 처음에 자기도 강아지였으면 좋겠다고 했을 때는 내가 디디를 보살펴 주는 것에 감동해서 하는 말이라고만 생각했는데, 잠시 후 그 노인네의 진심은 자기 똥도 내가 처리하라는 데 있었다는 것을 깨닫고는 머리에 똥바가지를 뒤집어쓴 느낌이 들었다. 들고 있던 디디의 똥주머니를 던져 주고 싶었으나, 그 노인네는 이미 지나가 버린 후였다.

아프리카의 인종 차별은 백인만의 문제는 아니었다. 파리에서 근무하던 시절 남아프리카 공화국으로 출장을 갔을 때의 일이다. 호텔에 도착했는데 파리 사무실의 비서가 전해준 예약 정보와 호텔이 가진 예약 정보에 차이가 있었다. 당황한 나머지 "우리 비서가 이렇게 예약을 해줬는데 실수가 있었나 보네…" 하고 혼잣말을 하는 찰나, 그런 나의 중얼거림을 들은 호텔 카운터 직원이 뜬금없이 "비서가 백인인가요, 흑인인가요?" 하고 묻는 게 아닌가. 비서의 피부 색깔과 그의 실수가 무슨 상관이 있다고 이런 질문을 하나 싶었다. 백인이라고 답하자, 그 직원은 "백인인데 왜 그런 실수를 했을까" 하며 머리를 갸우뚱거렸다.

그 말에 이번에는 내 머리가 갸우뚱해졌다. 정신을 차리고 대화의 고리를 분석해 보았다. 그 직원은 그런 실수를 할 사람은 분명 흑인일 가능성이 높다는 가정에서 출발했다. 내가 흑인이라고 답했더라면 "그렇죠? 그럴 줄 알았다니까요"라고 했을 것 같은 분위기였다. 그런데 백인이라고 하니까, 머릿속에 박혀 있는 '백인은 똑똑하다'라는 자신의 이해 공식에 들어맞지 않아 고개를 갸우뚱한 것이다.

놀라운 것은 그런 질문을 하고 그런 반응을 보인 그 호텔 직원이 흑인이었다는 사실이다. 머리를 띵하게 얻어맞은 기분이었다. 적이 내 안에 있는데 그 싸움이 쉽겠는가? 유네스코에서 근무하는 동안 피부색에 근거한 인종 차별 관련 프로그램을 많이 진행했지만, 나는 아직도 인종 차별에 관한 문제에 대해서는 회의적인 생각을 떨칠 수가 없다.

"꼬끼오" 닭의 최후

사무실로 한 할머니가 전화를 걸어왔다. 사무소 책임자와 할 이야기가 있다는데 전화를 받겠냐고 비서가 내게 물었다. 그러겠다고 했다.

말의 억양으로 보아 백인이고, 나이가 있는 노인 같았다. 역시나 짐작대로 백인 할머니가 맞았다. 우리 사무실에서 일하는 한 흑인 직원의 옆집에 살고 있다고 했다. 내게 전화를 한 이유는 이웃인 우리 직원에 대한 불만이 있어서였다. 우리 직원은 주택에 살고 있었는데, 다른 여느 주택들과 마찬가지로 마당 한쪽에는 집안일을 도와주는 흑인 가족이 기거하고 있었다. 전화기 건너편의 옆집 할머니는 그 가족이 마당에 놓아두고 키우던 닭들이 시도 때도 없이 내는 "꼬끼오" 소리에 잔뜩 화가 나 있었던 것이다.

하소연을 들어보니, 할머니가 처음에 닭을 처분해 달라고 했을 때 일꾼 가족은 자기네가 나중에 잡아먹으려고 키우는 거라며 거절했다고 한다. 할머니는 그러면 시장에서 치킨을 사다 줄 테니 그 시끄러운 닭을 없애달라고 했다. 그러자 일꾼 가족은 이번에는 무가베 정권의 상징이기도 한 닭을 없애라는 것은 흑인 정부에 대한 백인 할머니의 정치적 모욕이라고 맞받으며 싸움을 키워갔다고 한다.

할머니는 집주인인 우리 직원에게도 문제를 해결해 달라고 했다. 그러나 별다른 반응이 없어 실망하던 중에 그 주인이 유엔 기구에서 일한다는 소리를 듣고는 우리 사무실에 연락하기에 이른 것이다.

나는 상황을 파악해 보고 다시 연락드리겠다고 했다. 내가 관여할 일은 전혀 아니었지만, 그래도 우리 사무실의 문을 두드린 사람에게 최소한의 예의는 갖추어야 할 것 같았다. 해당 직원을 불러서 이야기의 자초지종을 들어 보았다.

직원의 말에 의하면 할머니의 등쌀에 일꾼 가족들이 문제의 닭을 처분했다고 한다. 닭을 처리했으면 문제가 해결된 거 아니냐고 묻자, 우리 직원은 머리를 긁적거리면서 "근데요… 일단 그 문제의 닭은 없어졌는데, 이미 낳은 알들이 부화를 해서 또 '꼬끼오'할 수 있을 만큼 자라는 바람에 문제가 다시…"라며 말끝을 흐렸다.

웃을 수도 없고 울 수도 없는 블랙 코미디를 보는 듯했다. 내가 제시할 수 있는 해결 방법은 없었다. 다만 어떤 이유에서든지 국제기구의 직원이 지역 사회와 분쟁을 일으키는 것은 보기 좋지 않기에 해결 방법을 다시 찾아보라고 일렀다. 그 할머니에게는 조만간 해결될 것이라고 회답을 해주었다.

그 뒤로 할머니로부터의 연락은 없었다. 우리 직원도 나에게 자세한 이야기는 하지 않고, 해결했다고만 알려왔다. 두 세대에 걸친 닭들로 인한 이웃 간의 분쟁은 끝난 것 같았다. 아마도 차세대 병아리들의 희생으로 완결되지 않았나 싶다. 내가 관리자로 일하면서 해결했던 사안 중에서 독특함으로 치면 단연 일등감인 이야기다.

병도 주고 약도 주는 아프리카의 의료 서비스

하라레에서는 전기 사정이 좋지 않아 음식물을 안전하게 냉장하거나 냉동 보관을 할 수가 없었고, 그로 인해 배탈이 자주 났다. 하루는 배탈 정도가 아니라 심한 복통이 일었다. 의사를 불렀으나 병원으로 가야 할 것 같다고 해서 구급차를 타고 응급실로 실려 갔다.

정신을 깨어보니 다음 날 아침이었고, 이내 앨리스가 곁을 지키러 응급실에 찾아왔다. 그런데 앨리스는 꽃다발도, 그 흔한 주스 박스도 아닌 청소 도구와 소독제를 양손에 잔뜩 들고 있었다. 집에서 챙겨 왔다고 했다. 왜 가져왔냐고 물으니까, 자기가 병원 화장실의 위생 상태를 잘 아는데 청소를 별도로 하지 않으면 사용할 수 없을 것 같아서 그랬다고 했다.

아닌 게 아니라 화장실뿐만 아니라 전반적인 병원 환경이 열악했다. 갖가지 증상의 환자들이 오만 가지 신음을 내고 있었고, 나는 그런 응급실 구석에서 하룻밤을 보냈다는 걸 깨달았다. 거기서 오래 머물다가는 없던 병도 생길 것 같았다. 앨리스가 청소해

준 화장실에서 차후 검사를 위해 채변을 해놓고, 도망치듯 퇴원해서 집으로 돌아왔다.

며칠 후 검사 결과를 보러 의사를 찾아갔다. 의사는 머리를 긁적이며 진찰실로 들어왔다. 뭔가 큰 병인 것 같아 가슴이 철렁했다. 그러나 의사는 미안한 표정으로 내 채변 봉투를 검사실에서 잃어버려 검사를 못 했고, 그래서 대강 식중독인 건 같은데 무슨 식중독인지는 정확하게 알 수 없다고 했다.

순간 당혹스러웠다. 이제 복통 증상도 사라졌으니 검사에 필요한 샘플을 다시 만들 수도 없는 노릇이고, 이를 어찌해야 하나 하다가 "아, 이제 안 아파요. 괜찮습니다. 안녕히 계세요"라는 말을 남기고 꽁무니 치듯 진찰실을 빠져나왔다. 그 와중에 내 채변이 다른 사람 것과 바뀌지 않은 게 얼마나 다행인지 모른다는 생각이 들었다. '병명이야 아무렴 어때, 이제 다 나았는데.' 더 황망한 일이 벌어지기 전에 그 에피소드의 언저리에서 벗어나고 싶었다.

짐바브웨의 경우 워낙 모든 것이 정상적으로 돌아가지 않던 터라 이런 어처구니없는 '의료 사고'가 잦았지만, 그렇다고 아프리카의 의료 서비스를 무턱대고 무시할 건 또 아니었다.

파리에서 근무하던 시절, 가끔 가슴에 통증이 있어서 여러 번 의료진을 찾아가 진찰을 받아 본 적이 있다. 그럴 때마다 그들은 심장병을 의심했고, 그에 관련된 요란한 검사를 했다. 아무것도 발견되지 않았다. 그러던 중 아프리카 세네갈로 출장을 간 한밤중에 호텔 방에서 다시 가슴 통증을 겪는 일이 발생했다.

응급 의사를 불렀다. 가슴 통증이 있다는 이야기를 듣고는 산소통과 심장 소생에 필요한 장비를 잔뜩 들고 왔다. 그러나 그는 몇 가지 증상을 체크하더니, 통증을 가라앉히는 약을 주고는 다음 날 소화기 질환 의사를 찾아가라고 병원 주소를 적어주고 갔다.

아니, 가슴이 아프다는데 웬 소화기 질환 의사? 순간 돌팔이 아닌가 하는 의심이 들었다. 하지만 다음 날 찾아간 병원에서 밝혀낸 나의 병명은 아닌 게 아니라 소화기 관련 담석증이었다. 초음파 검사를 하던 의사는 그동안 파리에서 이렇게 병이 진전될 때까지 원인을 잡아내지 못한 것이 이상하다고 했다.

세네갈 의료진이 제대로 밝혀준 병명과 관련 검사 자료를 가지고 파리로 돌아와 담당 의사를 만났다. 나는 그를 만나자마자 "심장 관련 병이 아니었네요"라고 하면서 오진을 꼬집었다. 그는 아무 말도 하지 않은 채 검사를 다시 해봐야 한다면서 내가 세네갈에서 갖고 온 파일은 옆으로 제쳐 놓고 쳐다보지도 않았다.

결국 예상대로 나의 병은 심장병이 아니라 담석증으로 밝혀졌다. 한밤중에 호텔 방으로 찾아온 아프리카 응급 의사는 파리에서 요란한 검사로도 잡아내지 못한 증상의 원인을 간단히 짚어 냈다.

검사실에서 사라진 채변은 아무 잘못이 없다. 열악한 주위 환경이 죄라면 죄일까.

페기 할머니의 정원

아프리카 하라레에서 나는 '단다로(Dandaro)'라고 하는 백인 노인들의 타운하우스 단지에서 살았다. 처음에는 다른 곳에 단독 주택을 임차했었으나, 디디를 돌보는 일로 가사도우미와 문제가 생겨 다시 이사한 곳이 단다로다.

단다로로 이사하던 날, 집 코앞에 있는 정원에서 할머니 한 분이 이삿짐 행렬을 유심히 지켜보셨다. 우리 집에서 할머니의 거실까지는 열 발자국도 안 되는 짧은 거리였다. 할머니 정원에서 이사가 진행되고 있다고 해도 과언이 아니니, 할머니의 관심이 집중될 수밖에 없었다.

이사가 끝나고 며칠 뒤 퇴근길에 정원에 나와 있는 할머니와 눈이 마주쳤다. 말은 하지 않으셨지만, 미소 띤 얼굴로 나를 바라보고 계셔서 할머니께 제대로 인사드리려고 정원으로 발길을 돌렸다. 할머니는 기다렸다는 듯이 "나는 페기라고 해요. 요전 날 이사 온 분 맞죠? 새 이웃이네!"라고 하시며 반겨 주셨다.

아흔 살의 고령인 페기 할머니는 혼자 살고 계셨다. 자식들과 손주들은 남아프리카 공화국에 살고 있었다. 물도 잘 안 나오고 전기도 잘 들어오지 않는 짐바브웨에서 혼자 지내기 힘드시지 않냐고 하니까, 그래도 여기가 좋다고 하셨다. 돌아가신 할아버지와의 추억이 있기 때문이었다.

할머니와 상견례를 마친 뒤로 나는 퇴근길에 할머니네 정원에 자주 들렀다. 항상 거실 문을 활짝 열어 놓은 채 정원에 나와 앉아 계셔서 인사를 드리기가 쉬웠다. 날씨가 좋으면 마티니 한 잔을 옆에 두고 정원에서 책을 읽으셨다. 날씨가 추워지면 정원 끝에 있는 거실에서 할머니만큼이나 나이가 많은 반려묘를 무릎에 앉히고 햇볕을 쬐곤 하셨다.

나는 주말에 시간이 되면 할머니를 집에 초대해서 티타임을 가졌다. 파리에서 갖고 온 식자재로 이것저것 준비해 드리면 연신 감탄을 쏟아내며 좋아하셨다. 그렇게 초대를 받은 다음에는 나를 커뮤니티 회관에 데리고 가서 저녁을 사 주셨다. 고령에도 이웃 간에 예 갖추는 것을 게을리하지 않는 깔끔한 성격의 소유자였다.

언제 봐도 평온한 할머니의 모습은 보기만 해도 내게 힐링이 됐다. 그런데 왜 인생의 평온함은 가끔 폭풍 전야의 고요함이 되어야 하는지 모르겠다. 어느 날부터인가 할머니 댁의 거실 문이 닫혀 있고, 정원에서 할머니의 모습도 볼 수 없었다. 걱정스러워서 주위에 물어보니, 할머니의 반려묘가 실종돼 낙심하시다가 병이 났다고 했다. 평소 할머니는 나이 많은 반려묘를 먼저 보내고 세상을 떠나는 것이 남은 소원이라고 늘 입버릇처럼 이야기하셨다. 그만큼 하나 남은 자신의 책임을 다하기를 원하셨는데 고양이가 어디론가 가버렸으니, 그 충격이 이만저만이 아니었을 것이다.

다행히 고양이는 며칠 후 집으로 돌아왔다. 할머니가 고양이를 무릎에 앉히고 쓰다듬어 주는 일상의 모습이 재개된 듯싶었지만, 할머니의 눈빛은 예전과 달랐다. 힘없는 눈동자로 허공을 바라보시면서 "이걸 먼저 보내고 내가 가야 할 텐데"라는 말을 더 자주 하셨다.

얼마 후 할머니의 고양이는 무지개다리를 건넜다. 할머니는 소원대로 마지막 책임을 다할 수 있었음에 안심 아닌 안심을 하셨다. 삶의 단짝을 잃으신 후에도 의젓함을 잃지 않으시고, 여전히 정원에 나와 일상을 이어 가셨다. 그러나 날이 갈수록 정원에 안 계시는 날이 점점 많아졌다.

그 뒤로 얼마 지나지 않아 나는 파리로 돌아왔다. 그리고 또 얼마의 시간이 흐른 어느 날, 나는 낯선 사람으로부터 이메일 한 통을 받았다. 페기 할머니가 돌아가셨다는 내용이었다. 메일을 보낸 사람은 남아공에 사는 할머니의 아들이었다. 유품을 정리하다가 내 명함을 발견했고, 평소에 어머니로부터 내 이야기를 들은 게 생각나 부고를 전한다는 이야기였다. 그러면서 어머니와 친구가 되어 주어서 고맙다는 말도 빠뜨리지 않았다.

페기 할머니가 식구들에게 나에 대해 어떤 이야기를 하셨는지는 모르겠다. 그래도 멀리 떨어져 사는 식구들에게 이야기할 만큼은 내가 할머니 친구로서의 무게감이 있었던 것 같아 흐뭇했다.

이제 나도 나이 예순을 넘겨 노인 줄에 들어섰다. 요즈음 나는 나보다 더 늙은 나의 반려견 디디를 내 손으로 끝까지 돌볼 수 있게 해달라는 기도를 한다. 간절히 그런 기도를 할 때면 페기 할머니 생각을 떠올리지 않을 수 없다. 이제야 나는 "이걸 먼저 보내고 내가 가야 할 텐데"라는 할머니의 애틋한 심정을 이해할 것 같다.

그리고 할머니에게서 배운 또 다른 기도를 해 본다. 뉘엿뉘엿 저무는 해를 뒤로 하고 마티니 한 잔을 마시면서 추리 소설을 읽고 계시던 할머니가 누리던 노년의 삶의 여유와 멋을 누릴 수 있게 해달라고. 할머니 살아계실 때 나도 이다음에 당신같이 늙어갈 수 있으면 좋겠다는 말을 한 적이 있으니, 아마도 하늘에서 내 기도를 기억하고 들어 주시리라 믿는다.

페기 할머니의 작은 정원이 그립다. 인생 후반길을 정리하는 지혜와 작은 우정이 싹트던 그 정원이.

4장

다시, 파리로

전근 명령

하라레는 오지로 구분되는 근무지였다. 오지에서는 근무 기간이 짧다. 그 당시 하라레는 최대 근무 기간이 2년으로 되어 있었다. 2년이 지나면 다른 근무지로 옮겨가야 한다. 직원들이 힘든 곳에서 오래 고생하지 않도록 만든 형평성 정책의 일환이다.

이런 제도를 알고 있었지만, 나는 내가 2년 만에 하라레를 떠날 수 있으리라고는 생각지 못했다. 현장 사무소가 많지 않은 유네스코에서는 근무 순환제가 잘 지켜지지 않고 있었기 때문이다. 그리고 하라레의 전반적인 상황도 처음보다 나아져 오지라는 이유로 굳이 재촉해서 떠날 이유가 없었다.

그러나 파리 본부의 생각은 달랐던 것 같다. 내가 하라레에 근무한 지 2년째가 되던 해에 파리 현장지원국에서 전화가 왔다. 파리로 다시 돌아오겠냐는 내용이었다. 얼마 전 은퇴한 살만 국장이 하라레에서 나의 임기가 끝나면 그녀가 있던 부서의 부국장으로 올 가능성을 열어 두고 떠났다고 했다. 국장이 나와 그런 내용을 상의한 적은 없었는데, 뒤에서 나의 전근에 필요한 준비를 하고 있었던 것이다. 하라레에서 투서 사건 등으로 내가 힘겨운 시간을 보낸 것을 알고 있었기 때문에 나의 전근 파일을 우선하여 챙겨 놓고 떠난 것 같았다. 살만 국장의 조용한 배려가 고마웠다.

고맙기는 했으나, 파리로 다시 간다는 것이 맘에 걸렸다. 현장에 나온 지 2년이 조금밖에 안 지났고, 막연하게나마 하라레를 떠나더라도 계속해서 현장에서 일하기를 희망하고 있던 터였다. 그런데 다시 본부로 돌아가야 한다니, 고작 이 짧은 시간을 보내려고 현장의 바다에 뛰어들었나 하는 생각이 들었다.

하지만 본부로 돌아가서 맡게 될 업무가 흥미로웠다. 그 당시 유네스코에서는 현장 사무소 운영을 개선하기 위한 준비가 한창이었는데, 그 업무를 담당하는 곳이 현장지원국이었다. 새로 부임한 현장지원국 국장은 내게 전화를 걸어 개선안을 함께 구상해 보자며 나의 파리행을 독려했다.

유네스코의 현장 개선은 파리 본부의 역할과도 맞물려 있어 본부에서 오래 근무한 나의 경험이 도움이 될 것 같았고, 무엇보다 현장 업무는 내가 오랫동안 관심을 가져온 사안이었다. 또 아프리카를 중심으로 개선 사업이 시작될 예정이어서 나의 아프리카 근무 경험도 살릴 수 있을 것 같았다. 뭔가 해 볼 만한 일이라는 판단이 들었다.

현장 근무에 대한 미련은 본부에서의 근무가 끝나면 기회를 봐서 다시 생각해 보기로 하고, 당분간 고이 접어 두기로 했다. 그 미래가 내가 상상하는 것처럼 올 수 있을지에 대한 의심은 하지 않았다. 특별히 믿는 구석이 있어서는 아니었고, 나는 어떤 결정을 내릴 때 한 번에 한 가지만 생각하는 경향이 있었다. 결국 그렇게 다시 파리행 비행기를 타기로 결심했다.

안녕, 하라레

하라레 살림을 다시 접어 파리로 이사를 가야 한다고 생각하니, 그동안 집 넓이 걱정 안 하고 늘려 온 살림살이들이 눈에 먼저 들어왔다. 새로 구입한 덩치 큰 아프리카풍의 가구들은 또 어찌해야 하나. 넓은 마루나 베란다가 있는 곳에나 어울리는 이 가구들을 한 뼘도 안 되는 작은 파리 아파트로 어떻게 끌고 가나.

그러나 그 가구들은 난생처음 큰맘 먹고 세트로 맞추어 산 것들이어서 머리에 이고 사는 한이 있더라도 가져가고 싶었다. 그러려면 기존의 살림을 정리하는 수밖에 없었다. 갖고 있던 예전 가구들을 과감히 정리해서 필요한 몇 가지만 남겨두고 주위 사람들에게 나눠줬다. 살림살이의 세대교체가 이루어졌다.

눈에 걸리는 살림은 비단 가구뿐만이 아니었다. 20여 년이 넘는 기간 동안 캐나다에서 한국, 한국에서 프랑스, 프랑스에서 짐바브웨까지 끌고 다닌 수백 권의 책들도 문제였다. 대부분 대학원에서 공부할 때 사용한 전공 서적들이었다. 직장 생활을 시작한 후로는 들여다볼 기회가 없었지만, 분신 같은 그 책들을 정리하지 못하고 멀고 오랜 이삿길에 보물단지처럼 모시고 다녔다. 이사 갈 때마다 가장 큰 부피와 무게를 차지하던 짐이 그 녀석들이었다. 그런데 이사도 이사지만, 예술 방면에 관심을 기울이기 시작하면서 그쪽 방면의 서적들이 늘어나 이제는 전공 서적들을 정리할 때가 됐다는 느낌이 들었다. 하지만 책을 정리하는 것은 심리적으로 그리 간단하지 않았다. 뭔가 못 할 짓을 하는 것 같은 느낌이 들었다.

한참의 고민 끝에, 나에게는 더 이상 필요 없는 책들이지만 누군가에게는 도움이 되겠다는 생각에 하라레에 있는 짐바브웨 대학교의 도서관에 책들을 기증했다. 지금도 그 책들이 대학 도서관에 비치되어 있다고 생각하면 마음이 뿌듯하다. 그 녀석들이 있어야 할 자리를 제대로 찾아 준 것 같다.

그렇게 전공 서적들을 정리하고 나니 책장이 휑하니 비었다. 여유가 생긴 공간에 내 취미 관련 책들을 넣을 수 있다는 희망과 함께, 이제부터는 꼭 해야 하는 것이 아니라 내가 즐거워서 하는 일을 하면서 살아야겠다는 삶에 대한 새로운 다짐을 했다. 비워진 책장에 그 미래를 예약해 두었다.

큰 가구도 몇 개 빠지고, 책 짐도 줄고 나니까 살림은 그런대로 파리의 작은 아파트로 다시 들어갈 준비가 됐다. 이제는 하라레에서 맺은 인연들을 정리하는 일이 남았다. 무엇보다 내가 떠나는 바람에 일자리를 잃게 된 앨리스와 그 가족의 삶에 신경이 쓰였다.

양철판으로 바람만 간신히 막을 수 있는 움막 같은 곳에 살던 앨리스는 우리 집에서 일해 모은 돈으로 제대로 된 거처를 마련하고자 갖은 애를 썼다. 쉬는 날에는 푼돈을 벌기 위해 따로 장사도 했다. 그런데 집을 장만할 돈이 다 모이기 전에 내가 떠나게 된 것이다. 나 몰라라 하고 떠나기에는 앨리스와 그동안 쌓은 정의 깊이가 심상치 않았다. 뭔가 도움을 주고 떠나야 마음이 편할 것 같았다.

이삿짐을 정리하면서 쓰지 않는 내 물건들을 모아 타운하우스 단지 내에서 이사 세일을 했더니 판매 수익금이 꽤 모였다. 거기에 조금 더 돈을 보탰더니 앨리스와 그녀의 가족이 이사할 집의 잔금을 치를 정도가 됐다. 그 돈으로 앨리스는 내가 하라레를 떠나기 전에 새 보금자리로 이사할 수 있었다.

내가 떠난 후 앨리스는 예상했던 대로 제대로 된 다른 일을 찾지 못하고, 길에서 야채 장사를 하며 어렵게 생계를 꾸려가야 했다. 그래도 식구들이 두 다리 뻗고 잘 집은 하나 갖고 있다고 생각하니까 그나마 마음이 놓인다.

짐을 모두 정리해서 이삿짐으로 내보내고, 디디와 나는 하라레를 떠나기 전 마지막 이틀을 개인 숙소에서 보내게 됐다. 디디 때문에 호텔로 갈 수가 없어서 독립 주택의 숙박 시설을 빌리게 된 것인데, 우연히도 그 집은 내가 하라레에 도착해서 처음 살았던 주택 단지 내에 있었다. 디디가 태어난 집과도 그리 멀지 않은 곳이었다. 뭔가 다시 원점으로 돌아왔다가 떠나는 것 같은 느낌이 들었다.

공항으로 떠나는 날 아침, 열린 앞마당으로 작은 푸들이 한 마리 들어왔다. 마당에서 놀고 있던 디디가 푸들에게 다가가 조심스럽게 냄새를 맡았다. 알고 보니 그 푸들은 그 동네에 살고 있는 디디의 아빠였다. 묘한 기분이 들어 둘이 만나는 장면을 사진에 담아 두었다.

그리고 디디와 나는 공항으로 향했다. 앨리스가 공항까지 배웅을 나왔다. 공항에 도착해서는 디디를 강아지 이동장에 넣어 동물 하역장으로 보냈다. 디디가 목이 터져라 짖어대기 시작했다. 버림받는다는 생각밖에 할 수 없었을 힘없는 동물의 고통이 내게도 전이돼 정신이 나갈 것 같았다.

디디의 울음소리가 멀어지는 동안 나와 앨리스는 서로를 끌어안고 말없는 눈물을 흘렸다. 디디 때문에 우는 건지, 서로의 이별 때문에 우는 건지는 알 수 없었다. 사무실에서 나온 기사가 옆에 있었지만, 나의 눈물보가 터진 것은 앨리스하고였다. 그녀는 내가 그 낯선 곳에서 집이라는 울타리를 두르고 살 수 있도록 도움을 준 사람이다. 그녀 덕에 디디도 잘 자랐다. 낯선 사람에게 의지해서 산 삶이 갑자기 또 그렇게 서럽게 느껴지는 것은 무슨 조화인지 알 수 없었으나, 꺾어지는 감정으로 목이 멨다.

그렇게 앨리스와 눈물 콧물 섞인 이별을 하고 비행기에 올랐다. 디디의 이동장이 잘 실렸는지 승무원들에게 몇 번이고 묻고 또 물었다. 자리에 앉은 뒤에도 창밖을 이리저리 둘러보았다. 혹시라도 디디의 이동장 모습을 볼 수 있을까 해서였다.

잠시 후 나는 눈을 지그시 감고, 하늘로 오르는 비행기에 모든 것을 맡겼다. 눈물로 얼룩진 얼굴이 비행기 안의 마른 공기와 만나면서 당기듯 마르기 시작했다. 어느덧 참으로 별났던 아프리카에서의 갖가지 기억이 좌석에 젖혀진 머릿속을 파노라마처럼 스쳐 지나갔다.

2010년 10월의 일이다.

파리에 대한 심술

원래 나는 파리에 작은 아파트를 하나 갖고 있었다. 하라레로 떠나기 전에 매입한 것으로, 내가 몇 년 동안 살다가 하라레로 떠나면서 세를 줬다. 그러나 파리로 돌아오는 시기와 임대 계약이 끝나는 시점이 맞지 않아 내 아파트로 바로 들어갈 수 없었다. 그래서 원룸 아파트를 하나 임시로 빌리기로 했다.

원룸을 빌리기 위해 집주인들에게 많은 편지를 썼다. 프랑스 사람들이 개를 많이 키우기로 유명한데, 정작 강아지 데리고 있는 사람에게 집을 빌려주겠다는 사람은 많지 않았다. 강아지로 인해 문제가 생기면 모두 배상하겠다고 했으나 번번이 퇴짜를 맞았고, 간신히 한 곳에서 허락을 해서 다른 선택의 여지 없이 거기로 들어가게 됐다.

하라레에서 온 이삿짐은 포장된 채 그대로 창고로 보내졌다. 이사 자체도 스트레스였는데, 바로 짐을 풀 수 없다는 것이 더 강한 스트레스로 다가왔다. 비행기로 가져온 가방 두 개로 열 달을 살아야 했다. 그나마도 그 손짐의 대부분은 디디 살림이었고, 나의 살림은 당장 입을 옷 몇 벌이 전부였다.

하지만 가장 시급히 해결해야 할 문제는 디디의 보육 문제였다. 내가 출근한 후 디디를 돌봐 줄 사람을 찾아야 했는데, 막막했다. 고민 끝에 예전에 파리에 살 때 한국 식품점에서 아르바이트하는 한국 학생들을 본 기억을 되살려 파리에 있는 한 한국 식품점을 찾아갔다.

그렇게 해서 인연이 닿은 한국 학생들 몇 명이 번갈아 가며 아르바이트로 디디를 돌보게 됐다. 그러나 디디는 매번 바뀌는 낯선 이들과 산책 나가는 것은 물론이고 그들이 옆에 오는 것조차도 거부했다. 하루 종일 죄 없는 아르바이트생을 노려보다가, 내가 퇴근해서 돌아오면 그제야 자기 바구니에서 일어나 나의 품으로 달려왔다.

그 외에도 디디가 적응해야 할 게 한둘이 아니었다. 처음에 디디는 하라레에서 하듯 길을 지나는 사람들에게 일일이 인사를 하려 했다. 거리에서 무심하게 산책하는 법을 배워야 했다. 오토바이며 자동차 등에서 나오는 도시의 소음도 공포의 대상이었다. 디디에게도 나에게도 산책이 더 이상 즐거움이 아니었다.

좁은 아파트에서 개를 키우는 주인으로서의 걱정도 결코 작지 않았다. 디디가 짖어 옆집에서 불평할까 봐, 나는 디디를 집에 두고 외출을 못했다. 일요일에 성당에 갈 때는 디디를 차에 태우고 성당 가까이 가서 주차한 뒤, 차 안에서 성당 창밖으로 들리는 소리로 미사를 했다.

사실 이런 문제들 때문에 예전에 파리에 살 때 강아지 키울 생각을 못 했던 건데, 결국 아프리카에서 '강아지 혹'을 붙여와 상상으로만 하던 고생을 실제로 하고 있었다. 그렇게 몇 달 혼자 가슴 졸이며 살다가 나는 제2의 앨리스가 필요하다는 결론을 내리고, 디디를 전담해서 돌봐 줄 사람을 고용하게 됐다.

그로 인해 집안 생활은 조금씩 안정되기 시작했다. 그러나 파리에서 풀타임으로 사람을 쓰는 데에는 큰 비용이 지출됐다. 거기에 아파트를 살 때 빌린 은행 빚 상환까지 합하면 월급의 반이 손에서 그냥 새어 나갔다. 물가 비싼 파리의 생활이 빠듯해지면서, 여러모로 여유 있었던 하라레 생활이 그리워지기 시작했다.

사실 나는 파리행이 결정 났을 때 이제 전기 걱정 없는 곳에서 살 수 있다는 단순한 생각에 기분이 들떴었다. 실제로 파리에 다시 돌아와서는 전기뿐만 아니라 재발견한 모든 '문명'의 혜택이 반가웠다. 오랜만에 사용하는 신용카드도 신기했고, 아침에 머리를 말려 주는 드라이기도 고마웠다.

그러나 아프리카 생활에서 돌아와 다시 경험하는 파리는 예전에 느꼈던 파리와는 다른 느낌이었다. 집과 디디로 인한 문제와 스트레스가 아니더라도, 하라레에서 그리워했던 파리라는 '문명 세계'에 대한 나의 생각이 달라졌음을 발견했다.

우선 날씨에 대한 불만이 컸다. 습하고 을씨년스러운 날씨 때문에 기온에 민감한 몸의 통증들이 다시 나타나기 시작했다. 하라레의 따뜻한 날씨와 파란 하늘이 그리웠다. 그뿐만 아니라 형형색색의 꽃이 피는 하라레의 나무들과 비교해 보니 파리의 나무들은 꽃도 없고 모양새도 밋밋했다. 아프리카에 가기 전에는 아무 생각 없이 바라보던 나무들이다. 파리에는 좋은 와인과 치즈가 있었지만, 하라레에는 마당에 레몬 나무가 있었고, 그 레몬으로 진토닉을 만들 수 있는 작은 낭만이 있었다. 하라레에는 전기는 없었지만, 그로 인해 밤하늘의 별을 볼 수 있었다. 퇴근해서 돌아오면 타운하우스 단지 내에서 앨리스와 여유롭게 산책하던 디디가 내게 달려오곤 했었다. 파리에서는 하루 종일 스트레스 받은 디디가 엄마 품을 파고들었다.

몸으로 부대끼며 양쪽을 살아 보니 절대적인 천국도 없었고, 절대적인 지옥도 없었다. 또 좋다고 생각했던 것이 반드시 좋은 것도 아니었고, 나쁘다고 생각했던 것이 반드시 나쁜 것도 아니었다. 사람 마음이 참으로 요사스럽다는 것을 이해하면서 세상을 좀 더 상대적으로 보게 됐다. 흑백의 절대적 가치 판단에서 힘을 뺐다. 고집도 조금 꺾고, 만사를 좀 너그러운 시각에서 보려고 노력하게 됐다. 이는 아프리카에서의 경험이 내게 준 기대하지 못한 의식의 변화였는데, 그렇게 해서 얻은 심리적 유연성은 그 이후 내 삶의 스트레스를 줄이는 데에 많은 도움이 됐다.

물거품이 된 노력

내가 아프리카로 떠나기 전, 그러니까 정확히 이야기하면 살만 현장지원국장이 은퇴하기 전까지만 해도 현장지원국은 비교적 단단한 조직이었다. 직원도 많고 영향력도 컸다. 그러나 본부로 돌아와 몸담고 일하게 된 현장지원국은 예전에 알던 조직이 아니었다. 그 사이 기구의 수장이 바뀌고, 비슷한 시기에 국장도 은퇴하게 되면서 현장지원국 조직은 점점 축소되는 방향으로 흘러가고 있었다. 예전에는 현장지원국의 부국장이 각 지역 담당 데스크들을 관장하는 역할을 하고 있었는데, 그 기능은 거의 사라지고 없었다. 부국장으로서 내가 할 일도 그만큼 축소된 상태였다.

얼마간의 시간이 흐른 후 파악하게 된 나의 주 업무는 현장 사무소 개선의 초안을 작성하는 것이었다. 그런데 사무국 내부에는 이미 정치, 외교적인 요인들을 고려해서 짜인 대강의 시나리오가 있었다. 그 핵심은 현존하는 현장 사무소들을 어떻게 효율적으로 재배치하고, 필요한 경우 어느 사무소를 폐쇄하며 어디에 새 사무소를 신설해야 하는지 등에 관한 결정을 내리는 것이었다. 그리고 그 모든 게 회원국에는 민감한 사안인지라 사무국에서는 정치, 외교적 무리수를 피하려 안간힘을 쓰고 있었다.

그러나 나는 민감한 사안일수록 결정은 객관적 사실에 근거해야 한다는 생각에, 기존의 틀은 잠시 제쳐 두고 기초 작업부터 다시 시작했다. 사무소 개·폐설에 고려되어야 할 요인들을 골라내고, 그것을 중심으로 기존의 사무소들과 예비 사무소들의 상황을 다각적으로 평가해서 비교 자료를 만들었다.

준비하고 검토할 자료는 방대했다. 일단 개선 사업의 대상이 되고 있던 아프리카 지역에 있는 모든 유엔 기구의 조직망과 사무소의 규모, 그리고 기능을 검토했다. 유엔 조직이 있는 도시들의 항공로 연계성, 인터넷 등과 같은 업무에 필요한 기간 시설의 수준 등도 자세히 조사했다. 그리고 우리가 제안하는 옵션들이 우리의 예산 규모로 감당할 수 있는 것인지를 면밀하게 따졌다. 아무리 이상적인 제안이라도 예산이 많이 들거나, 우리가 갖고 있는 인력으로 운영을 할 수 없으면 그림의 떡이다. 언제나 그렇듯 조직의 중대한 결정에는 재정 문제가 따르기 마련이다.

그럼에도 우리 팀의 기초 조사 보고서는 딱지를 맞았다. 기술적인 작업을 해야 하는 직원들이 기구 차원에서 이미 복잡한 협상 과정을 거쳐 정리된 사안을 다시 들여다보자고 하는 듯한 인상을 준 것이다.

그러나 나는 크게 실망하지 않았다. 일단 내가 할 일은 다했고, 마지막 결정권은 조직의 다른 일원들이 갖고 있다는 것을 받아들였다. 조직의 일원들은 각자에게 주어진 기능과 권한이 있다. 주어진 선의 한계를 넘으면 안 된다. 개선 사업의 결말이 아쉽기는 했으나, 그 역시 내가 어찌할 수 있는 사안은 아니었다.

그렇게 개선안 파일은 미련 없이 접었다. 지난 일에 미련을 두지 않는 건 내가 가진 몇 안 되는 장점 중의 하나다. 하던 일을 접고 나니, '그럼, 이제는 무슨 일을 하지?'하는 생각과 함께 먹고살 길에 눈이 돌려졌다. 사양길을 걷고 있는 현장지원국에서 내가 달리 할 만한 일은 없어 보였다. 설상가상으로 현장지원국 축소화의 일환으로 나의 부국장 자리가 없어질 것이라는 이야기도 들려왔다.

결국 아프리카를 떠난 뒤로 접어 두었던 현장 업무 카드를 빼들었다. "그래, 다시 현장으로 가자." 태평양에 흩어져 있는 섬나라들을 관리하는 사모아의 수도 아피아에 있는 현장 사무소 하나가 물망에 떠올랐다. 아프리카에서 경험한 '불길'과 본부로 돌아와 겪은 일 등으로 인해 나는 그 당시 아무도 찾지 않는 먼 곳에 가서 조용히 숨어 지내면 좋겠다는 생각을 하고 있었다. 그곳은 그러기에 딱 이상적인 곳 같았다.

그러나 정작 나는 해당 사무소를 한 번도 방문한 적이 없었다. 거기에 가 본 경험이 있는 주위 동료들은 그렇게 외딴곳에 가서 살 수 있겠냐고 물어왔다. 한 번이라도 가 보고 나서 마음을 정하면 어떻겠냐는 조언도 있었다. 내가 마음을 정한다고 가게 되는 상황도 아닌데, 만류하는 듯한 주위의 분위기에 지레 주춤했다.

그러던 어느 날 유네스코 교육본부에서 연락이 왔다. 그전부터 알고 지내던 탕 기획실장이 교육본부의 본부장으로 승진해 있었는데, 그가 잠시 들르라고 연락을 해 온 것이다. 승진 축하 인사도 할 겸 가벼운 마음으로 그의 사무실을 찾아갔다. 그러나 그 가벼운 발길 앞에는 현장으로 가려던 나의 계획을 수포로 돌리고, 나를 본부의 귀신으로 남게 하는 제안이 기다리고 있었다.

'변두리' 부서 타령

나를 부른 교육본부의 탕 본부장은 익히 아는 사람이었다. 예전에 내가 교육본부에서 신설된 현장지원과를 없애야 한다고 주장했을 때 동의했던 사람이고, 파키스탄에 장기 출장을 나갈 수 있도록 다리를 놓아 준 사람이기도 하다. 예전의 기초교육국장이 하던 '어미 새' 역할을 암암리에 이어받아 나를 지도해주던 사람이다.

탕 본부장은 다시 교육본부로 돌아와서 일할 생각이 없냐고 물었다. 현장지원국에서 나의 자리가 없어질 것이라는 소식을 들은 것 같았다. 교육본부에 평화, 인권 교육 등을 관장하는 국이 하나 있는데, 마침 그곳의 국장이 은퇴를 하게 됐으니 그 자리를 대신 맡아보면 어떻겠냐는 질문이었다.

현장지원국에서의 내 자리가 바람 앞의 촛불 같은 위기를 맞고 있던 상황에서 받은 제안이라 일단 반가웠다. 사실 그런 처지에 놓였으면 내가 먼저 찾아가 문의를 했어야 하는데 그가 먼저 연락을 해 왔으니, 그것만도 황송하게 느껴야 할 부분이었다. 그러나 나는 그의 제안에 선뜻 "네, 그러겠습니다"라는 대답을 하지 못했다.

그의 제안을 두 손 들어 환영하지 못한 데는 나름의 '하찮은' 이유가 있었다. 과거 교육본부에서 일할 당시 나는 기초교육국에서 근무했다. 1990년대와 2000년대 초기에는 그 부서가 교육본부의 꽃이었다. 그에 반해 교육본부장이 이번에 제안한 부서는 뭔가 '변두리' 부서라는 생각이 있었다. 나는 평화, 인권 등에는 관심도 없었고, 그런 것들은 제도와 정책에 관련된 문제들이 해결되고 난 뒤 여유 있을 때 하면 좋은 것 정도로 여기고 있었다.

탕 본부장의 제안에 대한 나의 대답은 차일피일 미뤄졌다. 참으로 간 큰 짓이었다. 현장지원국 부국장 자리가 없어지면 어디로 가야 할지도 모르는 상황에 그나마 친정 부서에서 다시 돌아오라고 손을 내미는데, 그 손을 덥석 잡지 않고 있었던 것이다. 그런 간 큰 여유가 어디서 나왔는지는 모르겠지만, 나는 그때까지도 그랬고, 그 후에도 뭔가 마음 한구석에서 스스로가 해 볼 만하다고 동하는 구석이 있지 않으면 아무리 그럴듯하고 정황상 필요한 제안이라도 받아들여지지 않았다. 마음이 동할 때까지 기다리거나, 끝내 마음에서 받아들여지지 않으면 아무리 좋은 제안이라도 거절하는 성격이었다.

교육본부에서는 나의 대답을 재촉했다. 어쨌든 결정을 내려야 할 것 같았다. 그래서 그 부서에서 하는 일에 대해 다시 생각해 보기로 했다. 그러면서 생각이 조금씩 달라지기 시작했다. '이제는 쥐뿔도 없는 내 프라이드보다 뭔가 세상에 도움 주는 일을 하면 어떨까?' 하는 생각이 들었다. '변두리 부서면 어떻고, 또 그게 뭐 그리 중요해? 평화로운 세상을 만드는 걸 돕는 부서라는데, 그런 일도 의미 있지 않아?' 나는 결국 더 늦기 전에 유엔 기구에서의 나의 커리어 후반부를 빛나는 일보다 보람 있는 일로 채워보자는 결론에 다다랐다.

사실 엄밀히 말해 그 부서에서 하는 일이 딱히 마이너한 영역이라고 볼 수도 없었다. 2차 세계 대전이 끝난 후 창설된 유네스코의 기본 정신은 교육, 과학, 문화를 통해 세계 평화 구축에 도움을 준다는 것이었다. 평화와 관련된 주제는 기구의 존재 의미를 떠받치고 있는 '현장적' 주제였다.

나는 탕 본부장의 제안을 받은 지 석 달 만에 교육본부로 가겠다는 의사를 밝혔다. 다행히 본부장은 그때까지 나의 결정을 기다려 줬다. 대답이 조금만 더 늦었더라면 그 제안은 날아가 버렸을 것이다. 몇 개 되지 않는 본부의 국장 자리에 올 사람을 찾는 것은 그리 어려운 일이 아니다.

시간이 지나 생각해 보면, 참으로 후회할 짓을 할 뻔했다. 왜냐하면 그 부서는 이후 교육본부의 변두리 부서에서 핵심 부서 중 하나로 승승장구했기 때문이다. 그 부서로 가지 않았더라면, '세상에 도움을 주는 의미 있는' 일이 한창 뜨고 있을 때 나는 말 그대로 변두리에 남아 있을 뻔했다. 이래서 변두리 타령은 함부로 하는 게 아니다.

교육본부로 자리를 옮기기 전에 부서에 대한 브리핑을 받았다. 직원이 50여 명에 가까운 큰 부서로, 하라레 사무소보다 직원이 훨씬 많았다. 현장지원국에 있을 때는 개선안 작성에 필요한 두세 명의 직원만 데리고 집중 작업을 했기 때문에 관리자로서 해야 할 역할이 크지 않았다. 다시 관리자로서의 책임이 큰 곳으로 간다는 것이 한편으로는 흥분도 되면서, 또 한편으로는 두려움으로 다가왔다. 아프리카의 '불길' 속에서 얻은 상처 때문이었다. 그 상처는 몇 년이 지나도 마음속 깊은 곳에 아물지 않은 채 트라우마로 남아 있었다.

다시 불길 속으로 뛰어들고 싶지 않았다. 다시는 무슨 이유로든지 직원들과의 문제로 괴로움을 당하는 상황을 마주하고 싶지 않았다. 하늘에 대고 기도라도 해야 할 것 같아 일주일 휴가를 내서 예전에 방문한 적이 있는 프랑스 동부 스트라스부르 근처의 오흐베에 있는 작은 수녀원을 찾았다.

폭풍 전야의 성찰

이야기는 다시 아프리카로 돌아간다. 투서 사건의 조사가 끝나고, 나의 화려한 혐의가 모두 벗겨졌다. 거기에 그치지 않고, 문제 많은 사무소를 정상화하려는 노력을 아끼지 않았다는 긍정적인 평가도 기구로부터 받았다. 그리고 오지 근무지를 적절한 시기에 탈 없이 잘 빠져나왔다.

모든 것이 다 잘 해결됐다. 아무도 내게 손가락질 하지 않았다. 그러나 나는 모든 이들의 시선이 이 사건에서 멀어진 순간 나 자신에게 내 손가락을 겨누기 시작했다. 그럼 나는 잘못한 것이 없는가? 내가 잘못한 것이 없는데 왜 이런 일을 당했을까? 잘못했다면 무엇을 잘못했는가?

어렸을 때 나는 별명이 많았다. 그중에 '땅벌'이라는 별명이 있었다. 마음에 안 드는 것이 있으면 톡 쏘는 경향이 있다고 해서 아버지가 붙이신 별명이다. 거기에다 아버지는 원리원칙에 집착하는 내 성격을 꼬집어 '독일 병정'이라는 별명도 붙여 주셨다. 나의 성격은 이 두 가지 별명으로 거의 완벽하게 정의된다. 적어도 젊은 시절의 모습은 그러했다. 땅벌과 독일 병정의 성격은 성인이 된 후에도 사라지지 않고 직장 생활에도 그대로 따라다녔다. 옳고 그름에 흥분하고, 필요하면 거침없이, 때로는 겁 없이 '쏘아 댔다.'

한번은 유네스코 직원 연수를 가서 역할극을 하게 됐다. 당시 과장으로 일하던 나에게 교육본부의 본부장 역할이 주어졌다. 부하 직원인 국장을 야단치는 장면이었다. 상대방은 실제로 국장 자리에 있는 사람이었는데, 그를 꾸짖는 장면을 하도 실감 나게 연기해서 주위 동료들을 소름 돋게 했다. 나는 그런 '짓'을 잘하는 사람이었다.

또 한번은 유네스코 근무 초기에 상사, 동료, 그리고 부하 직원들이 나를 평가한 적이 있다. 그들은 전략적인 사고 능력에 높은 점수를 주었고, 대인 관계 기술은 상대적으로 낮게 평가했다. 내가 나 자신을 평가해도 마찬가지였다. 누가 봐도 나는 장점과 단점이 분명한 사람이었다.

그러나 주위 사람들은 나의 장점을 칭찬했고, 까칠한 나의 태도는 문제 삼지 않았다. 유네스코에 나를 처음 고용한 바 디알로 국장은 이런 말을 했다. "머리가 남들보다 위에 있는 사람들은 남이 보지 못하는 것을 보기 때문에 별난 생각을 하고, 싸워야 하는 일도 많아지게 되는 법입니다." 나의 '튀는' 발상과 행동을 그녀는 그런 식으로 너그럽게 이해해 줬다.

또한 주위 사람들은 나를 성격은 나긋나긋하지 않아도 자기 할 일은 제대로 하는 사람으로 인정했다. 그리고 내가 문제아로 찍힐 짓을 하는 것은 아니었기 때문에 그들도 그랬고 나 자신도 나의 단점을 눈감아 줄 수 있었다. 그러나 그 틈을 타고 오만함이 스멀

스멀 자라기 시작했다.

나는 지도자 훈련 프로그램에 가면 하품만 하다가 왔다. 그런 프로그램들은 하나같이 지도자의 인간적인 면과 대인 관계 능력을 강조했지만, 나는 지도자는 집단을 이끌어 갈 수 있는 안목과 전략적인 사고를 할 수 있는 능력을 갖추는 것이 더 중요하다고 생각했다. 무엇보다 직장은 상담소가 아니라는 생각이 강했다. 그러니 관리자의 소프트 스킬을 강조하는 강의가 귀에 들어올 리가 없었다. 그런 프로그램에 참가한 후 소감을 묻는 질문지를 받으면, "이런 이야기할 거면 다음부터 나는 부르지 마십시오"라는 코멘트를 내던져 주고 나오곤 했다. 시간 낭비라고 생각했다.

나는 직원에 대한 태도는 공정하고 공평하면 된다고 생각했다. 그리고 정의라는 단어에 몸살을 앓았다. 잘못됐다고 생각하는 일에 눈이 감아지지 않았다. 인기가 없더라도, 욕을 먹더라도 옳다고 여기는 일을 하는 것이 중요하다고 생각했고, 실제로 그렇게 행동했다.

그러나 그 당시는 옳고 그름에 대한 내 생각이 주관적인 판단에 의한 것일 뿐 절대적인 진리는 아니라는 것을 인정하지도, 이해하지도 못했다. 정의에 몸살을 앓은 것이 아니라 스스로 정의라고 생각하는 것에 사로잡혀 "그들은 틀리고, 나는 맞다"라는 식의 이분법적 사고를 했다. 그러니 세상과 쉽게 타협할 수 없었다.

그러다가 하라레에서 폭탄을 맞은 것이다. 아프리카는 이성보다는 감성이 필요한 곳이었다. 이치를 설명하기보다는 감정을 다스려주고 다독여주는 것이 필요한 곳이었다. 직원들이 아무리 잘못한 일이 있더라도, 아무리 틀렸더라도, 아무리 나에게 달려들더라도 그들의 감정을 상하게 하면 안 되는 곳이었다.

전략은 없어도 가슴이 있으면 되는 곳이었는데, 나는 처음부터 직원들을 품어 줄 가슴이 작은 사람이었다. 게다가 사무실을 정비하는 과정에서 직원들의 원망과 공격을 받으며 그나마 조금 있던 가슴마저 쪼그라들었다. 인내와 포용은 내가 지도자로서 갖추지 못한 자질인데, 그곳은 그것이 끊임없이 요구되는 곳이었다.

파키스탄에 장기 출장을 갔을 때는 직원들이 불만을 이야기해도 그것을 조용히 들어 줄 여유가 있었다. 내게 문제 해결의 직접적인 책임이 있지 않았기 때문에 그들의 이야기를 들어 줄 수 있었다. 그러나 문제 해결의 책임을 지고 있는 상황은 달랐다. 책임자의 무게는 생각보다 훨씬 무겁고 버거웠다.

물론 나의 인간적인 부족함이 내가 겪은 사건들의 직접적인 요인은 아니다. 그렇지만 투서와 협박이라는 범상치 않은 상황을 경험하면서 나는 드디어 해묵은 나의 단점을 돌아보는 계기를 마련하게 됐다. 그런 극한 경험을 하지 않았더라면 나 자신을 성찰해 볼 이유를 아마도 평생 찾지 못했을 것이다.

나를 조용히 들여다보았다. 남이 아닌, 나의 손가락이 나를 더 깊게 찔렀다. 내가 생각하는 옳고 그름에 흥분하지 않고, 행동을 조금 더 너그럽게 했더라면 그렇게까지 상황이 확대되지 않았을 수도 있다는 생각이 들면서 후회가 밀려왔다. '내가 불길에 부채질을 했구나' 하는 반성의 채찍질이 시작됐다.

자책감에서 오는 괴로움이 컸다. 그래서 교육본부로의 재입성을 앞두고 마음의 평화를 얻기 위해 수도원으로 발걸음을 향한 것이다. 이 모든 일련의 사건에 심리적 마침표를 찍고, 세상을 다시 편안한 마음으로 대면하고 싶었다. 그럴 수 있는 힘을 달라고 누군가에게 기도하고 싶었다.

오흐베 수녀원은 산의 작은 언덕 자락에 있었다. 수녀님들이 직접 운영하는 곳으로, 방문자들은 각자의 방에 며칠씩 머물면서 외부와의 만남을 끊고 묵상의 시간을 가졌다. 원하면 수녀원에서 하는 기도와 미사 시간에 참여하기도 하고, 아니면 산책길을 거닐면서 각자만의 조용한 시간을 보냈다.

주위 환경 덕인지, 마음이 차분해졌다. 사람과의 접촉을 등진 채 무심한 자연과 대화를 나누다 보니 사람들 사이에서 바둥거리며 사는 일이 멀고 하찮게 느껴졌다. 그리고 마음은 단순하게 현실을 직시했다. '이 시점에서 누구의 잘잘못을 따지는 게 뭐 그리 중요할까? 중요한 것은 내가 고쳐야 할 점을 나 스스로 인정하게

됐다는 것 아닐까?'

그 자체가 사실 기특한 일이었다. 용기를 필요로 하는 일이기도 했다. 아무도 뭐라고 하지 않을 때 스스로 잘못을 성찰하고, 그것을 받아들이는 고통을 자초하는 것이 쉬운 일인가? 자신에 대해서 관대해지기로 했다. '그만하면 됐어. 정의의 용사, 이제 그런 거 그만하자. 이제부터는 눈을 반만 뜨고 살자. 세상은 내가 보는 것이 다가 아니야. 내 생각이 틀릴 수도 있어.'

그것이 나름대로 내 수준에서 터득한 나의 행동을 다스리기 위한 다짐이었다. 위대한 현자들의 가르침과는 차이가 있더라도, 적어도 그렇게 하면 아프리카에서 겪은 것과 같은 큰 화는 면할 수 있을 것 같았다. 수녀님들이 뜯는 비파 소리를 들으며, 그런 마음가짐이라면 이제부터는 많은 것에 눈을 감을 수 있을 것 같다고 생각했다. "그래, 됐다. 이제 이런 마음 자세로 살면 되지, 뭐. 신이시여, 제 마음 변하지 않게 하옵소서. 아멘" 하고 기도를 하면서 수녀원을 내려왔다. 그러나 산자락 아래의 현실은 비파 소리로 감싸인 수녀원과는 매우 달랐고, 나의 다짐은 다시 시험대에 들게 됐다.

다시 울린 전쟁터의 북

콤플렉스가 있는 사람과 대화해 본 적이 있는가? 그런 사람은 상대방이 무슨 말을 하든 간에 삐딱하게 받아들이고, 말에 꼬투리를 달아 물고 늘어지는 경향이 있다. 심한 경우엔 하지도 않은 말과 행동을 상대방에게 뒤집어씌우기도 한다.

내가 국장으로 일하게 된 부서에 그런 사람이 하나 있었다. 그 직원은 내가 국으로 오기 바로 전에 외부에서 채용된 팀장 역할을 하는 사람이었다. 새로 채용된 직원들은 6개월간의 임용 유예 기간을 거치게 되어 있는데, 해당 팀장은 그 단계에 있는 신참이었다.

교육본부에 도착한 후 나는 직원들과의 상견례를 위한 개인 면담을 시작했고, 그리하여 문제의 그 직원과 첫 대면을 갖게 됐다. 먼저 밝은 인사가 몇 마디 오고 갔다. 그리고 나는 동지적인 차원에서 팀장으로 일하는 것에 대한 어려움을 나누며 해당 직원의 새출발을 격려했다.

그러나 그 직원은 내가 관리자 이야기를 꺼내자 방어적인 태도를 보이면서 상기된 목소리로 자신은 잘할 수 있다고 했다. 자기에게 무슨 문제가 있길래 그런 이야기를 하냐는 식으로 나의 대화를 받아쳤다. 하지만 정작 나는 몇 분 전에 처음 본 그 직원에 대해서 문제는커녕 아는 게 하나도 없었다. '앗, 이건 또 뭐지?'

애써 마사지해 놓은 미소 근육이 수축되는 느낌이 들었다. 뭔가 대화의 초점이 상대에게 맞춰지면 안 되겠다는 생각이 들어 나의 아프리카 근무 시절 이야기로 대화를 돌리려고 애썼다. 별 효과가 없었다. 상대는 내가 하는 말에 일일이 토를 달면서 이야기를 매번 자기방어 쪽으로 끌고 갔다. 나는 대화를 서둘러 마치고 그 직원을 내보냈다. 이야기가 길어지면 인내에 한계가 올 것 같았다. 매끄럽지 못한 첫 대면이었다.

팀장들과의 면담이 끝나고, 일반 직원들과의 개인 면담이 시작됐다. 좀 전에 언급한 팀장이 일하고 있는 팀의 직원들에게서는 새로 들어온 리더에 대한 기대감 같은 건 찾을 수 없었다. "이제 팀장이 새로 왔으니, 분위기를 쇄신할 수 있는 좋을 기회가 될 것 같네요"라고 하면, 그들은 "쇄신이요? 글쎄요, 좀 두고 봐야죠"라고 하며 말을 아꼈다.

얼마 지나지 않아, 이런저런 경로를 통해 해당 직원들이 신임 팀장의 기본 자질 문제를 지적하고 있다는 사실을 알게 됐다. 첫 대면에서 그 팀장이 관리자 역할에 대한 나의 말에 민감하게 반응했던 것이 생각났다. 직원들과 겪고 있던 갈등이 그 배경에 있었던 것이다.

사람들 간의 모든 갈등 상황이 그렇듯, 직원 간에 문제가 발생한 경우 누구의 잘잘못을 정확하게 가리기는 쉽지 않다. 각각의 요인들이 상호 작용해서 문제가 생기고 또 확대되기 때문이다. 그러나 우리 조직에서는 상사와 부하들 간에 문제가 생기면 일단 상사에게 책임을 먼저 물었다. 소리를 질러서 부하의 감정을 건드리지는 않았느냐? 대화의 시도는 했냐? 문제 해결을 위해 선제적으로 노력했냐? 등등, 윗사람이 취해야 하는 조치와 노력의 양과 종류가 훨씬 많았다. 내가 '갑'이라는 관리자의 위치를 그리 탐탁해하지 않는 이유 중의 하나이다.

내게 접수된 문제의 자초지종을 알려면 어쨌든 그 팀장과 대화를 해야 했다. 그러나 나는 첫 만남 이후 대면이 이미 꺼려졌다. 자신과 상관없는 일반적인 이야기에도 민감하게 반응하던 사람인데, 그런 사람에게 그 자신의 문제를 이야기하라고? 고개가 가로로 저어졌다.

그래서 나는 한동안 '귀 막기' 노력을 했다. 직원들도 그렇고, 그 팀장도 그렇고 모두 서로 적응 기간을 거치고 있는 거라 생각했다. 그러나 애써 틀어막은 귀 밖으로 세상의 잡음은 계속됐다. 직원들의 불만이 늘어나고, 나 역시 그 팀장과의 일상 업무 접촉에서 상습적으로 나타나는 방어적 말투에 스트레스가 쌓이기 시작했다.

문제의 사안은 내가 손을 대면 일이 커지는 시한폭탄이었다. 해당 팀장에게 문제가 있다면 나는 임용 취소를 권고해야 한다. 반면 만에 하나라도 직원에게 문제가 있는데도 내가 그것을 문제 삼지 않으면, 나는 문제 있는 직원의 임용을 내 손으로 추천하는 과오를 범하는 것이다. 영어 표현에 딱딱한 곳과 바위 사이에 끼었다는 말이 있다. 어디를 봐도 부딪혀 깨져야 하는 상황이라는 뜻이다. 내가 마주한 상황이 그러했다.

얼마간의 시간이 지났고, 상황은 더욱 악화되었다. 그 팀장은 내가 직원들과 한편이 되어 자신을 내몰고 있다는 상상을 하게 됐고, 그런 상황에서는 나의 어떤 대화 노력도 곱게 받아들여지지 않았다. 급기야는 대화 자체가 불가능해져, 민감한 이야기를 하려면 나는 인사과 직원의 동석을 요구하기에 이르렀다.

그러나 사태의 심각성으로 인해 나는 그때까지 피하려고만 했던 문제 상황을 제대로 들여다보는 계기를 만들게 됐다. 더 이상 피할 수 없는 상황에 이르니 얼굴을 돌려 상황을 정면으로 마주할 수밖에 없었다. 이 인사 파일은 본격적인 검토가 필요하다는 생각을 굳히고, 일단 기구에 임용 유예 기간을 연장해 달라고 요청했다. 나의 검토 시간이 필요했기 때문이다.

그렇게 임용 유예 기간이 6개월 연장됐다. 내가 임용 확인 과정을 보류했기 때문에 기구의 인사 절차에 따라 걸림돌이 된 문제를 같이 해결해 나가는 과정을 거쳐야 했다. 이혼하기 전 부부가 숙려 기간을 거치며 심리 상담을 받는 거에 비할 수 있다. 나는 상사로서 직원을 지도하고, 상대는 지적된 사항들을 개선하기 위한 노력을 해야 한다.

쉽지 않은 과정이었다. 일상적인 대화도 힘든 사람에게 그 사람의 문제점을 지적하고, 그것을 고치기 위한 노력을 같이 해야 했다. 흙탕물 싸움이 불가피했다. 그러나 나는 눈을 질끈 감았다. 이전의 아프리카에서의 경험을 떠올리며, 일단 감정 조절에 온 힘을 쏟았다. 상사인 내가 감정적으로 폭발하면, 나는 무조건 지는 것이다.

그리고 팀장의 업무 수행을 객관적으로 평가하기 위한 작업에 착수했다. 개선해야 할 사항을 항목별로 정리했다. 개선의 여부를 '예, 아니요'만으로 확인할 수 있는 진단표도 만들었다. 이런 평가 작업은 확인할 수 없는 말씨름으로 번지는 경우가 허다했기 때문에 왈가왈부할 수 있는 틈을 줄이는 것이 관건이었다.

절차상 내가 작성한 보고서는 해당 팀장이 살펴보고 코멘트를 하게 되어 있었다. 그 팀장은 자신의 업적과 장점을 늘어놓았다. 그러나 그것들은 나도 인정한 것이어서 문제 될 것이 없었다. 문제는 잘 해내지 못하는 업무와 그에 증거를 댄 나의 논리를 반박하는 것인데, 거기에 대해서 상대는 제대로 된 반론을 펼치지 못했다.

나는 보고서에서 해당 팀장이 관리자로서 역할을 제대로 할 수 없다고 결론지었다. 팀장은 전문적인 지식도 필요하지만, 그것보다 더 중요시되는 것이 관리자로서의 기능이다. 나머지를 아무리 잘해도 그 역할을 잘할 수 없다는 결론이 나면 임용은 힘들어지는 것이다.

기구는 나의 최종 보고서를 이의 없이 받아들였다. 내가 봐도 군더더기 없는 보고서였다. 나의 결론이 받아들여지면서 기구는 해당 팀장의 임용을 취소하기 위한 행정 절차를 밟았고, 얼마 후 그 직원은 기구를 떠났다.

관리자급의 신입 직원이 임용 유예 기간을 넘기지 못하고 임용을 취소당하는 것은 극히 드문 일이다. 다시는 부하 직원들과의 문제로 골머리 썩지 않겠다고 다짐했던 나는 결국 또다시 북소리를 울리고 전쟁터로 나가 일을 벌이고 말았다.

팀장의 임용 취소가 결정되자, 그 밑에서 일하는 직원들은 광복절을 맞은 듯 기뻐했다. 그들에게는 내가 영웅이었다. 그러나 직장을 잃은 팀장에게 나는 영원히 보고 싶지 않은 사람으로 남게 됐다. 떠나는 사람에 대한 인간적 연민이 없지 않았다. 나는 퇴출 과정에서 그 팀장이 기구에서 허락하는 모든 혜택과 편의를 제공받을 수 있도록 협조했다.

많은 시간이 지난 지금도 나는 그때 내가 내린 결론에 대해 후회하지 않는다. 나 자신은 흙탕물 싸움으로 고통을 겪었지만, 조직에는 도움이 된 결정이라고 생각한다. 그리고 싸움쟁이로 소문이 날지언정 관리자로서 하기 힘든 일을 했다는 자부심이 있다.

하지만 개인적으로 남는 후회가 하나 있다.

힘들게 작성한 보고서를 제출하고 결재를 기다리던 중 서울에서 아버지가 편찮으시다는 소식을 받았다. 그러나 이제 거의 막판까지 온 싸움의 결말을 초조하게 기다리고 있던 터라 서울 방문을 차일피일 미뤘다. 그러는 사이 두 달 후 아버지가 돌아가시고, 나는 아버지를 생전에 뵐 기회를 영영 놓치고 말았다. 그 사건의 결말을 보는 것이 그렇게 중요했는가에 대해서는 지금도 고개가 숙어지는 대답밖에 할 수 없다.

세계시민교육의 성공과 그늘

2012년 가을 뉴욕의 반기문 유엔 사무총장실에서는 "교육이 먼저(Global Education First Initiative, GEFI)"라는 이니셔티브를 하나 발표해 세계시민교육의 필요성을 호소하고 나섰다. 교육을 통해 사람들이 지구 공동체적인 의식을 갖고, 인류의 평화와 지구의 안녕을 위해 노력해야 한다는 내용이다.

당시 나의 상사였던 탕 교육본부장은 내게 세계시민교육 프로그램을 만들라고 했다. 내가 평화지속가능발전 교육국 국장 책임을 맡고 있던 때다. 국제 사회가 타인과 세상에 도움이 되는 인간을 만드는 것을 교육의 목표로 정한 것은 드문 일이었고, 유엔의 교육 전문 기구인 유네스코가 그 일을 추진해야 한다고 했다.

나는 직원들과 팀을 꾸려 곧바로 작업에 들어갔다. 시간이 없었다. GEFI 자체가 2015년에 있을 유엔의 '지속가능발전 목표(SDGs)' 발표를 앞두고 그를 지원하기 위해서 발표된 것이라, 그 전에 세계시민교육 열풍을 일으켜 놓아야 했다. 태스크포스를 꾸리고, 2013년 가을에 세계시민교육의 기본 이해를 위한 국제 전문가 회의를 열었다. 회의를 준비하는 과정에서 나는 초청된 전문가들의 발표 자료를 사전에 일일이 검토하고, 필요하면 수정을 요구하는 등의 요란을 떨었다. 전문가들을 그렇게 '쪼는' 경우는 많지 않다. 그러나 회의 시간을 낭비할 여유가 없던 나는 할 수 있는 노력을 다했다.

로고도 만들었다. 형형색색의 사람들이 어울려 있는 모습이었다. 다른 인종, 문화의 사람들이 잘 어울려 살아야 한다는 의미였다. 세계시민교육의 이니셜도 만들었다. 처음에는 Global Citizenship Education의 앞 글자를 따서 GCE라고 했으나, 다른 단체의 이니셜과 중복된다는 이유로 GCED로 수정했다.

기본 개념도 정리되고 개념을 소통할 도구들도 준비되자, 우리는 회원국을 대상으로 세계시민교육 알리기에 나섰다. 방콕에서 개최한 첫 국제회의는 GEFI가 발표된 후 유엔 기관이 개최한 최초의 세계시민교육 국제회의였다. 그다음에 파리에서 개최한 두 번째 회의에는 파리에 주재하는 유네스코 회원국의 외교관들이 몰려들어 인산인해를 이뤘다. 세계시민교육의 바람이 제대로 일고 있었다.

그 뒤로 유네스코 회원국 사이에서는 세계시민교육이라는 말이 유행어처럼 번지기 시작했다. 유네스코 총장 선거에 나선 후보들도 약속이나 한 듯 유세 활동에서 세계시민이라는 단어를 사용했다. 동료들이 나더러 그들에게 프로그램 로비를 했냐고 농담할 정도였다.

그리고 2015년 9월 전 세계의 유엔 회원국들은 지속가능발전목표의 일환으로 세계시민교육을 확대할 것을 약속했다. 평화롭고 지속 가능한 세상을 만드는 데 이바지하는 교육이 국제 사회에서 정식으로 드문 관심을 받게 된 것이다. 뉴욕, 파리, 카타르, 한국 등을 포함한 각 지역에서 굵직굵직한 국제 행사들이 열리기 시작했고, 회원국들도 교과 과정에 세계시민교육을 반영하기 시작했다.

나와 동료들 입장에서는 자식을 하나 키워 세상에 내놓은 느낌이었다. 뉴욕에서 태어난 '아이'가 파리에 와서 프로그램을 통해 살도 붙고 키도 크는 성장을 거쳐 세상에 나가 이 세상을 좀 더 살 만한 곳으로 만드는 데 기여하게 된 것이다. 탕 본부장도 우리 부서의 업적에 엄지척을 해 주었다.

그러나 자식 농사가 항상 그렇듯 걱정거리도 늘어갔다. 세계시민교육이 하나의 '브랜드'가 되어 인기를 얻게 되자, 비슷한 내용의 다른 브랜드들과의 충돌이 생겼다. 환경교육, 국제이해교육, 평화교육 관련자들이 "그럼 우리는?"이라는 반응을 보이기 시작했다. 일부 국가에서는 세계시민교육이 유사한 프로그램의 예산을 뺏기 시작하면서 갈등의 골이 깊어졌다. 세계시민이라는 말 자체에 대한 논란도 많았다. 저개발 지역에서는 영어의 '글로벌(global)'이라는 단어가 서방 세계를 연상케 해서 불편하다는 지적을 했다. 개념을 아무리 설명해도 세계시민이 무슨 뜻이냐고 묻는 사람들도 끊이지 않았다.

나는 우리 '아이'에 대한 오해와 진실을 밝히기 위해 『세계시민교육의 기초(The ABCs of Global Citizenship Education)』라는 팸플릿을 직접 작성해서 해명과 설명과 재교육에 나섰다. 세계시민교육을 브랜딩해서 배척의 '팬덤'을 키우는 것은 옳은 접근이 아니라는 메시지를 강조했다. 세계시민교육은 용어가 중요한 것이 아니라 얼굴도, 말도, 문화도, 종교도 다른 사람들이 인류애를 갖고 더불어 잘 살아가는 것을 가르치는 교육이라고 외치고 다녔다. 이런 내용이 이미 들어가 있는 환경교육, 국제이해교육, 혹은 평화교육을 그대로 해도 된다고 했다. 세계시민교육을 '엄친아'로 보지 말고, 당신네 '아이들'도 충분히 훌륭하니 잘 키워서 좋은 세상 만드는 데 기여하라는 의미였다. 그러나 아직도 세계시민교육을 지지하는 사람들 중에는 그 개념을 독자적인 것으로 홍보하려 드는 사람들이 있다. 안타까운 일이다.

부탄에 가서 라마승을 만난 적이 있다. 어떻게 살아야 잘 사는 것이냐고 물었더니, 착하게 살라고 했다. 대답이 너무 평범해서 놀랐다. 우리가 추구해야 하는 진리들은 이렇듯 평범한 모습을 하고 있는 것 같은데, 그게 문제인 것 같다. 너무 평범해서 놓치기 쉽고, 우리는 뭔가 다른, 좀 더 그럴듯한 진리가 있을 것 같아 눈을 다른 곳으로 돌린다. 화려한 로고와 그럴듯한 이니셜, 그리고 많은 나라들의 결의로 브랜드화된 세계시민교육. 그것을 키우고 띄우는 데 일조한 나는 내가 과연 이 세상을 좀 더 나은 세상으로 만드는 데 도움을 준 것이 맞나 하는 생각이 들 때가 있다. 일을 열심히 해도 후회로 남는 구석은 있는 법이다.

리더의 밥상에 올라온 외로움

2015년 전 세계 국가들의 합의에 따라 유엔에서 결의안 하나가 발표됐다. 흔히 '지속가능발전 목표(SDGs)'라 불리는 결의안인데, 그 안에는 교육이 세상을 평화롭고, 지속 가능하고, 차별 없는 곳으로 만드는 데에 힘을 기울여야 한다는 내용이 포함되었다. 교육 목표 전반이 결의안의 네 번째 목표로 제시되어 있고, 교육

목표 내에서 평화와 지속가능발전 관련된 내용이 일곱 번째 타깃으로 제시되어 있어 해당 조항을 '타깃(Target) 4.7'이라고 불렀다.

결의안이 채택되자 그 안의 세분화된 타깃을 국제기구가 모니터링할 수 있는 지표로 개발하는 작업이 시작됐는데, 타깃 4.7과 관련해서는 그 책임이 내게 떨어졌다. 유네스코가 유엔의 교육 전문 기관이고, 유네스코 내에서는 내가 국장으로 있던 부서가 해당 타깃의 거의 모든 내용을 다루고 있었기 때문이다.

타깃 4.7의 지표를 만드는 작업은 결코 만만치 않았다. 무엇보다 회원국들이 하나의 타깃 안에 너무 많은 내용을 기도하듯 담아 놓는 바람에* 측정 가능한 하나의 지표를 만들 수가 없었다. 영국의 권위 있는 주간 시사지 「이코노미스트」는 관련 기사에서 이런 타깃을 측정할 수 있는 사람이 있으면 나와 보라고 했을 정도다.

지표 작업을 위해 나는 관련 전문가들을 불러 자문단을 꾸리고 연속 회의에 들어갔다. 전문가들은 타깃에 대한 개념 정리가 먼저 이루어져야 한다고 입을 모았다. 나는 지표 전문가는 아니지만 그 타깃의 문제점만큼은 누구보다도 잘 알고 있었다. 거기에는

타깃 4.7에는 지속가능발전 교육 관련 내용 외에 지속가능발전 라이프 스타일, 인권, 성평등, 평화, 비폭력, 세계시민교육, 문화적 다양성, 그리고 문화와 지속가능발전과의 관계 등에 대한 다양한 내용이 포함되어 있다. 다른 타깃들은 초등 및 중등교육, 유아교육, 전문 대학교육, 교육 평등, 문해교육 등을 독자적으로 하나씩 다루고 있어 타깃 4.7의 복잡함이 더욱 대조적으로 느껴진다.

너무나도 많은 내용이 들어가 있어서 한 마디로 개념화하는 것이 불가능하고, 가능하다고 해도 몇 년에 걸친 작업일 텐데 우리에게는 그런 시간 여유가 없었다.

그래서 전문가들에게 현실적인 절충안을 찾자고 했다. 기존의 지표 중에 타깃 4.7의 전반적인 의도에 근접할 수 있는 것을 찾아보자고 했다. 비유하자면, "새로 장 봐서 음식을 장만할 여건도 안 되고 시간도 없으니, 반찬 가게에 가서 필요한 것을 골라오면 되지 않겠냐"는 것이 나의 논리였다. 하지만 전문가들은 "뭔가 모르셔서 그런 말씀을 하시는가 본데, 개발 지표는 그렇게 만드는 것이 아닙니다"라고 하면서 나를 비웃었다. 어떤 이는 달나라 갈 때나 필요할 듯한 수학 공식을 내 앞에 갖다 대면서 지표는 이렇게 만드는 거라고 나를 가르치려 했다.

나는 그들의 현실감 없는 이론 타령에 속이 터졌다. 급기야 자문단 회의 중에 답답함을 참다못한 나머지 회의장을 박차고 나가곤 했는데, 그러면 동료들은 국장이 포기하고 간 회의를 계속 이끌어가는 곤욕을 치러야 했다.

그러다가 아무도 해결책을 제시하지 못하고, 더 이상 토론을 할 시간조차 없는 시점에 이르러서야 자문단은 내가 제시한 방법을 들여다보기 시작했다. 그렇게 결국 지표를 찾아냈고, 그 지표는 관련 기관의 1차 심사 과정을 통과했다. 처음부터 내 주장대로 차

선이 최선인 사안이었던 것이다.

그런 우여곡절 끝에 일단 떠나는 기차에는 올라탔다. 그런데 이번에는 '기차표' 검사가 시작됐다. 지표에 대한 데이터를 구할 수 있는 조사 도구를 내놓으라는 지시였다. 그런 것이 있을 리 없었다. 조사 도구를 만들기 위해 컨설턴트를 한 명 채용했는데, 이 컨설턴트가 시간이 지나도 필요한 결과물을 내지 못하는 상황이 벌어졌다. 나는 재계약을 거부하고 새 컨설턴트를 찾자고 담당 과장에게 이야기했다. 과장은 그렇게까지 모진 결정을 내려야겠냐고 반문했다. 나는 "그렇다"라고 했다. 회원국들이 타깃 4.7을 결의했더라도 측정을 할 수 없으면 그 타깃은 아무도 관심 두지 않는 타깃으로 사장돼 버리게 된다. 좀 더 나은 세상을 만들 기회를 놓치는 것, 그게 어디 작은 일인가?*

결국 욕을 먹으면서 다른 컨설턴트를 데려왔고, 새 사람을 통해 드디어 필요한 설문 도구를 성공적으로 만들어냈다. 그리고 우리의 지표와 설문 도구는 나머지 심사 과정을 통과하여 타깃 4.7이 정식으로 국제 개발 타깃으로 인정받는 데에 일조했다. 이는 우리

---

* 타깃 4.7이 채택되기 이전에는 국제 사회에서 결의하는 교육 관련 개발 목표나 타깃은 아이들과 어른의 능력 개발과 학습에 초점이 맞춰져 있었다. 평화나 지속가능발전과 관련된 결의안 등에서 교육의 필요성을 역으로 강조하기는 했으나, 인류 공영에 이바지하는 것이 교육의 중요한 역할 중 하나라고 강조한 것은 타깃4.7이 기념비적이다.

국이 하는 일 자체를 회원국들이 정책적으로 관심을 갖고 들여다보기 시작했다는 것을 의미하기도 했다. '변두리 부서'가 교육본부의 메인스타디움에 들어서게 된 순간이었다.

그 소식을 받아 들던 날, 나는 동료들을 점심에 초대했다. 고집스러운 상사 밑에서 고생한 그들을 위로하고 싶었다. 방향은 내가 제시했지만, 기술적 작업에는 그들의 헌신적인 수고가 있었다. 그러나 정작 그 자리에서 가장 위로해 주고 싶은 사람은 나 자신이었다. 내 상식으로는 전문가들의 접근 방식이 현실성 없어 보였지만, 행여라도 내가 비전문가라서 말도 안 되는 고집을 피우는 것은 아닌가 하는 나 스스로의 불안감이 없지 않았다. 초기에 내가 하는 이야기를 반신반의하는 동료들이 야속하기도 했다. 상사가 강하게 나오니 마지못해 따라오는 듯했으나, 단신으로 다수에 맞서는 나의 싸움에 그들은 섣불리 내 편을 드는 용기를 내지 못했다. 결국 나 혼자의 싸움이었다.

그리고 2020년, 한국에 있는 유네스코 국제이해교육센터에서 내게 감사패를 하나 주었다. 타깃 4.7이 국제 개발 타깃으로 정식 인정받게 되기까지 들인 나의 노력을 기념하기 위한 것이라고 했다. 고맙기는 했지만, 감사패를 받을 정도로 내가 무슨 큰 공헌을 한 것이 있나 하는 의문이 들었다. 다만 내가 한 일이 있다면 상식 수준에서 주어진 상황을 판단하고, 내가 믿는 구석에 대한 확신을 고집스럽게 밀고 나간 것뿐이다. 그 과정에서 책임자인 나의 밥상에 올라온 외로움이라는 반찬을 혼자 꾸역꾸역 먹은 것이 기특해서 주는 상이라면, 그런 거라면, 감사패가 타당할 수도 있겠다.

'뻐꾸기 둥지'를 날다

「뻐꾸기 둥지 위를 날아간 새」라는 영화가 있다. 영화는 맥 머피라는 남자가 정신병원에 환자로 가장해서 들어가는 이야기로 시작된다. 철저히 통제된 환경에서 무기력하게 살고 있는 환자들을 보고 맥 머피는 놀란다. 그러다가 그들을 데리고 병원 밖으로 나가서 자연의 냄새도 맡게 해주고, 사람 사는 모습도 보여주고 하는 에피소드가 전개되면서 영화의 줄거리가 잡혀간다.

나도 그 주인공 같은 짓을 한 적이 한 번 있다. 국제기구에서는 참으로 많은 회의를 개최하고 조직한다. 회원국 대표들 간의 공식적인 회의도 수없이 열리고, 사무국에서 일하는 직원들의 일상 역시도 회의로 시작해 회의로 끝난다고 해도 과언이 아니다. 그런데 회의하다 보면 회의에 대해 회의가 드는 경우가 많았다. 우선 대부분의 회의가 지루했다. 공식적인 회원국 회의의 경우 참가자들에게 동일한 발언권을 줘야 하기 때문에 모두가 한마디씩 하는 걸 일일이 들어줘야 했다. 발언 내용은 외교적이어서 애매모호하거나 반복적인 경우가 다반사이다. 해석의 묘가 없으면 이해하기 힘들다.

이런 회의를 경청하고 필기하는 것은 지위를 막론한 모든 사무국 직원들의 중요한 업무 중의 하나였는데*, 인내심 없고 따분한 이야기를 오래 듣지 못하는 나에게는 그런 회의에 앉아 있는 것이 고통이었다. 그래서 지루함을 견디기 위해 회의에 갈 때면 빈 수첩과 연필을 챙겨 갔다. 인내의 한계가 오면 회의 참석자들의 얼굴을 몰래 그렸다. 조는 사람, 천장 보고 있는 사람, 입 내밀고 아무 생각 없이 앉아 있는 사람 등등 각양각색이었다.

그러다가 '돈과 시간 들여 조직하는 우리의 회의가 꼭 이렇게 재미없을 일인가?'하는 의문이 들기 시작했다. 회원국들의 공식적인 회의는 그렇다 치더라도 사무국에서 조직하는 자문 회의들은 조직과 운영에 우리의 생각을 반영할 수 있었는데, 우리는 매너리즘에 빠져 지루한 회의를 남발하고 있었다.

바꿔 보고 싶었다.

2016년 내가 담당하고 있던 평화지속가능발전 교육국에서 환

---

* 회원국들의 공식적인 회의에는 사무국 직원이 항상 자리를 지키고 앉아 있어야 한다. 그래서 자신이 하는 업무와 관련 없는 사안을 다루는 회의에도 들어가 앉아 있어야 하는 경우가 종종 생긴다. 그런 회의에 앉아 있는 건 특별한 인내를 필요로 했다. 반면 자신의 업무와 관련된 회의인 경우에는 회원국의 발언 한마디 한마디에 촉각을 곤두세워야 하고, 필요한 경우 답변을 내놓아야 하기 때문에 '딴짓'을 할 여유가 없다.

경교육을 위한 글로벌 프로그램을 준비하고 있었다. 사업을 위한 연속 자문 회의가 계획되어 있었는데, 나는 이 회의들을 '내 뜻대로' 조직해 보기로 했다.

회의실을 벗어나 특별한 환경 보호 활동을 하는 사람들을 찾아 나섰다. 농가의 헛간, 부엌, 한적한 산골의 호숫가, 나무 위에 지어진 집, 쓰레기 소각장 등에서 그들을 만날 수 있었다. 그리고 그들이 있는 곳으로 전문가들을 끌고 갔다.

회의 주제는 환경교육이었지만 환경교육 전문가들의 참석은 최소화하고, 건축가, 경제학자, 인류학자, 심리학자, 기자, 영상 제작자, 뇌 과학자, 사업가 등을 초청했다. 다양한 각도에서 문제를 조명해 보고 싶었기 때문이다. 또한 진행 형식에 매이지 않게 하기 위해 참가자들의 몸도 마음도 자유롭게 풀어 주었다. 더우면 신발을 벗었고, 의자가 없으면 땅바닥에 앉아서 이야기를 나눴다. 답보다 질문을 더 많이 했다. 답 없는 질문을 하면서 우리는 스스로 사고의 벽을 뛰어넘으려 애썼다.

무엇보다 참석한 전문가들에게 우리의 보고서나 출판물 등은 일부러 나눠 주지 않았다. 전문 용어나 개념 사용도 강요하지 않았다. 기구의 활동을 홍보하는 것은 사무국 직원의 의무인데, 우리가 아닌 다른 이들의 소리를 들어 보고 싶은 마음에 우리의 목소리는 묵음으로 처리한 것이다.

그렇게 관행에서 벗어난 자문 회의를 통해 작성된 보고서는 새로운 시각을 제시했다. 우리가 하는 모든 프로그램은 각국의 교육부가 그 대상으로, 우리는 그들이 담당하는 학교 안 교육만으로 환경교육을 국한해 정의해서는 안 된다는 주장을 하게 됐다. 반골에 가까운 메시지였으나, 이제 생각을 달리 해야 한다는 주장을 멈추지 않았다.

그 후 같은 환경 주제로 아시아 교육부 장관들을 위한 연수 프로그램을 조직하게 되었는데, 거기에도 '별난' 회의 방식을 적용했다. 사무국 직원들로서는 하늘처럼 모셔야 하는 장관들에게 본인의 물컵을 직접 들고 오라고 하고, 미리 준비해 온 연설문을 폼 나게 발표할 시간조차 주지 않기도 했다.

나는 그들이 특권을 내려놓고, 자연과 인간이 정직하게 살아가는 모습을 보고 느끼기를 바랐다. 우리 프로그램에 관한 홍보라곤 한마디도 들어가지 않은 연수였지만, 그들은 연수 마지막에 우리가 듣고 싶어 하는 다짐을 각자의 언어로 우리에게 전달했다. 경험은 열 마디의 말보다 더 큰 힘을 발휘하는 법이다.

그러나 불행하게도 이런 나의 별난 회의 노력은 한낱 '객기'로 끝이 났다. 별난 회의 조직에 참가했던 동료들은 이 새로운 '종교'의 신자가 되었지만, 조직의 일상과 관행은 개인의 창조적 의지보다 더 셌다. 나를 포함한 동료들 모두 점차 우리의 지루한 일상으로 돌아갔고, 별난 회의를 조직할 기회는 다시 만들지 못했다.

앞의 영화에서 주인공 맥 머피는 병원 수간호사의 통제에 저항하다가 비극적인 종말을 맞이한다. 조직에는 조직의 냄새가 있다. 그 냄새에 숨이 막혀 살아보려는 몸짓으로 '반항'을 택할 수도 있지만, 이는 아예 숨이 끊어지는 비극적인 결과를 초래할 수도 있다. 지루한 직장 생활은 가끔의 객기로 달래며 살아가는 것이 안전한지도 모르겠다. 나, 미생은 그렇게 지냈다.

파리, 정들어 고향

파견으로 1997년 9월에 도착해서 2019년 12월에 살림을 정리해 떠나기까지, 나는 파리에서 22년을 살았다. 내 소유의 아파트가 하나 있었기 때문에 3년간 현장에 나가 있을 때도 근거지는 파리로 되어 있었다. 한국에 살림 기반이 따로 없었던 내게 파리는 오랜 기간 삶의 베이스캠프 역할을 했다.

파리에 대해서 사람들이 흔히 하는 이야기가 있다. 처음에는 적응하기 어려워도, 나중에는 잊을 수 없는 곳이라고. 잊을 수 없는 곳이 될지 어떨지는 아직 모르겠으나, 처음에 적응하기 어려운 곳이라는 말은 맞았다.

제일 처음 몸에 와닿은 어려움은 날씨였다. 파리의 가을이나 겨울은 한국에 비해 따뜻한 편인데, 습기와 구름 낀 날씨 때문인지 여름이 지나면 사람의 몸과 마음을 움츠리게 하는 기운이 돌았다. 바깥 날씨는 으스스한데도 아파트의 난방은 아직 들어오지 않는 시기가 되면 나는 전기담요로 몸을 달래야 했다.

날씨는 한두 해 지나면서 적응되기 시작했다. 그러나 시간이 지나도 잘 적응되지 않는 것은 사람들이었다. 파리 사람들은 필요 이상으로 신경질적인 경향이 있었다. 복잡한 시장 안에서 몸을 부딪쳤을 때 "죄송합니다"라고 해도, "뭐, 죄송하다고?" 하면서 눈을 부라린다. 미안하다고 했으니 그냥 지나가면 될 일인데 말이다.

불친절한 상인을 만나는 것은 일상이었다. 하루는 구두 가게에서 이런 일도 겪었다. 편한 구두를 사러 갔는데 나열된 상품들은 뾰족한 굽의 구두들뿐이었다. 통굽이 있냐고 물으니, 점원은 "어머머, 요새 누가 그런 구두를 신나요? 참나… 우리는 그런 거 취급 안 해요"라고 하면서 등을 돌렸다. 손님의 취향을 그렇게 대놓고 깔보는 것은 정말 이해하기 힘들었다. 그 당시는 프랑스어가 잘 안되던 시절이라 아무 말도 못 하고 죄지은 사람처럼 가게를 빠져나왔다. 그 이후 내가 원하던 구두를 파는 가게를 하나 발견하고는 한동안 그곳만 다녔다. 다른 브랜드를 찾아 나설 용기가 나지 않았다. 촌스러운 것 빼고는 아무 죄 없는 손님이 받은 트라우마치고는 작지 않았다.

모든 것이 낯선 초기에는 그런 불쾌한 일을 많이 겪었다. 그러다가 2005년에 작은 아파트를 하나 사서 한 동네에 정착하게 되면서부터는 주위 환경을 어느 정도 내 취향에 맞게 구성할 수 있었다. 불친절한 가게는 외면했고, 맘에 드는 곳은 단골로 드나들게 됐다. 그러면서 낯선 이들과 겪는 불쾌함 대신 아는 이들과의 친숙함이 자리 잡게 됐고, 그 친숙함 속에 이런저런 이야기 고리들이 생기기 시작했다.

기억나는 단골 가게 중 하나는 우리 동네에 있는 초콜릿 가게다. 수제 초콜릿을 파는 곳인데, 이름이 널리 알려진 브랜드의 초콜릿보다 맛있었다. 초콜릿이 많이 팔리는 부활절 시기에 가게를 들를 때면 나는 장사가 잘 되는지를 꼭 물어보았다. 그럴 때마다 주인은 흘러내리는 웃음을 애써 참으며 "그런대로 괜찮아요"라고 답하곤 했다. 잘된다는 뜻이고, 그 대답을 듣는 것이 내게도 즐거움이었다.

파리에는 웬만한 골목마다 약국이 하나씩 있다. 우리 동네도 예외는 아니었다. 내가 사는 아파트 건물 밑에도 약국이 하나 있었지만, 나는 굳이 골목 끝에 있는 다른 약국을 다녔다. 한번은 사고로 손에 피가 나서 그 약국으로 붕대와 소독약을 사러 갔는데, 약사 부부가 물건 파는 것을 제쳐두고 내게 응급 처치를 해 준 적이 있다. 고마운 기억으로 나는 그 집의 단골이 되었다.

에펠 탑 근처에 있는 우리 아파트 주변에는 식당이 많았다. 나는 그중에 유독 눈에 잘 띄지 않고 항상 한산한 편인 태국 식당 한 곳을 단골로 다녔다. 내가 갈 때마다 주인아주머니는 주방에 대고 "마담 슈아 왔어"하고 소리를 질렀다. 그러면 남편이 음식을 집밥같이 준비해 주었다. 밥 먹는 동안 아주머니는 내게 동네 소식 전하기에 바빴다. 그 덕에 혼자 가도 전혀 어색하지 않게 식사를 할 수 있는 곳이었다.

생활이 익숙해지고 프랑스어가 편해지면서 시장은 슈퍼마켓 대신에 작은 전문 가게들에서 보게 됐다. 고기는 정육점에서, 생선은 어물전에서, 치즈는 장인들이 운영하는 치즈 전문 가게에서, 와인도 개인이 하는 와인 가게에서 샀다. 그런 가게들은 손님들에게 맞춤형 서비스를 하고, 무엇보다 이것저것 물어보면 전문적인 지식을 동원해 자세히 설명해 주는 덕분에 배우는 것이 많았다.

이야기하기 좋아하는 프랑스 상인들이 '말이 많은' 손님을 반긴다는 사실을 알고부터는 와인이나 치즈 가게에 갈 때면 같이 곁들여 먹을 요리를 설명하고는 뭐가 잘 어울리겠냐고 묻게 되었다. 조금씩 현지인처럼 닮아 가고 있다는 느낌이 들기 시작한 것이 그즈음이다. 정들면 고향이라더니, 익숙함 속에 타지에서 편안함이 느껴지기 시작했다.

파리는 내가 본 어떤 도시보다도 아름다운 곳이다. 그러나 내가 그곳을 잊지 못하게 된다면, 그것은 도시의 객관적인 아름다움보다 내가 살아 본 만큼의 동네, 그리고 그 속의 사람들과 맺은 지극히 사소하고 개인적인 이야기들에 대한 기억 때문이지 않을까 싶다.

초콜릿 가게가 있고, 그 옆에 약방이 있고, 그 건너편에 태국 식당이 있고, 조금만 더 가면 와인 가게, 정육점, 치즈 가게, 마당 딸린 아파트가 있고, 또 조금만 더 가면 신고 일어서지도 못할 구두만 파는 가게가 있는 곳. 뒤돌아보니 이 모든 것이 소꿉장난 세트 같다. 그리고 나는 그 속에서 22년간 소꿉장난을 했다. 파리에 대한 그만큼의 기억은 앞으로도 잊지 못할 것 같다.

마당 너머 나의 이웃들

내가 파리에서 소유하고 있던 아파트는 19세기 말에 지어진 옛날 건물이다. 파리의 오래된 아파트들이 대부분 그렇듯이 이 건물의 한가운데는 마당이 있었다. 도넛의 가운데 구멍이 네모나게 뚫렸다고 생각하면 되는 건물 구조다. 마당 안쪽에 사는 사람들이 건물을 드나들기 위해서는 반드시 마당을 거쳐야 하고, 그렇지 않더라도 건물에 있는 모든 아파트는 마당 쪽으로 난 창문을 갖고 있어서 주민들은 마당 너머로 서로를 마주 보며 살았다.

이런 아파트 건물 구조 때문에 나는 주민들과 많은 대화를 나누지 않았어도 이웃들이 살아가는 모습을 알 수 있었고, 14년 동안 살면서 그들의 삶이 변해가는 과정을 파노라마로 지켜보게 됐다.

마당을 사이에 두고 4층의 내 아파트와 코를 맞대고 있는 아파트에는 부부가 딸 둘과 살고 있었다. 마리와 이본이라는 이름의 두 딸은 내가 이사 올 때는 어린아이들이었는데, 파리를 떠날 즈음에는 어엿한 십대 후반의 소녀들로 성장했다. 두 딸은 주말에 부모가 집을 비우면 친구들과 밤늦게까지 파티를 했다. 소음을 참지 못해 내가 문을 두드리면 두 딸의 친구들이 몰려 나와서 부스스한 모습의 나를 놀렸다. 그러면 마리와 이본이 뒤쫓아 나와 친구들의 목덜미를 잡아끌며 내게 미안하다고 했다. 질풍노도의 시기를 지나고 있던 아이들이었지만, 어릴 적부터 봐 온 앞집 아줌마에 대한 최소한의 예의는 지켰다.

마리와 이본네 아파트 밑 3층에는 구비용 씨 노부부가 살고 있었다. 구비용 할아버지는 내가 그 건물에 이사 들어가며 집수리할 때 우리 일꾼들의 작업을 일거수일투족 감시하면서 잔소리를 했다. 입주를 한 후에도 나는 할아버지를 피해 다녔다. 마주치면 뭔가 또 트집을 잡을 것 같았기 때문이다.

그러던 할아버지가 내가 아프리카 근무를 마치고 3년 만에 다시 아파트로 돌아왔을 때는 파킨슨병이 심해져 거동이 상당히 불편한 상태에 놓여 있었다. 노부부가 같이 시장을 다니던 모습은 더 이상 볼 수 없고, 할머니 혼자서 시장 카트를 힘겹게 끌고 다니셨다. 그리고 얼마 지나지 않아 할아버지는 돌아가셨고, 일요일엔 대신 아들이 바게트를 옆구리에 끼고 노모를 찾아와 점심을 같이했다. 마당 너머의 창문으로 보이는 구비용 할아버지의 식탁 의자는 빈 채로 남아 있었다. 식탁 앞 창문에서 우리 집을 감시하시던 할아버지에 대한 나의 그리움도 그 옆에 같이 남아 있었다.

구비용 씨네 아래 2층에는 피아노 선생님이었던 고자 할머니가 혼자 살고 계셨다. 단정한 모습으로 산책을 즐기시던 할머니는 나를 만나면 프로방스 지방에 사는 동생 이야기를 항상 하셨다. 봄부터 이미 여름 바캉스 때 동생 보러 갈 계획을 이야기하시고, 바캉스 갔다 와서는 동생과의 추억을 되새기는 것을 낙으로 삼는 분이었다.

그런 고자 할머니가 한동안 보이지 않았다. 궁금해하고 있던 차에 하루는 할머니가 마당을 지나가는 나를 자신의 아파트 창문에서 다급하게 부르셨다. 올라가 보니, 프로방스에 사는 동생에게서 연락이 오기로 되어 있는데 전화가 먹통이라고 하시면서 안절부절못하고 계셨다. 전화 고장 신고를 도와드리려 해도 할머니는 당신네 집 전화에 대해 알고 있는 것이 하나도 없었다. 전화번호도, 어느 회사 전화 서비스인지도, 관련 서류가 어디 있는지도 모르셨다. 결국 가끔 할머니를 들여다보며 살펴온 아파트 관리인의 도움을 받고 나서야 간신히 고장 신고를 해드릴 수 있었다.

그날 나는 관리인을 통해 프로방스에 사는 할머니의 동생이 얼마 전에 사망했고, 그 충격으로 할머니가 집 밖으로 나오지 않는다는 사실을 알게 됐다. 동생에게서 전화가 올 거라던 할머니의 이야기는 사실이 아니었던 것이다. 노년에 받은 삶의 충격에 갑자기 정신을 놓으신 할머니의 변화는 나에게도 충격이었다. 어쩌면 나도 훗날 나이 들어 그런 상황을 맞이할 수 있겠다는 생각에 그날 밤 잠을 설쳤다.

내 아파트 바로 밑 3층에는 중년의 빌레 씨 부부가 살고 있었다. 나는 그들 부부와 층간 소음 방지를 위한 '신사협정'을 맺은 적이 있다. 오래된 내 아파트에는 제대로 된 목욕탕이 없어, 나는 작은 방 하나를 목욕탕으로 개조했다. 욕조의 물을 버리기 위해서는 전기 펌프를 설치해야 했다. 신사협정은 이 펌프로 인해 발생하는 이웃 간의 소음 문제를 방지하기 위해서 준비된 것이었다.

나는 빌레 씨에게 아침 7시 전, 그리고 저녁 10시 이후에는 목욕탕을 사용하지 않겠다고 약속했다. 그 약속을 아파트에 이사 들어가서 다시 이사 나오는 날까지 14년 동안 어김없이 지켰다. 펌프 사용 금지 시간대에 물을 쓸 일이 있으면 부엌 싱크대를 이용했다. 아침 비행기로 출장을 떠나는 날에는 부엌의 싱크대에 머리를 들이박은 채 샴푸를 하고 세수를 했다. 불편했지만 이웃에 대한 예의를 지킨다는 자부심이 있었고, 빌레 씨 부부는 그런 나를 보기 드문 좋은 이웃이라며 칭찬했다.

내가 이사 가던 날, 아파트 마당에서 빌레 씨 부인을 만났다. 이사 간다고 했더니 부인은 깜짝 놀라면서 내 집을 산 사람이 어떤 사람이냐부터 물었다. 잘 모르겠다고 하자, 부인은 내게 작별 인사하는 것도 잊은 채 한참 동안 새로운 이웃에 대한 불안감으로 말을 잇지 못했다. 내가 착한 이웃이라고 감동하던 빌레 씨 부부의 말은 진심이었던 것 같다.

5장

마지막 근무

독일이라 다행이야

유네스코에 전근 바람이 불기 시작했다. 원래부터 전근 제도는 항상 존재했으나, 실행에 있어서는 부진한 편이었다. 그런 가운데 기구의 수장이 바뀌면서 이런 상황을 개선해 보고자 하는 정책 의도가 표명됐다. 2019년 봄이 되자 대대적인 전근 계획이 발표됐고, 인사국에서는 직원들의 이동 사업을 적극적으로 추진하기에 이르렀다.

나는 아프리카에서 돌아온 지 9년이 됐지만, 그 당시 책임지고 있던 부서를 맡은 지가 7년에 이르러 같은 곳에서 같은 내용의 근무를 한 기간을 따지는 근무 기한 계산 방식에 의하면 파리에서의 근무 기한을 갓 채운 시점에 있었다.

처음에는 이 기회에 자리를 옮기는 것도 나쁘지는 않겠다고 생각했다. 그러나 타이밍이 안 맞았다. 2019년 봄부터 추진된 전근 사업이 실행 단계에 이르려면 적어도 6개월 이상의 시간이 소요될 것 같았다. 2019년 후반이 되면 나는 퇴직이 3년도 채 남지 않은 시점에 이르게 된다.

문제는 파리에서 이동하는 게 결코 단순한 일이 아니라는 데 있었다. 아파트를 팔고, 나의 베이스캠프를 완전히 철수해야 하는 대이동이었다. 몇 달이 걸리는 작업이다. 그렇게 해서 새로운 곳에 정착한 지 2년 만에 퇴직을 위한 이삿짐을 다시 싼다고?

이해하기 힘든 발상 같아 보였다. 아닌 게 아니라, 그런 이유로 통상 퇴직을 3년 이내에 앞둔 직원들은 오지에서 일하고 있는 경우가 아니면 전근을 시키지 않는 것이 조직의 관례였다. 나는 인사국에 62세에 퇴직할 거라는 계획을 알리고, 내가 전근 제외 대상이 되어야 한다는 것을 상기시켰다. 하지만 조직에서는 내가 그 나이에 퇴직할 거라는 사실을 믿지 않는 눈치였다.

입사할 때 정해진 나의 퇴직 정년은 62세다. 그러나 2018년 유엔 직원들의 정년이 65세로 바뀌면서, 원하면 65세까지 근무할 수 있도록 정책이 바뀌었다. 실제로 직원 대부분은 65세까지 연장해서 일하기를 원했고, 일찍 떠난다고 계획했다가도 막상 최종 결정을 내려야 하는 순간이 되면 일을 더 하는 쪽을 선택하고 있었다.

그런 전례들에 미루어 인사국에서는 나의 퇴직 정년을 65세로 간주하려 했다. 그렇게 나의 퇴직을 둘러싼 진심 공방이 이루어지고 있던 어느 날, 느닷없이 내게 두 곳의 현장 사무소가 통보됐다. 둘 중 하나를 전근지로 선택하라는 지시였다. 등 떠밀리는 느낌과 조직에 대한 서운한 생각이 함께 치고 올라왔다.

무엇보다 제시된 두 나라 모두가 견공들에게 우호적이지 않은 이슬람 국가라는 사실에 가슴이 내려앉았다. 그 두 곳 중 한 곳은 한 유네스코 직원이 강아지 산책과 관련해서 지역 사회와 마찰을 겪은 곳이기도 했다.

암만해도 조직과 담판을 지어야 할 것 같아 당시 나의 상사인 이탈리아 출신 지아니니 교육본부장을 찾아갔다. 본부장에게 나의 퇴직 계획을 이야기하고, 그 시점에서의 이동이 조직이나 나에게 여러모로 현실적이지 않다는 점을 꼬집어 이야기했다. 그러고는 "어떻게 디디를 데리고 그런 국가들로 이동하라는 겁니까?"하고 투정하듯 물었다. 평소에 본부장과 사담으로 강아지 이야기를 나눈 적이 있어서 디디 이야기를 꺼냈지만, 사실 따질 일은 아니었다. 인사 규정에 직원들 가족에 관한 내용은 있어도 반려동물의 복지를 배려하는 규정은 없으니 말이다. 그러나 몸이 반응하는 감정이어서 감출 수가 없었다.

지아니니 본부장은 심각한 표정으로 내 이야기를 듣다가 디디 부분에서 웃음을 터뜨렸다. 디디 문제로 투정 부리듯 이야기했지만, 나는 정색을 하고 2년 후에 퇴직을 할 거라는 점과 퇴직을 코앞에 두고 나라를 바꿔가며 이사를 한다는 것이 조직의 예산 낭비이자 나에게는 에너지 낭비라고 그녀에게 재차 어필했다.

그러자 그녀는 나의 상황을 이해하지만 서너 명의 국장들이 서로 맞물려 움직이기 위해서는 엮여 있는 사람들이 모두 협조해야 한다고 일렀다. 그러면서 독일의 본에 있는 유네스코 국제직업기술교육센터로 옮기면 어떻겠냐고 물어왔다. 그녀가 관리자 임명에 직접적인 재량권을 갖고 있는 곳이었다. 마침 그 자리가 곧 공석이 될 예정이고, 같은 유럽 지역이니 퇴직까지 남은 기간을 특별한 환경 변화 없이 근무할 수 있을 것이라고 했다. 디디 키우기에도 문제없을 테니 잘 생각해 보라고 하면서 찡긋 웃어 보였다. 나의 상황을 배려한 추천이었다.

독일. 아무 생각이 안 났다. 일단 파리에서 자동차로 이동할 수 있는 가까운 곳이라는 점, 다른 나라지만 같은 유럽 안에 있어서 이주라기 보다는 이사 같은 느낌, 그리고 무엇보다 디디를 키우기에 이슬람 국가들보다는 나을 것이라는 생각이 먼저 머리를 스쳤다. 지극히 사적이고 '하찮은' 이유들인데, 나에게는 중요한 이유였다.

새로 담당해야 하는 업무에 대해서는 별다른 생각이 들지 않았다. 직업기술교육은 예전에 잠시 담당한 적이 있어서 그리 낯설지 않은 분야였고, 처음 해보는 일이라 할지라도 사실 겁나지 않았다. 그즈음에 이르러서는 어떤 분야를 맡아도 웬만큼은 할 수 있지 않을까 하는 자신이 있었기 때문이다.

결정을 내렸다. '그래, 가자. 그냥 가자. 2년 후에 정리해야 하는 베이스캠프를 조금 당겨서 접는다고 치자. 정치적으로 복잡한 본부를 떠나 조용한 곳으로 가서 일에만 집중하는 것도 나쁘지 않잖아. 무엇보다 완전히 다른 문화권으로 가는 것도 아니고, 옆 동네로 조금 옮겨가는 거니까 그리 나쁜 옵션은 아니야.'

그다음 날 나는 본부장에게 독일로 가겠다는 의사를 밝히고, 퇴근길에 바로 복덕방으로 향했다. 연말에 파리를 떠나기 전까지 아파트를 팔아야 하는 지상 최대의 과제가 눈앞에 떨어졌기 때문이다.

베이스캠프 철수

부동산 매매가 원체 쉬운 일도 아니고, 프랑스에서는 그 절차가 복잡하고 시간이 걸리는 일이라 마음이 급해졌다.

아파트에 복덕방 손님들의 방문이 시작됐다. 그러나 한두 달이면 팔릴 거라던 복덕방의 애초 예견과 달리 아파트는 쉽게 팔리지 않았다. 돈으로 환원되기 전까지의 부동산은 재산도 아니고 바쁜 사람 발목만 잡는 족쇄와 같았다. 다시는 무엇을 소유하고 싶지 않다는 생각도 했다.

복덕방에서는 잦은 방문에도 불구하고 정작 아파트를 사겠다는 구매자가 나타나지 않는 이유를 아뜰리에 때문이라고 했다. 얼마 전 나는 아파트에서 가장 큰 부분을 차지하는 마루를 그림 그리는 작업장으로 바꿔 놓은 상태였다. 복덕방 아저씨는 정작 사람들이 그곳을 손님을 맞이하고 식사하는 곳으로 상상을 못 한다는 것이었다.

아니, 내 아뜰리에가 어때서. 그냥 눈으로, 상상으로, 여기는 밥 먹는 데, 저기는 손님 앉는 데라고 생각하면 되지, 그게 뭐 어렵다고. 내가 그리도 아끼는 공간에 대한 지적이 서운했다.

그러나 복덕방에서는 사람들의 심리가 그렇지 않으니 가구들을 재배치해서 마루에 접대 공간과 식탁 공간을 다시 만들어 보자고 졸랐다. 자존심으로 얼마간 버티다가 아파트가 팔릴 기미가 보이지 않자, 나는 눈물을 머금고 아뜰리에를 정리했다.

그 뒤 얼마 지나지 않아, 사라진 작업 공간 덕인지 아닌지는 모르겠지만 드디어 구매자가 나타나 파리를 떠나기 일주일 전에 극적으로 아파트를 팔았다. 지상 최대의 과제가 해결됐다는 생각에 가슴을 쓸어내리며 안도의 숨을 쉬었다. 그러나 이후 이삿짐을 보내고 파리를 떠나는 과정에는 또 다른 한바탕의 난리가 기다리고 있었다.

2019년 가을 프랑스에서는 수개월째 전국적으로 계속되는 파업으로 나라 전체가 몸살을 앓고 있었다. 대중교통 수단의 발목이 잡히고, 집회로 주요 도로망이 막히고 봉쇄되면서 사람들의 이동이 힘들어졌다. 그러면서 사회 전반의 모든 기능과 기관들의 업무도 마비되어 가고 있었다. 이러한 교통 대란의 영향으로 짐꾼들은 언제 와서 짐을 싸고 언제 싣고 나갈지를 정확하게 알려 주지 못했다. 약속을 하면 시간에 맞춰서 오질 못하고, 그러다가 예고도 없이 불쑥 나타나서는 짐을 꾸리다가 일을 다 마치기도 전에 교통편이 끊긴다고 달아나 버렸다.

별수 없이 살림의 반은 박스에 들어가 있고, 반은 어수선하게 밖에 나와 있는 상황 속에 아파트에서 캠핑하듯 며칠을 살았다. 낡은 냉장고는 친구에게 미리 줘 버리는 바람에 집에는 음식물을 보관할 수도 없었다. 매 끼니를 사 먹는 수밖에 없었다.

그렇게 며칠을 보내던 어느 날, 짐꾼들이 새벽에 번개처럼 나타나더니 정신없이 이삿짐을 들고 나가기 시작했다. 그러면서 나보고 파리를 빠져나가는 외곽 도로가 잠시 한산해졌으니까 떠날 예정이면 지금 떠나라고 충고했다. 나의 파리 출발은 그다음 날로 예정되어 있었다. 이삿짐을 내보낸 뒤 일단 한숨 돌리고 나서 파리를 떠나려고 했다. 그러나 그런 여유를 부릴 상황이 아닌 것 같았다. 나보다 도로 사정에 밝은 아저씨들의 말을 듣기로 했다.

예정에 없이 당겨진 출발이라 급히 서두를 수밖에 없었다. 비닐 봉지와 쇼핑백에 이리저리 남겨진 살림을 주워 담아 자동차 짐칸에 던져 실었다. 뒷좌석에는 간단한 이불과 베개, 옷가지 등을 담은 가방들을 구겨 넣고, 그 위에 디디를 앉혀 붙들어 맸다. 영락없이 강아지와 도망가는 사람의 모습이었다.

고맙게도 사무실 동료 하나가 장거리 운전을 도와 주기 위해 동행했다. 우리 일행은 에펠 탑에서 출발해 샹젤리제 거리를 거쳐 개선문을 돌아 고속도로 진입로를 향해 달리기 시작했다. 파리를 벗어나 집회 군중에게서 멀어진 고속도로에 진입할 때까지는 어디서 데모 행렬로 인한 교통 대란을 겪을지 알 수 없는 상황이라 긴장을 풀 수 없었다.

흥분과 불안으로 정신이 나간 나와 달리, 이불 더미 위에 올라앉은 디디는 차창 뒤로 멀어지는 파리의 모습을 물끄러미 바라만 보고 있었다. 앞으로 엎드려 있는가 싶다가도 다시 고개를 들어 뒤를 쳐다보았다. 마치 뒤에 남겨 두고 온 것이라도 있는 것처럼.

어느 화가의 작품에서 달구지에 살림살이와 아이들을 싣고 고향을 떠나는 가족의 모습을 본 적이 있다. 달구지는 앞을 향해 가는데, 그 위에 앉은 사람들의 얼굴은 뒤를 향해 있는 것이 인상적이었다. 모름지기 정든 곳을 떠나는 모습은 그래야 할 것 같은데,

그에 걸맞은 모습을 하고 있는 건 디디 뿐이었다.

생각지도 못한 전근으로 나는 그렇게 2019년 12월 16일 파리를 도망치듯 떠났다. 다소 투덜거리며 받아들인 전근이었고, 떠나는 길은 마치 피난길을 방불케 했지만, 얼마 지나지 않아 그때 살림을 정리하고 정신없이나마 파리를 빠져나온 것이 천만다행이었다는 사실을 깨닫고는 나를 독일로 '등 떠밀어' 보내 준 지아니니 본부장에게 감사했다. 인생, 새옹지마다.

조용한 경례

어수선하고 정신없던 이사 과정과 달리, 파리 사무실에서의 마지막 업무 정리는 비교적 순탄하고 차분한 분위기 속에서 진행됐다.

전근 사실이 확정되자 나는 직원들에게 바로 나의 이동 소식을 알렸다. 직원들은 나의 전근 소식에 적잖이 놀라는 모습들이었다. 아무도 내가 전근 사업의 대상이 되고, 실제로 떠나는 사람 중 한 사람이 되리라고는 생각하지 못했기 때문이다.

비서에게는 이동 사실을 알림과 동시에 송별회 같은 건 절대 하지 말아 달라고 부탁했다. 꽃도 싫고, 카드도 싫고, 돈 걸어서 선물 사 줄 생각은 꿈에도 하지 말라고 했다. 직원들에게 작별의 아쉬움을 강요하고 싶지 않았기 때문이다.

그 대신 직원들과의 작별 인사는 부서에서 매년 개최하는 연말 점심 행사에서 하겠다고 했다. 직원들이 각자 집에서 한 접시씩 음식을 만들어 와서 점심을 같이하는 부서의 전통인데, 매년 내가 직접 주최하는 행사인 데다 모두가 다 모이는 자리이니 거기서 한마디 하고 끝내면 될 것 같았다.

실제로 나는 그 점심 행사에서 30초도 안 되는 짧은 작별 인사말을 했다. "우리가 하는 일에 대한 국제 사회의 관심이 높아졌고, 그로 인해 우리 부서의 위상도 많이 올라갔고, 그 모든 과정에 우리가 있었으니 영광이고, 모두의 노고에 감사하고, 그리고 점심 잘 차려졌으니 즐겁게 먹읍시다"라고 했다.

그 이상 뭔 말이 더 필요한가? 내 말이 끝나자 과장 한 명이 수줍은 듯 앞으로 나오더니, "아무것도 원치 않는다고 하셔서 우리도 좀 고민을 많이 했어요. 그래도 그냥 헤어질 수는 없어서 모두가 한 마디씩 적었으니까요, 우리의 마음이라 생각하시고 받아 주셨으면 좋겠습니다"라면서 작은 노트를 하나 건넸다.

행사가 끝난 후 노트에 적힌 작별의 글들을 읽어 보았다. 의외로 장황하게 적은 이들은 내가 평소에 자주 접하지 않는 인턴이거나, 파견이나 방문으로 나와 있는 임시 직원들이었다. 그들은 자신들이 부서에 처음 도착했을 때 내가 그들을 맞아 주었던 일, 그들의 업무 내용과 환경을 꼼꼼히 챙겨 준 일, 기구에서 생활하는 동안 어떻게 하면 좀 더 긍정적인 경험을 할 수 있는지에 대해 조언해 준 일 등을 기억 저편에서 끄집어내 감사의 마음을 전했다.

아닌 게 아니라 나는 말단 직원이더라도 그들이 부서에 도착하면 일일이 만나 환영의 인사를 건넸다. 특별히 내가 다정다감한 사람이어서는 아니었고, 많은 권리와 혜택이 주어지지 않는 위치에 있는 직원들이기 때문에 누군가가 챙겨야 한다는 생각이었으며, 그것이 기구를 대표한 나의 책임이라고 생각해서 한 것뿐이다.

다른 직원들도 참으로 작고 개인적인 것에 감동하고, 그런 것들을 작별의 순간에 추억으로 떠올리고 있었다. 예를 들어 나는 기회가 될 때마다 영어, 불어 외에 일어, 독일어와 같은 다른 외국어 배우기도 게을리하지 않았는데, 해당 언어권에서 온 친구들은 그런 나의 개인적 노력을 고마워했다. 그런 순간들을 더 많이 만들지 못한 것이 후회스러웠다. 말이라도 한마디 따뜻하게 건넸더라면 좋았을 걸, 왜 다정함에 그리 인색했을까. 후회가 없을 수 없는 회상의 시간이었다.

그렇게 사무실 정리가 막바지에 이르고 있던 어느 날, 직원 한 명이 열려 있는 내 사무실 문 앞에 와 서더니 잠시 들어가도 되겠냐고 물었다. 평화교육과 관련된 분야의 굵직굵직한 연구 과제를 담당하던 캐나다 출신 리디아였다. 그녀는 짐 정리하는 나를 물끄러미 바라보더니, "당신이 떠난다고 해서 그동안 우리가 같이 한 일들을 곰곰이 되돌아봤어요. 꽤 괜찮은 일을 많이 했다는 생각이 들더군요. 그중에 상당수는 당신이 낸 아이디어니까 스스로 자랑스럽게 생각해도 좋겠다 싶더라구요. 그냥 그 이야기를 해주려고 왔어요"라고 했다.

맞아, 나는 이런저런 아이디어를 잘 내는 사람이었지. 실제로 난 아이디어가 떠오르면 직원들의 사무실을 찾아가 "얘들아, 좋은 생각이 하나 있는데, 들어 볼래?" 하는 버릇이 있었다. 그런 식으로 내가 자주 귀찮게 하던 직원의 방에 갈 때는 미안한 마음이 들어 "나 또 왔는데" 하며 겸연쩍은 웃음을 짓곤 했다.

말이 난 김에 나는 복잡한 생각들을 간단명료하게 정리해 내는 나름의 재주가 있었다. 직원들은 프로젝트 개발을 하다가 생각이 막히면 나를 찾아왔다. 그러면 종이에 네모, 세모, 화살표, 동그라미 등을 그려 가면서 개념들을 정리해 주고, 전체 방향을 어떻게 조망해야 하는지를 알려 주었다. 그들은 내가 그렇게 그려 준 '그림'을 신줏단지 위하듯 했다. 리디아는 내게서 그런 그림을 많이 받아 간 친구 중 하나였다.

그러나 아이디어가 아무리 좋아도 그것을 실행에 옮기지 못하면 아무 쓸모 없는 일. 그 실행 단계의 노고는 오로지 직원들의 몫이었고, 나는 일이 잘되면 부하 직원들에게 그 공을 돌렸다. 아니 돌려야 했다. 아무리 나의 공이 있다고 하더라도 국장이 제 칭찬을 할 수는 없는 노릇 아닌가? 그런데 이 친구가 내게 조용히 찾아와 "당신 생각들, 꽤 괜찮았어요"라며 건넨 '뒤늦은' 칭찬이라니! 아무런 미사여구 없이 자신에게 중얼거리듯 한마디 던지는 그녀의 태도에서 진심이 느껴졌고, 무엇보다 그 한마디는 나 스스로가 인정하는 나의 몇 안 되는 긍정적인 면모를 짚어 준 말이어서 울림이 컸다.

어렸을 때 나는 TV에서 「미션 임파서블」*이라는 외화 시리즈를 즐겨 보았다. 5인조의 정부 공작원들이 우여곡절 끝에 적의 진영에 폭발물을 설치하고 나오면 잠시 뒤에 폭발이 일어나고, 그것을 배경으로 다섯 명의 공작원들은 아무런 말도 표정도 없이 차를 타고 현장을 떠난다. 더도 덜도 아닌 '미션 완료'라는 메시지 하나만 강하게 주고 매회가 끝난다.

동료로부터 기대하지 못한 칭찬을 들은 그날, 유네스코 건물의 정문을 마지막으로 나오는데 그 외화의 끝 장면이 생각났다. 한 명의 의견이면 어떤가. 누군가가 내가 한 일의 가치를 인정해 주는데 어찌 행복하지 않을 수 있을까? 그녀의 한마디에, '그만하면 됐다. 내가 할 일은 했다'라는 생각이 들었다. '미션 완료'라는 뿌

---

* 한국에서는 「제5전선」이라는 제목으로 KBS를 통해 방영되었다.

듯함을 안고 사무실을 떠날 수 있게 해 준 리디아의 조용한 경례에 감사한다.

마지막 프로그램 파일

파리를 떠날 무렵 나는 내가 관리하던 프로그램 파일들을 과장들에게 대부분 넘겨주었다. 그러나 떠나는 마지막까지 내가 직접 챙긴 프로그램 파일이 하나 있었으니, 다름 아닌 북한 관련 파일이었다.

처음 파견으로 파리 본부에 도착했을 당시 내 사무실 근처에는 북한에서 온 남자 직원의 사무실이 있었다. 사무실을 가려면 그 사람의 방 앞을 거쳐 가야 했는데, 그의 방문은 항상 열려 있었다. 그러나 나는 그 직원과 인사는커녕 그 방 쪽으로 눈길 한 번 주지 않았다. 해외에서 북한 사람들과 접촉하면 안 된다는 교육을 받았기 때문이다.

그 북한 직원과 처음 인사를 나눈 것은 파리에 도착하고 한 일 년이 지났을 즈음 서울에서 아버지가 오셨을 때다. 이북이 고향인 아버지는 나와 달리 북한 사람이 있다는 이야기를 듣고 고향에서 온 까치를 반기듯 그를 만나 보고 싶어 했다.

아버지를 모시고 그 직원의 사무실 문을 두드렸다. "저… 우리

아버지가 서울에서 오셨는데 고향이 이북이라 만나 뵙고 싶다고 하셔서…" 내 소개를 새삼스럽게 할 필요는 없었다. 그도 이미 내가 한국에서 온 것을 알고 있었다.

그는 우리를 반갑게 맞아 주었다. 내가 그의 방 앞을 지날 때마다 애써 외면하며 정면만 바라보고 지나가는 것을 보았는지 그 직원은 "내 얼굴은 빨갛고, 머리에는 뿔이 난 줄 알았디요?"라고 하며 웃었다. 민망했지만, 아닌 게 아니라 우리 어렸을 때는 북한 사람들은 그렇게 생긴 줄 알았다.

이후 그 직원과는 유네스코의 동료로서 인사하고 지내는 사이가 되었다. 그러나 유네스코에서 일하는 동안 내게 북한은 내내 잊혀진 회원국으로 남아 있었다. 그러다 퇴직을 2년 앞둔 2019년에 이르러서야 나는 처음으로 북한 사업을 하게 됐다. 북한의 교육 관련 지도자들을 해외 연수에 초청해 국제적인 전문가들로부터 교육의 글로벌 트렌드를 배우게 하는 사업이었다.

한국 사람으로서 흥분이 없지 않았다. 유네스코 직원이어서 누릴 수 있는 특권이었다. 그러나 북한은 여느 회원국이 아니었다. 국제 사회에서 북한이 놓인 특수한 상황 때문에 다른 프로그램에서는 경험하지 못한 '새삼스러운' 이슈들이 발생했다.

생각지도 못한 문제의 첫 번째는 통역사를 구할 수 없다는 것이었다. 한국어 통역사들은 일을 거절했다. 한국말과 북한말에 차이가 있어 힘들다고 했다. 제대로 자격을 갖춘 통역사를 구하지 못해 방콕 연수에서는 내가 대강 요점 정리를 해서 영어와 북한말 사이의 소통을 해결했다.

방콕에서 얻은 교훈으로 그다음에 진행된 독일 연수에서는 북한 연수단에게 평양에서 통역사를 데리고 오라고 했다. 동시통역을 위해 우리는 두 명의 통역사에 대한 경비를 준비해 두었는데, 도착한 통역사는 한 명뿐이었다. 동시통역은 반드시 짝을 지어 두 명이 하는 것이 룰이다. 하지만 북한에서 온 통역사는 살신성인의 의지로 혼자 버텼다. 우리는 고군분투하는 그녀를 위해 휴식 시간의 빈도와 길이를 높였다. 혼자 애쓰는 모습이 감탄스럽기도 하고 안쓰럽기도 했다.

예상한 대로 북한 사람들의 해외여행에는 많은 제약이 따랐다. 태국 비자를 받기 위해서 연수단은 베이징에서 며칠을 묵어야 했다.* 연수 기간은 닷새에 불과했지만, 연수단은 비자 받는 데 들인 시간까지 합쳐 열흘이나 여행길에 머물러야 했고, 그 체류 기간 동안의 여행비까지 모두 유네스코에서 지불했다.

연수 내용에도 제한이 있었다. 유엔의 제재로 IT나 과학기술 관

---

* 북한에 주재하고 있는 외교 공관의 숫자는 2018년 기준으로 25개 안팎에 지나지 않는다. 우리의 세미나가 열린 태국은 북한에 외교 공관을 두고 있지 않은 나라였다.

련 연수는 북한에게 할 수 없었다. 결국 정치적으로 걸리지 않는 주제를 찾아 태국에서는 교과 과정으로, 독일에서는 지속가능발전 교육으로 연수를 하게 됐다. 우리는 내용과 상관없이 그들에게 배움의 기회를 준다는 데 의미를 두기로 했다.

정치적으로 무난해야 하는 것은 연수의 내용만이 아니었다. 프로그램에 사용하는 예산도 그 출처가 정치적으로 중립적이어야 했다. 자금 출처가 드러나지 않는 돈을 찾다 보니, 결국 유네스코 정규 예산밖에 없었다. 다른 더 큰 자금이 있었음에도 사용할 수 없다는 것이 안타까웠다.

이렇듯 다른 프로그램에서는 보지 못한 많은 문제가 발생했지만, 내가 두 연수를 준비하면서 은근히 걱정했던 문제 하나는 우려와 달리 발생하지 않았다. 그것은 나에 대한 참가자들의 태도였다. 혹시라도 내게 정치 선전을 하면 어쩌나, 행여라도 나를 한국 사람으로 대하면 어쩌나 하는 걱정이었다.

그러나 그런 걱정을 한 내 자신이 부끄러워졌다. 북한 참가자들은 얼굴이 빨갛지도 않았고, 뿔도 없었다. '쿨'하게 나를 한국 사람이 아닌 유네스코 직원으로 대했다. 그것이 얼마나 고마웠는지 모른다. 왜냐하면 유네스코 직원이라는 자격이 아니었으면 나는 그들을 만나서도 안 되고, 나 자신도 그런 시각에서 생각하고 행동했기 때문이다.

퇴직을 한 지금, 내가 가장 많은 시간을 보내는 나의 작업실 문에는 사진이 한 장 붙어 있다. 유네스코에서 일하는 동안 찍은 사진으로는 유일하게 붙어 있는, 독일에서 북한 연수단과 같이 찍은 사진이다. 내가 왜 그 사진을 거기에 붙여 놓고 싶었는지는 모르겠다. 뭔가 그리운 것이 있긴 있나 보다. 뭔가 두고두고 기억하고 싶은 것이 있나 보다. 아마도 유네스코 국장이라는 이름 뒤로 숨었던 나, 한국 사람으로서 기억하고 싶은 북한 사람들에 대한 애틋한 마음이 아닐까 싶다. 그때는 표현하지 못한 어쩔 수 없는 동포애에 대한 아쉬움 말이다.

기억 속 한국인들

파리를 떠나 독일에서 2년 더 근무하고 퇴직했지만, 파리 생활을 접으면서 나는 이미 퇴직하는 기분을 느끼기 시작했다. 지난 20여 년간 있었던 일들이 주마등처럼 스쳐 지나갔다. 그동안 만난 수많은 사람들 중에 내게 개인적으로 도움을 준 한국 사람들의 얼굴도 그중 일부다.

지구촌 한 귀퉁이에서 예상치 못하게 한국 사람을 만나면 그들은 모두 내게 따뜻한 조국의 정을 나누어 줬다. 한국 사람이 국제기구의 대표로 일한다는 것을 뿌듯하게 여기면서 따뜻한 밥이라도 해 먹여 보내려고 애썼다. 그 고마운 얼굴 중에 특별히 생각나는 이들이 있다.

하라레에서 타운하우스 단지에 살 때 내 이웃에는 한국인 부부 김 선생님 댁이 있었다. 부인은 정원에 밭을 일궈 한국 채소들을 많이 키웠다. 거기서 자란 무와 배추로 김치를 담그면 나에게 한 통씩 갖다주셨다. 아프리카에서 제대로 담근 김치를 먹는다는 건 생각지도 못한 호강이었다.

김 선생님은 믹스견인 디디를 보고 유전자가 튼튼해서 건강하게 오래 살 것이라는 이야기를 자주 하셨다. 그때 한 살이었던 디디는 이제 열다섯 살이 되었다. 노령견의 모습이 있지만, 아직 건강한 편이다. 선생님의 말씀이 덕담이 된 것 같아 감사한 마음이

든다.

파리에서는 두 한국 '이모님'의 도움을 받았다. 두 분 모두 연변에서 온 한국 동포였다. 처음에 만난 '장 이모님'은 음식 솜씨가 뛰어났다. 특히 아무거나 갖고도 떡을 척척 잘 만드셨다. 그 덕에 나는 파리에 살면서 '웬 떡'을 실컷 먹었다.

장 이모님은 마음씨도 고왔다. 하루는 내가 출장에서 돌아왔는데도 퇴근하지 않고 부엌에서 나를 위해 죽을 끓이고 계셨다. 혼자 사는 아파트에서 누군가가 나의 귀가를 기다리면서 음식 준비를 한다는 건 참으로 오랜만에 느껴보는 행복이었다.

음식 솜씨가 뛰어난 이모님은 훗날 파리의 한국 외교 관저에 요리사로 취직하여 파키스탄의 이슬라마바드로 '전근'을 가셨다. 이슬라마바드의 한국 대사 관저에서 나는 이모님과 극적인 재회를 할 수 있었다. 음식을 내놓으시면서 많이 먹으라고 소곤거리시던 모습이 아직도 눈에 선하다.

디디가 파리에서 9년을 지내는 동안 디디를 돌봐 준 '신 이모님'도 연변에서 온 한국 동포다. 내가 직장 일로 집을 비우는 사이 디디는 이모님의 품에서 안정을 찾았고, 덕분에 나는 이곳저곳 날아다닐 수 있었다. 이제 나와 시간을 보내고 있는 디디 앞에서 나는 "이모"라는 말을 사용하지 않는다. 디디가 귀를 쫑긋하고 문 쪽을 쳐다보면서 그 말에 반응하기 때문이다.

파리를 떠나 독일로 가던 날, 신 이모님은 큰 통에 김치를 담아 오셨다. 거의 김장 수준의 양이었다. 독일에 도착하면 당장은 음식을 하기 힘들 테니 김치하고라도 밥을 먹으라고 하셨다. 왜 한국인의 정은 그토록 넘치게 표현되어 사람의 감동을 자아내는지 모르겠다.

표현하지 않아도, 그냥 서로 보고만 있어도 느껴지는 동포애도 있었다. 카자흐스탄에 출장을 갔다가 고려인들의 연말 모임에 초대되어 간 적이 있다. 고려인 후손들이 많이 모여 있었는데, 모두 한국말은 서툴거나 거의 하지 못했다. 어색해하는 나를 보고 할머니 한 분이 떠듬떠듬 한국에서 왔냐고 물으셨다. 그렇다고 하니까, 내 손을 꼬옥 잡으시고는 나를 한참 쳐다보셨다. 눈가가 촉촉해지셨다. 고향의 흔적을 더듬고 계신 것 같았다.

나를 그곳에 데려간 사람은 고려인으로, 내가 출장으로 방문한 교육 기관에서 일하는 공무원이었다. 그가 내 직업을 설명하자, 할머니는 다시 한번 내 손을 꼬옥 쥐셨다. '한국산'이지만 할머니가 생각하시는 한국인과는 거리가 있는 모습이어서 그러셨던 것 같다. 그 새삼스러움의 표현인 것 같았다. 거기서 잠시 머무르는 동안 할머니는 별말씀 없이 간간이 나의 손을 계속 쥐었다 놓았다 하셨다. 내가 그날 그곳에서 한 일은 낯선 할머니에게 손을 잡혀 드린 것밖에 없다.

동포애는 그런 것이다. 설명이 필요치 않다. 그저 한국 사람이라는 이유 하나만으로 낯선 이에게도 애틋함이 느껴지고, 따뜻한 밥 한 그릇 해 먹이고 싶은 거다. 부끄럽게도 나는 지구촌 곳곳에서 그런 한국인의 따뜻한 손길을 많이 받았다. 아무것도 돌려 드리지는 못하고.

다시 찾은 평온함

전근으로 도착한 본에서는 사무실의 도움을 받아 아파트를 미리 구해 놓았다. 파리에 비해 비교적 저렴한 임대료 덕분에 자그마한 3층짜리 건물의 맨 위층을 얻는 호사를 누릴 수 있었다. 새 건물이라 깨끗한 것은 물론이고, 사면으로 창문이 넓게 트여 있어 하루 종일 집 안으로 햇빛이 들었다. 파리에서 그리 귀하게 여겨지던 하늘의 별이 여기서는 두 팔을 벌려 퍼내고 싶을 만큼 풍족했다.

본에는 아파트 주변뿐만 아니라 시내 전체와 주택가에 녹지대와 공원이 잘 정비되어 있었다. 도시에서 약간 떨어져 있는 우리 동네에는 인적도 드물었고, 대부분의 보도는 녹지대와 연결되어 있어 거리만 걸어도 자연을 쉽게 접할 수 있었다. 디디와 산책하기에는 천국이 따로 없었다.

사무실은 구서독의 국회 의사당이었던 고층 건물에 자리하고 있었다. 독일 정부가 무상으로 대여해 준 이 건물에는 스물다섯 개의 크고 작은 유엔 사무소들이 모여 '유엔 본 캠퍼스'라는 커뮤니티를 이루고 있었다. 건물 옆에는 라인강이 흐르고 있어 주변의 녹지대와 어우러진 강의 경치는 엽서에서 튀어 나온 그림 같았다.

12월 중순 본에 도착한 뒤 약 3주간의 휴가를 보내고, 1월 초에 사무실에 첫 출근을 했다. 독일인 직원들이 많을 것으로 생각했는데, 생각보다 직원들의 국적은 다양했다. 독일 정부가 사무실 운영과 활동에 필요한 예산의 대부분을 지원하고 있지만, 사무실 운영에 자국의 이익을 위한 간섭은 하지 않는 것 같았다. 성숙한 개발공여국의 모습이라고 생각했다.

직원들과의 인사를 끝내고, 업무 파악에 들어갔다. 노동 시장에서 원하는 기술과 기능을 파악해 교육하고 훈련시켜서 국가의 경제 발전에 도움을 주는 것이 직업기술교육의 목적이다. 사무실은 이런 교육을 담당하는 각국의 직업훈련센터들을 지원하는 사업들을 주로 하고 있었다.

사업을 이끌어 가기 위해서는 노동 시장과 경제 상황에 영향을 미치는 글로벌 변화들을 숙지하고 있는 것이 필요했다. 꾸준히 읽어온 시사 주간지 덕택에 큰 줄기 파악은 쉽게 할 수 있었다. 사업을 하는 데는 주제와 상관없이 비슷한 과정이 적용되기 때문에 그동안 서당 개 3년, 아니 20여 년간 쌓아 온 눈썰미로 새 업무를 시작하는 데는 큰 어려움이 없었다.

현장에 관리자로 임명을 받아 가게 되면 직원들과의 상견례 못지않게 중요한 것이 외부 인사들과의 상견례다. 중요한 사람일수록 사무실에 도착하는 즉시 만나야 한다. 나는 독일 정부 관리들부터 만나러 다녔다. 사무실에서의 만남뿐만 아니라 그들이 초청하는 모임에도 부지런히 다니려고 노력했다.

하루는 코끼리 복장을 하고 독일 정부에서 개최한 카니발 가장 파티에 간 적도 있다. 내부에서 하는 파티에 알맞은 얄팍한 복장을 한 독일 사람들과 달리 나는 극세사 밍크 재질로 된 외부 퍼레이드용 복장을 했다. 장신의 독일 사람들 틈에 끼게 되자, 옷 속에서 땀이 나기 시작했다. 어느새 내 옆에는 '딸기'와 '로빈 후드'까지 다가와 맥주를 들고 흔들거렸다. 그 사이에 끼인 나, 코끼리는 숨을 쉴 수 없었다. 옆에 있던 친구 '마술사'의 도움으로 광란의 파티장을 간신히 빠져나와 나를 초청한 '벌꿀'에게 인사하고는 사무실로 줄행랑을 쳤다.

광란의 카니발이 끝나고, 도시는 언제나 그렇듯이 다시 조용해졌다. 사무실 안팎에 대한 분위기 파악이 끝나면서 반복적인, 그러나 평온한 일상이 자리를 잡게 됐다. 아침에 출근해서 저녁에 퇴근하고, 퇴근하면서 운동하고, 주말에는 아파트 마루에 앉아 햇볕 멍때리기를 즐기는 일상이었다.

고생은 했지만 파리를 떠나오기를 잘했다는 생각이 들었다. 이러다가 무슨 일이 있어도 62세에 퇴직을 하겠다고 벼르던 결심을 깨고 좀 더 일을 할 수도 있지 않을까 하는 생각도 문득문득 들기 시작했다. 변화에 대한 욕심을 부리기가 미안할 정도로 모든 것이 안정적이었다.

하지만 늘 그렇듯 이 평온의 시간은 그리 오래 가지 않았다.

그놈의 코로나

2월이 되자, 코로나19라는 전염병이 동료들의 점심시간 대화에 자주 등장하기 시작했다. 유럽에서도 특히 이탈리아에서 급격히 퍼지고 있다는 소식이 들려왔다. 그러나 우리는 그때만 해도 큰 위기감은 느끼지 못했다. 독일에서의 전염 사례가 아직 간헐적이었기 때문이다.

하지만 3월 초 세계보건기구에서 코로나19가 전 세계적으로 퍼지고 있는 전염병이라는 사실을 발표하고 나서는 상황이 급변하기 시작했다. 독일 내에서의 전염 사례도 눈에 띄게 늘어갔다. '유엔 본 캠퍼스' 내에 있는 기구 간의 긴급회의가 소집됐다. 직원들의 재택근무를 언제부터 어느 수준에서 실시해야 하는가를 논의하기 위해서였다. 그런데 회의를 해도 결론은 내려지지 않았다. 직원들의 안전을 우선시하면 재택근무를 권장해야 하지만, 혹시라도 주재국 정부에게 필요 이상의 호들갑을 떠는 인상을 주어서는 안 되기 때문에 균형을 잡아야 했다. 현장에서 흔히 생기는 딜레마다.

파리 유네스코 본부의 지침은 주재국 상황에 따라 알아서 하라는 것이었다. 나는 어디를 둘러봐도 어떻게 하라는 구체적인 행동 지침을 찾을 수 없어 우리 사무실만의 행동 방침을 짜기로 했다. 비상팀을 꾸리고 재택근무를 우선적으로 해야 하는 직원들의 기준을 정했다. 기저 질환이 있는 직원, 대중교통을 이용해야 하는 직원, 어린 자녀를 돌봐야 하는 직원들을 차례로 재택근무 시키기로 했다. 그리고 독일 내의 뉴스와 유엔 본 캠퍼스에서 제공되는 브리핑을 종합해 가면서 우리만의 판단에 의한 순차적 재택근무에 들어갔다.

며칠 사이 하위 3순위에 속한 직원들까지 재택근무를 해야 할 정도로 상황은 급박하게 돌아갔다. 마지막 그룹을 집으로 보내고, 나를 포함한 나머지 몇몇 직원들이 사무실 비상 운영에 대해 논의할 무렵 독일 정부와 유엔 본 캠퍼스로부터 재택근무를 권장한다는 공식 발표가 나왔다.

그 즉시 우리는 회의를 중단하고, 나를 포함한 나머지 비상근무 직원들마저 모두 각자의 컴퓨터를 챙겨 들고 집으로 향했다. 그림엽서에 나올 것 같은 경치를 배경으로 한 사무실에서 새 업무를 시작한 지 두 달이 조금 넘은 시점에 생전 경험해 보지 못한 재택근무로 집 안에 갇히게 된 것이다.

그때만 해도 이 새로운 형태의 삶이 1년 8개월이라는 긴 시간 동안 지속되고, 그 상태에서 내가 퇴직하는 순간을 맞이하리라는 것은 상상도 하지 못했다. 그러나 그렇게 '끝의 시작'은 조용히 다가오고 있었고, 나는 햇빛 왕창 쏟아지는 아파트에서 '이건 또 무슨 조화인고?'하는 의문의 똬리 틀기에 들어갔다.

팔자에 없던 재택근무

내가 직장 생활을 하며 철칙같이 지켜온 습관이 하나 있었으니, 바로 사무실 일을 절대 집으로 가져가지 않는다는 것이다. 근무 시간 중에 딴짓하지 않는 대신 칼퇴근을 했고, 사무실을 나선 이후에는 일에 대한 모든 것을 그다음 날 출근할 때까지 머릿속에서 지웠다. 업무용 휴대폰은 물론이고 집에 서류 한 장 들고 간 적이 없다. 오랫동안 우리 집에는 컴퓨터가 없었고, 그림 연습을 위해 아이패드를 하나 장만한 후에도 집에서 업무 관련 이메일을 체크하는 일은 금기시했다. 집에서는 아예 직장과의 연락을 차단했다.

사무실과 집이라는 공간 사이에는 물리적인 벽뿐만 아니라 심리적인 벽도 쳐져 있었다. 어쩌다 사무실에서 있었던 언짢은 일 때문에 집에서 저녁 시간을 편히 지내지 못하게 되는 상황이 발생하면 그것만큼 화나는 일이 없었다. 사무실의 일이 내 삶의 시간을 침입한 느낌을 받았기 때문이다.

그렇게 까탈을 부리던 내게 재택근무는 한마디로 상상할 수 없는 형태의 현실이었다. 사무실에서 가져온 컴퓨터를 식탁 위에 올려놓고, 식탁 주위로 보이지 않는 선을 그었다. 업무 시간이 끝나면 식탁 쪽으로 눈을 돌리지 않았고, 그쪽에는 불도 켜 놓지 않았다. 어쩌다 컴퓨터와 눈이 마주치면 업무에서 오는 긴장감이 그대로 느껴졌기 때문이다. 괴물이 따로 없었다.

그러나 원치 않는 일상이라도 반복되다 보니 밀고 들어오는 힘이 있었다. 몇 달의 시간이 지나 여름쯤에 이르러서는 식탁 위로 보이는 사무실 살림살이에 조금 무뎌지기 시작했다. 서류를 한쪽으로 치워 놓은 채로 식탁에서 밥을 먹을 수 있게 됐고, 시간이 조금 더 지나자 업무 채팅을 끝내고 자투리 시간에 부엌에서 점심 준비를 할 정도의 심적 여유도 생겼다. 식탁 안의 사무 공간과 나머지 나의 생활 공간이 조금씩 살을 섞기 시작했다.

시간이 또 흘러 가을이 됐다. 독일 내의 코로나 상황은 다른 나라들에서와 마찬가지로 주기적으로 나아졌다 악화되는 패턴을 반복했다. 아무래도 재택근무가 장기화할 것 같아 허리와 어깨의 통증을 유발하는 식탁에서의 불편한 업무 환경을 개선하기로 했다. 그래서 높낮이 조절이 되고, 의자 없이 서서 일할 수 있는 책상을 하나 사서 들여놨다. 참으로 오랜만에 집에 책상이라는 것이 생겼는데, 이 입식 책상은 내가 돌아다니면서 일을 할 수 있게 해주었다. 책상을 중심으로 하루 종일 왔다 갔다 하며 업무도 보고, 간단히 식사도 하고, 저녁에는 친구들과 채팅도 하며 지냈다. 굴러들어 온 사무 공간이 아파트 한가운데에서 내 생활의 박힌 돌을 빼낸 격이었다.

나는 그즈음에 이르러서는 혼숙하게 된 생활 공간과 사무 공간에 익숙해졌을 뿐 아니라 일이라는 측면에서만 보면 그렇게 집에서 하는 게 더 편하다는 생각까지 하게 됐다. 우선 출퇴근에 들였을 시간이 고스란히 내게 덤으로 떨어졌다. 아침에 조금 늦게 일어나도 되고, 저녁에는 일을 끝내고 해 지기 전에 산책할 시간이 생겼다. 무엇보다 디디를 하루 종일 옆에 두고 일을 할 수 있다는 것은 꿈에도 생각하지 못한 축복이었다.

원격 사무실 운영도 생각보다 그리 힘들지 않았다. 처음에는 혹시나 하는 염려에서 직원들에게 업무 시작과 종료 시각을 필요 이상으로 각인시키고, 점심 식사를 위한 시간도 공통으로 정해 놓았다. 그러면서 나머지 근무 시간대에 연락하면 즉각 응답이 있어야 한다는 무언의 압력도 주었다. 근무 시간에 보낸 메시지에 이유 없이 답을 하지 않거나, 전화 연결이 되어도 예상치 못한 외부 장소에 나가 있는 것이 자주 발견되면 수상한 것이다. 쓸데없이 자신의 업무 스케줄을 일일이 자주 보고하는 것도 제 발이 저린 경우일 가능성이 크다.

다행히 근무 태만을 의심할 만한 이런 행동들은 접수되지 않았고, 직원들은 모두 양심껏 근무 시간을 지키며 일을 하는 것 같았다. 그런 믿음이 생긴 후에는 나도 그들에게 좀 더 많은 자율적 근무를 허락하게 됐다. 햇빛이 좋은 날에는 잠시 산책하고 비운 시간만큼을 알아서 보충하게 했다. 또 코로나 예방을 위한 처치의 하나로, 사람들이 붐비지 않는 시간대에 장을 볼 수 있도록 일주일에 하루는 업무 시작과 종료 시각을 조절할 수 있게 해 주었다. 예전에 사무실로 출근할 때도 나는 직원들의 출퇴근과 근무 태도는 그리 따지지 않는 편이었는데, 재택근무를 하면서는 어차피 눈으로 확인할 수 없을 바엔 아예 나의 관심망에서 제외하기로 했다. 그 대신 마감일 준수와 결과물 완성에 대한 관리의 고삐는 늦추지 않았다. 그것으로 충분했다.

돌아보니 재택근무를 하는 동안 우리 사무실은 전년 대비 약

10억 원이 넘는 펀드를 더 끌어올 수 있었다. 남들이 재택근무와 코로나로 인한 폐쇄령 등으로 돈을 쓰지 못하는 동안 우리 사무실은 예산 실행을 칼같이 해, 남들이 소진하지 못한 펀드가 우리한테 모이면서 얻은 결과였다. 햇볕 쬐며 산책하고, 사람 붐비지 않는 시간에 시장 보는 여유를 누리면서 얻은 결과치고는 나쁘지 않았다.

이래도 되나

재택근무로 인한 변화는 사무실 밖에서도 있었다. 회의 참석은 아파트에 앉아서 화상으로 하게 돼 하루에도 몇 번씩 동에 번쩍 서에 번쩍할 수 있었다. 아니, 동에 있는 사람, 서에 있는 사람을 묶어서 한꺼번에 번쩍할 수도 있었다. 이렇게 간단히 해결할 수 있는 일을 예전에는 비행기 타고 이산화탄소를 대기 중에 뿜어내며 출장을 다녔으니, 참으로 어이없는 짓을 하고 살았다는 생각이 들었다.

미디어에서는 이렇게 하루아침에 바뀐 세상을 뉴노멀이라고 부르기 시작했다. 불과 몇 달 전만 해도 너무나 당연시되던 것들이 하루아침에 "그렇게 하지 않아도 되잖아?"라는 의문의 꼬리를 달게 됐다. 혁명이 아닌 이상 세상은 하루아침에 변하지 않는데, 코로나는 누구나가 두 눈으로 확인할 수 있는 변화를 모두에게 경험하게 했다.

나는 전생에 무슨 덕을 쌓았는지, 이런 엄청난 변화를 내 아파트 한가운데서 관조하듯 경험하고 있었다. 그러나 바깥세상은 그리 평온하지 않았다. 많은 이들이 갑자기 뒤집힌 세상으로 인해 일자리를 잃거나, 아니면 도산의 위기에 처하게 됐다. 관광산업이 국가의 주 수입원인 태평양 지역의 섬나라들은 인구의 대부분이 일자리를 잃어 나라 전체가 존폐 위기에 처하게 됐다.

맘이 편치 않았다. 왜 어떤 사람들은 세상이 바뀌어도 그대로 살아갈 수 있고, 아니, 더 편하게, 더 부자로 살아가게 되고, 왜 어떤 사람들은 변화의 바퀴 속에 말려 들어가 버려야 하는지. 왜 세상에는 운 좋은 사람들과 그렇지 않은 사람들이 극명하게 나뉘어 잔인하게도 옆에서 같이 숨 쉬며 살아가야 하는 것인지.

예전에 파키스탄에서 있었던 일이 하나 생각난다. 기사가 운전하는 자동차를 타고 퇴근하던 중이었다. 신호등이 빨간불로 바뀌면서 차들이 멈춰 서는 바람에 나는 내 차 바로 옆에 있던 만원 버스 안의 사람들과 1미터도 안 되는 거리를 두고 서로 올려 보고 내려 보는 상황에 부닥치게 됐다. 40도를 넘는 한여름 날씨에 에어컨도 없는 버스에 서로 엉겨 붙어 있는 사람들이 신기한 듯 차 안에 혼자 덩그러니 앉아 있는 나를 내려다봤다. 나도 잠시 그들을 올려다

보았으나, 왠지 그들의 눈길이 40도 이상의 따가움으로 다가와 눈을 돌리고 신호등이 빨리 바뀌기만을 기다릴 뿐이었다.

그 사람들이 내가 그들을 돕는 직업을 가진 사람인 줄 알면 어떤 생각을 할까? 남 돕는 일을 한다지만, 우리가 업무로 하는 일의 효과와 성과는 우리 개인이 확인하기는 힘들다. 개발 사업은 시간이 걸리고, 들인 노력의 결과를 인과 관계로 밝혀내기가 힘들기 때문이다.

반면 내가 내 직업으로 인해 누리는 복지는 내 손 안에서 분명히 느껴진다. 내 삶의 안락함과 그들의 힘든 삶을 맞대어 비교해서 죄책감을 느껴야 할 필요는 없지만, 나는 국제기구에서 일하는 동안 자주 경험한 이 격차에 대해서 항상 불편함을 느꼈다.

코로나로 세상이 뒤집어지는 동안, 가난한 자들이 더욱 가난해지는 동안, 나는 아파트 한가운데서 일하다가 녹음이 우거진 거리에 디디를 산책시키고, 다시 일하다가 컴퓨터 끄고 하루를 마쳤다. 봄에 피는 꽃, 가을에 지는 낙엽, 겨울에 날리는 눈을 시야 트인 내 아파트에서 바라보며 일하고, 월급받고, 밥 먹고 살았다.

그리고 나는 오늘도 질문을 하나 한다. "그래도 되는 건가?" 이것이 뜬금없는 질문이어야 할까?

"우리 잘 하고 있나요?"

2021년 11월.

나의 퇴직 소식을 알리자, 독일 정부 관리들은 나에게 식사 초대를 하고 싶어 했다. 나는 아니라고 했다. 이삿짐도 떠나고 한국으로 가는 비행 일정도 확정된 상태에서 코로나라도 걸리면 큰일이었다. 작별 인사는 모두 온라인으로 했다.

그런데 예외가 한 곳 있었다. 독일에는 해외 개발 원조를 담당하는 연방 정부 부처가 따로 있다. 'BMZ'라는 약자의 경제협력개발부이다. 이곳은 우리 센터가 연방 교육부와 더불어 가장 긴밀하게 협력하는 곳이고, 우리 사업에 정기적으로 예산을 지원하는 곳이기도 했다.

BMZ의 쿤 국장은 점심 초대를 거절했더니 작별 인사를 하러 우리 사무실로 직접 오겠다고 했다. 내게 작별 인사하는 게 뭐 큰 일이라고 이 코로나 난리 통에 직접 오신다고 하나, 이왕 만날 거면 도움을 받은 내가 찾아가야지. 결국 나는 그녀의 사무실로 찾아가 퇴직 인사를 하게 됐다.

맨입에 이별하는 것이 아쉬웠는지, 쿤 국장은 작은 회의실에 다과를 준비해 놓고 나를 맞이했다. 부하 직원이 있는데도 국장이 다과를 손수 내왔다. 유네스코 대표에 대한 예의를 차리기 위함인 것 같았다. 나는 앉자마자 머리를 조아리는 마음으로 그동안 우리 센터를 지원해 줘서 감사하다는 이야기부터 꺼냈다. 사실이기도 하고, 그런 상황에서 내가 가장 당연하게 해야 하는 인사말이기도 했다.

쿤 국장은 BMZ가 제공한 자금을 효과적으로 잘 써줘서 오히려 정부가 고마워하고 있다고 했다. 인사치레만은 아닌 듯했다. 우리가 성공적으로 수행한 사업들을 일일이 나열하면서 센터 책임자인 나의 리더십을 칭찬했다.

회원국들이 내는 개발 기금은 경쟁을 거쳐야 하기 때문에 따내기가 쉽지 않다. 동시에 돈을 주는 회원국의 입장에서도 효과적으로 기금을 사용하는 실행 기관을 만나는 건 쉽지 않은 일이다. 그런 차원에서 기금을 잘 사용해 준 기관이 있으면 기특하게 여길 수는 있다. 하지만 나는 그때까지 "우리 돈 잘 써줘서 고맙습니다"라고 대놓고 이야기하는 공여국은 본 적이 없었다. 기금 사용에 트집을 잡지 않으면 그것만도 다행이라고 여겼고, 그게 우리가 받을 수 있는 칭찬이었다.

독일 정부는 달랐다. 쿤 국장은 우리의 노고에 감사하는 것을 넘어 공여국으로서 독일 정부의 태도는 어땠냐는 물음도 던졌다. 자신들이 어떻게 하고 있는지 알고 싶고, 개선할 부분이 있으면 허심탄회하게 이야기해 달라고 했다. 그제야 나는 쿤 국장이 왜 나를 찾아와서까지 만나고자 했는지를 알 것 같았다. 떠나는 유네스코 책임자에게 공여국으로서 자신들의 태도와 효율성에 대한 코멘트를 듣고 싶었던 것이다.

그날 국장에게 어떤 대답을 했는지는 기억이 나지 않는다. 다만 국장과의 면담을 끝내고 나오면서 그날 자리를 함께한 쟈넷에게 이렇게 말한 기억은 난다. "너희 나라 참 멋져. 사업을 실행한 기관에게 사업 자금을 댄 기관의 태도를 묻다니 말이야. 부하 직원에게 사장님이 그동안 일을 시킨 자기 태도가 어땠냐고 묻는 거잖아?"

쟈넷은 BMZ의 사업을 실행하는 한 축인 GIZ에서 일하는 관리다. 우리나라의 코이카(KOICA)* 같은 곳으로, BMZ와 우리를 연결해 주는 역할도 많이 해서 그날 다과에 동석하게 된 것이었다. 그런 그녀의 대답 또한 아주 쿨하기 그지없었다. "응, 자주 있는 일이야."

존경스러웠다. 요즈음 국제 사회에서는 '파트너'라는 단어가 유행이다. 돈을 내는 자, 그 돈을 받아 사용하는 자, 그 돈의 혜택을 보는 자, 모두 동등한 파트너라는 이야기다. 대부분의 국가들, 특히 돈을 내는 개발지원국들은 이 말을 그저 외교적 발언으로만

한국국제협력단(Korea International Cooperation Agency, KOICA)은 우리나라의 대외 무상 원조를 주관하는 외교부 산하의 정부 기관이다.

치부한다. 그러나 독일은 그 단어의 뜻을 정확하게 알고 있는 것 같았다.

그런 나라를 내 커리어의 마지막 시점에 만난 것이 아쉬웠다. 그나마 그런 나라도 있다는 것을 확인하고 이 국제 개발 세계를 떠나는 것이 다행으로 여겨졌다. 멋있지 않은가, 그런 나라?

6장

돌고 돌아 한국으로

어디 가서 살 것인가?

오랫동안 은퇴에 대해 많은 생각을 해 왔지만, 정작 마지막 퇴직 순간까지 나는 은퇴 후 어디로 가서 살 것인지에 관해서는 결정을 내리지 못하고 방황했다. 파리에 유일한 내 소유의 아파트를 갖고 있었으나, 은퇴 후 프랑스에서 살 거라는 생각은 처음부터 하지 않았다. 파리에서 두 번 병원에 입원한 적이 있는데, 그때 병상에서 받은 아침 식사가 트라우마였기 때문이다.

안 그래도 아파 죽을 것 같은 상황에서 입천장 벗겨지는 토스트, 한약같이 쓰디쓴 차, 차가운 과일퓌레와 요구르트를 아침으로 먹어야 하는 것이 정말 싫었다. 젊었을 때 친구들로부터 '백반'이라는 별명을 들었을 정도로 한식 위주의 식단을 즐기던 내게 그런 식단은 형벌에 가까웠다. 나이 들어 프랑스 요양 시설에 들어가 몇 개 남지 않은 이빨로 딱딱한 바게트를 먹어야 한다고 생각하니, 그건 아니다 싶었다. 은퇴 후에는 밥을 먹을 수 있는 곳으로 가야 할 것 같았다. 어찌 보면 단순한 생각이었지만 진심이었고, 그런 이유에서 나는 유엔 퇴직자에게 세금 면제와 영주권 혜택까지 주는 다른 몇몇 유럽 국가들도 나의 은퇴지 리스트에서 일찌감치 제외하였다.

그리고 동남아로 눈을 돌렸다. 물론 밥을 먹을 수 있는 곳이라는 것이 큰 이유였다. 게다가 인건비가 저렴해서 나이 들어 요양 인력을 쉽게 구할 수 있겠다는 꼼수 계산도 있었다. 문화적으로 서양보다는 더 친근하고, 지리적으로 한국과 가깝다는 것도 장점 중의 하나였다. 그러나 동남아는 출장으로는 많이 방문했어도 머물러서 살아 본 적은 없는 곳이었다. 생판 모르는 곳으로 삶의 기반을 모두 옮겨가 거기서 생을 마감하겠다는 생각은 암만해도 리스크가 컸다. 동남아 옵션도 흔들렸다.

결국 은퇴지를 정하지 못한 채 퇴직을 2년 앞둔 2019년 말에 독일로 전근을 가게 됐고, 전근을 가면서 아파트를 팔고 파리에서의 나의 생활 기반을 완전히 접었다. 그런데 아파트를 팔면서 적지 않은 현금이 생기자 이것을 어딘가에 예치해야 하는 문제가 발생했다.

그 당시는 코로나로 인해 세계 금융 시장이 요동을 치고 있었다. 프랑스와 독일의 은행에서는 온갖 투자 상품을 소개하며 내

돈을 유치해 가려고 했다. 내가 배짱이 좋은 사람 같으면 그들의 말에 솔깃했을 것이다. 그러나 나의 소망은 소박했다. 아파트 판 돈을 최종 정착할 곳으로 가져가 새 보금자리를 마련하는 데 사용하고 싶은 생각밖에 없었다. 하지만 나는 아직 어디로 가서 정착할 것인가에 관한 결정을 내리지 못한 상태에 있었다.

이런 상황에서 최종적으로 고려하게 된 제3의 옵션이 한국행이었다. 그때까지 나는 한국으로 다시 돌아간다는 생각은 의식적으로 멀리해 왔다. 그 이유는 내가 다른 지역으로 가거나, 혹은 가지 않겠다고 했던 이유처럼 단순하지는 않았다.

나는 이십 대 초반에 집을 떠나 예순이 넘도록 대부분의 세월을 가족과 멀리 떨어져 혼자 살아왔다. 큰 딸이지만, 한국 가정에서 맏이에게 기대되는 역할은 해 본 적이 없다. 가족과의 관계가 나쁜 것은 아니었으나, 그들과 거리를 두고 사는 것에 익숙했던 지라 은퇴를 하고 한국으로 돌아가 가족들 가까이 사는 것에 대한 두려움이 있었다.

그러나 그 당시 내가 처한 상황에서 도움을 청할 수 있는 곳은 그래도 가족이었고, 내가 알던 나라 한국이었다. 가족의 조언으로 파리 아파트 판 돈은 한국으로 보내게 됐다. 그때까지 내게 한국은 나의 최종 도착지로 "예스"도 "노"도 아닌 중립국이었는데, 내가 처한 상황 때문에 별안간 최우방국으로 편입되었다.

그렇게 해서 얼떨결에 대한민국 서울 한복판에 정착하게 됐고, 그런 지도 어언 2년이 되어 간다. 한국은 살기에 편리한 곳이다. 오랜만에 돌아와 생소한 것들도 많았으나 정착하는 데 긴 시간이 걸리지 않았고, 사회적으로나 문화적으로 재적응하는 데도 큰 어려움은 없었다. 그동안 일을 하면서 이곳저곳에서 산 경험으로 세상은 천국과 지옥으로 구분해서 볼 것이 아니라 '조금 천국'인 곳과 '조금 지옥'인 정도로 생각하는 것이 좋다고 내린 결론도 새 환경에 유연성 있게 적응하는 데 도움이 됐다. 오길 잘했다는 생각이다.

무엇보다 염려했던 가족과의 관계도 큰 문제없이 유지되고 있다. 만약 내게 어려운 일이 생기면 옆에 있는 가족이 도와주겠지만, 나는 그것을 당연하게 여기지 않는 자세로 살고 있다. 가족은 다른 사람보다 조금 더 잘 아는 사람 정도로 여기는 게 좋다는 생각이다. 상점에서 고객 카드를 하나 만들라고 하면 나는 싫다고 하는데, 내가 죽고 나면 식구들이 와서 카드를 말소해야 하는 번거로움이 생기리라는 것이 그 이유다. '남'을 귀찮게 하는 일은 경계해야 한다. 조금 잘 아는 '남'이라도 말이다. 다시 돌아온 내 조국에서도 나는 평생 익숙하게 살아온 '이방인'으로서의 경계를 늦추지 않는다.

명함 없는 삶을 반긴다

은퇴 후 한국에 도착하자마자 어느 모임에 나가게 됐다. 아는 선배가 유네스코 일에 대해 알고 싶어 하는 사람이 있다면서 그 사람과의 만남을 주선했다. 만남을 요청한 상대방은 나를 보자 인사를 하고 명함을 내놓았다. 순간, 나는 당황했다. '내 소개는 어떻게 하지? 이제 명함이 없는데?'

잠시 멈칫하긴 했지만, 나는 곧 호연한 태도로 "저는 이제 은퇴를 해서 명함이 없습니다. 최수향이라고 합니다"라고 했다. 기다려 온 퇴직의 흥분이 채 가라앉지 않은 시점이어서 백수 선언이 쉽게 나왔다. 그렇게 나를 소개하고 나니 홀가분한 기분이 들었다. 명함을 내밀고 거기에 적힌 책임에 준하는 비즈니스를 하지 않아도 된다는 생각에 마음이 느긋해졌다.

'오, 이 느낌 괜찮은데'라고 속으로 생각하고 있는데, 옆에 있던 선배가 "명함을 다시 박아. 옛날에 누구였다는 걸 넣어서 떡하니 하나 만들면 되지. 그래도 명함이 있어야 사람들을 만날 수 있다구"라고 했다. 그러면서 그 선배는 자신의 명함을 보여줬다. 은퇴한 지 20여 년이 넘은 그 선배는 아직도 여러 줄의 '자리'를 갖고 있었다.

나는 퇴직하기 오래전에 은퇴 생활에 대한 원칙을 하나 세워 두었다. 그것은 예전 직장이나 거기서 하던 일과 관련된 일은 절대

하지 않겠다는 것이었다. 특히 조직을 통해서 해야 하는 사회생활은 크든 작든 더 이상 하지 않겠다고 다짐했다. 파트타임으로도, 심심풀이로라도 직장이라는 곳에는 더 이상 발을 디디고 싶지 않았다. 명함 없는 삶은 내가 오래전부터 꿈꿔온 삶이었다.

'일'은 직장에 있을 때 내가 할 수 있는 만큼 열심히, 그리고 최선을 다해서 했다. 더 이상 미련이 없었다. 그 대신 나는 인생 후반에는 그동안 하고 싶었지만 먹고사는 일 때문에 할 수 없었던 일을 하고 싶었다. 과거와 결별한 채 완전히 사적인 개인으로 돌아가 일상을 만지고 느끼며 살 것을 꿈꿔 왔다.

그래서 은퇴 후 첫 1년을 애초 계획했던 대로 보냈다. 하고 싶었던 그림을 시작했다. 서예를 오랫동안 해 왔던 터라 동양화를 배우기로 했다. 아무 활동을 하지 않아도 동네 시장의 메리야스 가게 아주머니, 시계 수리점 아저씨, 목재소 할아버지, 쿠키 가게 언니, 이불 가게 사장님과 친분을 쌓느라 나름 바빴다.

하루아침에 "국장님"에서 "동네 할머니"로, "디디 엄마"로, 아니면 그냥 "최수향"으로 탈바꿈하게 되었다. 그런 나의 변신에 주위 사람들은 의아해했다. "최 국장은 요즘 뭐 한대?" "아무것도 안 한대." "왜 활동을 안 하지?" "아마 잠시 머리도 식힐 겸 취미 활동 하다가 조만간 밖으로 나오겠지."

내 생각은 견고하게 다르다. 태어나서 공부하고 배우느라 인생

전반의 30년을 보냈다. 그 후 또 다른 30년은 직장 구하고 치열하게 밥 먹고 사는 일에 집중했다. 나머지 마지막 30년이 주어진다면 그 시간은 주위의 기대치에 눈 감고 나를 위해 즐기면서 살고 싶다.

명함은 자기가 하는 일을 소개하는 종잇장에 불과하다. 그것을 우리 자신의 얼굴로 착각해서는 안 된다. 그 종잇장은 언젠가는 바뀌거나 사라진다. 명함의 얼굴이 벗겨졌을 때 당당하게 내밀 수 있는 나만의 얼굴이 있어야 한다. 그래야 인생의 장이 바뀔 때 다른 모습으로 탈바꿈도 할 수 있고, 그러면서 인생의 넓이도, 깊이도 더해 갈 수 있는 것이다.

외국어가 재산이 아닌 유물이 되면

크게 하는 일은 없지만, 나는 은퇴 후에도 자존감 하나는 빳빳하게 유지하며 살고 있다. 그런 내가 내 자신에 대해서 두려워하는 것이 하나 있는데, 바로 나이 들어 가면서 평생 노력해 얻은 외국어 능력을 잃으면 어쩌나 하는 불안이다.

내가 할 수 있는 외국어는 영어, 프랑스어, 그리고 약간의 일본어다. 국제 무대에서 활동하는 사람들이 평균적으로 두세 개의 외국어를 유창하게 할 수 있는 것에 비하면 나는 그저 평균에 지나지 않는다. 그래도 한국에서 영어 하나만으로도 힘들어하는 사람이 많은 것을 고려하면 두세 개의 외국어를 할 수 있다는 건 흔치 않은 재주다.

영어는 중학교에서부터 학과목으로 배우기 시작했고, 프랑스어는 파리에서 직장 생활을 시작하면서 업무를 위해 배웠다. 일본어는 50대 중반에 이르러 나이 들기 전에 외국어 하나를 더 습득하고 싶어서 시작했다.

영어는 나에게 있어서는 고마운 자식이다. 남보다 조금 나은 영어 실력 덕택에 나는 첫 직장을 얻을 수 있었다. 프랑스어도 감사하다. 유네스코 입사 초기에 죽을 고생을 해서 익힌 덕에 영어와 프랑스어가 같이 사용되는 국제기구에서 기죽지 않고 생활할 수 있었다. 나이 들어 덤으로 익힌 일본어는 주위에 많았던 일본 지인들과 각별한 친분을 쌓는 데 도움이 됐다.

인생의 반이 넘는 시간을 외국에서 보냈기 때문에 그 시간만큼 나는 영어와 프랑스어로 살았다. 이 두 외국어는 나의 언어 습관뿐만 아니라 사고방식도 지배해 왔다. 은퇴 후 더 이상 아무런 직책을 갖고 있지 않다는 것을 받아들이기는 쉬워도, 외국어를 더 이상 못하는 나는 상상하기도 힘들고 쉽게 용납되지도 않는다. 갑자기 다른 사람으로 살아야 하는 느낌이 들기 때문이다.

하지만 한국에 돌아온 뒤로 영어와 프랑스어를 사용할 기회는 자연스레 줄어들었다. 어쩌다가 외국에서 친구들이라도 찾아와 영어나 프랑스어로 수다를 떨고 나면 잠시 잊어 버렸던 나를 다시 찾은 듯한 느낌이었다. 나의 자존감 하나는 철통같다고 생각했는데, 내가 이 언어들을 잃는 날이 오면 그 철통에서 깡통 소리가 날 것 같은 생각이 들기 시작했다.

심리적 충격뿐만 아니라 평생 투자해 온 재산을 잃는 듯한 상실감도 있다. 내가 이 언어들을 습득하기 위해 들인 시간과 노력은 결코 적지 않다. 학교에서 영어를 배우는 동안 단어장을 손에서 놓아 본 적이 없고, 파리에 도착해서는 하나도 알아들을 수 없는 프랑스어 TV를 자나 깨나 껴안고 살았다. 나이 들어 배운 일본어는 단어 외우기가 쉽지 않아 집 안에 단어 메모지를 도배하고 살았다. 아마도 내 인생에서 가장 많은 시간을 투자한 것이 외국어 공부일 것이다.

문제는 이제 영어도, 프랑스어도, 일어도 일상에서 쓸 일이 없는 환경에서 살고 있고, 그런 상황에서 이 외국어들을 유지하는 것이 쉽지 않다는 것이다. 한국에 도착한 후 몇 개월이 지나 영국에 전화를 걸 일이 생겼는데, 오랜만에 영어를 하려고 하니 말이 금방 나오지 않았다. 깜짝 놀랐다. '아니, 잠시 몇 달 사용을 안 했다고 이렇게 감이 멀어지나?'

시간이 더 지나고 나이가 더 들면 아마도 나는 이 언어들의 상당 부분을 잃게 될 것이다. 유지 관리의 노력은 점점 더 힘들어질 것이고, 외국어 실력은 분명 노화 곡선을 타게 될 것이다. 그때 나의 모습을 나는 어떻게 받아들일 것인가? 사실 나는 이런 문제에 대해서 생각해 본 적이 없다. 누가 외국어를 배워서 평생 사용하다가 그 능력이 쇠잔해질 무렵 상실감에 휩싸일 자아를 고민해 보았겠는가?

답을 찾아보려 애쓴다. 그런 차원에서 얼마 전 TV에서 본 프로그램의 장면 하나가 생각난다. 산속에서 혼자 강아지를 키우며 살고 있는 스님의 이야기다. 애틋하게 강아지를 돌보고 있는 스님에게 프로그램 진행자인 강아지 훈련사 강형욱 씨가 묻는다. "언젠가 강아지와 이별해야 하는 날이 오면 어떻게 하시겠어요?" 스님은 아무 말 없이 잠시 침묵한다. 그러더니 길게 숨을 쉬고는 "받아들여야지요"라고 한다. 그리고 둘이 아무 말 없이 산길을 계속 올라가는 모습으로 장면이 끝난다.

"받아들여야지요." 그 말의 울림이 크다. 직장을 구하기 위해서, 직장 생활을 하기 위해서, 사교를 위해서 죽어라 외국어 공부를 해야 할 때가 있었다. 이제 그 거창한 이유들은 사라지고, 공부를 할 수 있는 여력도 쇠잔해지기 시작했다. 받아들이자. 인생 흘러감의 자연적인 결과이고 과정이다. 언어 기능과 더불어 나의 일부가 사라진다고 할지라도, 그런 시간의 흐름을 받아들여야 한다.

나는 대신 마지막 날까지, 하향 곡선에 있더라도, 외국어 능력을 유지하기 위한 최소한의 노력은 멈추지 않을 것이다. 남 앞에서 유창하게 외국어를 해서 부러움을 사는 일은 없겠지만, 부족하면 부족한 대로 관리하고 유지하다가 '하찮은' 기회가 있을 때 도움이 된다면 그것도 훌륭한 일이라고 생각하기로 했다. 지나가는 외국인에게 길 안내라도 '폼 나게' 할 수 있으면 그것도 즐거운 일 아니겠는가?

'받아들이기' 지혜의 핵심은 무언가를 포기하는 것이 아니다. 그것은 이 세상의 모든 것은 무상하다는 사실을 이해하고 인정하는 용기를 이르는 말이다.

열정이 받쳐주는 은퇴 생활

나는 그리 어렵지 않은 가정 환경에서 나서 성장했고, 어른이 될 때까지 인생의 큰 역경을 겪은 적이 없다. 그러나 젊은 시절 마음 한구석에 항상 "왜 살아야 하는가?" 하는 질문을 달고 살았다. 그 질문과 짝을 이뤄 항상 뒤따라 나오는 또 하나의 질문은 "이대로 죽으면 안 될까?"였다.

그런 심리 상태가 계속되자, 캐나다에서 유학할 당시 같이 공부하던 일본인 친구 세쯔코에게 이런 속사정을 털어놓았다. 나보다 나이가 많고, 결혼해서 가정도 갖고 있는 인생 선배였다. 내 이야기를 조용히 듣더니 세쯔코는 "내 생각에 너는 열정이 없는 것 같아. 지금부터라도 네가 좋아하는 걸 찾아봐. 그러면 좀 더 적극적으로 인생을 살 수 있을 거야"라고 했다.

그러고 보니 나는 성격이 나름 까칠해서 싫어하는 것은 무지 많았지만, 좋아하는 것은 하나도 없었다. 그래서 세쯔코의 조언에 따라 내가 좋아하는 것을 찾아보기로 했다. 머리에 떠오르면 수첩에 적기 시작했다. 그러나 리스트는 쉽게 작성되지 않았고, 한참 시간이 흐른 후에 수첩의 첫 장에 적은 것은 고작 "나는 깻잎을 좋아한다"였다.

그러다가 오랜 시간이 지나 유네스코에서 직장 생활을 하고 있을 즈음, 드디어 처음으로 열정이라고 할 만한 것을 발견하게 된다. 그날은 정확하게 2003년 6월 17일이었다. 파키스탄에 출장을 나간 아침에 호텔 방으로 배달된 신문을 뒤적이고 있는데, 사회면에 실린 사진 한 장이 눈에 들어왔다. 한 여인이 넋 나간 표정으로 울고 있는 사진이었다. 사진 밑에는 여인의 남편이 테러 사건으로 살해되었다는 설명이 있었다. 울고 있는 여인의 고개는 옆으로 젖혀져 있었는데, 가누지 못할 슬픔의 무게가 기울어진 얼굴의 각도에서 그대로 느껴졌다. 눈은 감겨 있었고, 큰 입 역시, 고개처럼, 힘없이 옆으로 벌어져 있었다.

누군가의 슬픈 얼굴을 처음 본 것은 아니었을 텐데 그녀의 표정은 특별했고, 그 표정에서 그녀의 주체하지 못할 슬픔이 내게 고스란히 전달됐다. 나는 몸과 마음이 정지된 상태로 사진을 한참 들여다보다가 조심스럽게 사진을 신문에서 찢어 가방에 넣었다.

파리로 돌아오자마자 나는 사진 속의 여인을 그리기 시작했다. 그녀의 슬픔을 표현해 보고 싶었다. 뭔가를 해보고 싶다는 생각이 얼마나 강하게 느껴졌던지, 마치 소변이 마려워 화장실로 달려가는 사람 같았다. 그림을 제대로 배운 적이 없는 내가 그린 그녀의 모습은 조잡했다. 그러나 그것은 그리 중요하지 않았다. 내게는 뭔가를 강하게 해보고 싶은 마음이 생겼다는 사실이 중요했다.

그림에 대한 '마려움'이 커져만 갔다. 주위에 있는 것들을 아무거나 보고 그려 대기 시작했다. 주말은 물론이고 사무실을 나가는 주중에도 퇴근 후에는 시간 가는 줄 모르고 밤늦게까지 뭔가를 그려 댔다. 그러다가 저녁 미술반에 등록했고, 얼마 지나서는 화가 한 분을 선생님으로 모시고 본격적으로 그림 공부를 하기 시작했다.

그림은 생각만큼 쉽게 늘지 않았다. 항상 사무실 일이 바빴고 출장이 많았던 지라 꾸준히 앉아서 그림을 그릴 시간이 많지 않았다. 그러나 20여 년 동안 유네스코에서 직장 생활을 하면서 나는 틈틈이 예술에 대한 열정을 돌봐 왔다. 간헐적이나마 그림 그리기에서 손을 놓을 수가 없었다. 예술 작업 속에서 비로소 나라는 사람과 행복이라는 단어를 연결시킬 수 있었기 때문이다.

그 행복감은 신기하게도 오랜 시간 지속되었고, 급기야는 이거야말로 내가 은퇴 후에 열정을 바쳐서 해 볼 만한 일이라는 생각이 들기 시작했다. 남들은 퇴직한 다음날부터 여기저기 강의도 듣고 자기가 좋아하는 것을 그제야 찾기 시작하는데, 나는 이미 오랜 시간 나의 열정에 대한 탐색의 시간을 가졌다. 내가 은퇴한 뒤 한국으로 돌아온 날이 2021년 11월 23일. 나는 불과 며칠이 지난 12월 초에 지금 다니고 있는 화실의 문을 두드렸다. 퇴직 후 곧바로 좋아하는 일을 하기 위한 행동 개시에 들어간 것이다.

은퇴하고 나서 나의 삶을 옥죄던 직장 일이 사라진 지금, 가슴 떨리게 하는 일 하나 없이 살고 있다면 아마 지금쯤 방황하고 우울해하고 있을 지도 모르겠다. 성 어거스틴(St. Augustine)은 "열정에 빠져 정신이 없는 사람은 열정을 잃어버리고 정신없어 하는 사람보다 덜 헤매는 사람이다"라고 했다. 삶을 살아가는 데 있어서 열정 하나쯤은 찾아 두는 것이 좋다. 그래야 인생을 좀 더 쫄깃하게 동여맬 수 있고, 삶의 격자가 촘촘해지면 일상이 좀 넉넉해지는 시간에도 쓸데없는 생각을 할 공간이 줄어든다. 행복은 그렇게 캐는 것이 아닐까 싶다.

'다행'에서 찾는 행복

2017년 10월 7일, 파리. 그날은 아무 날도 아니었다. 내 생일도 아니고, 공휴일도 아니고, 특별히 기억할 만한 사건이나 사고가 있었던 날도 아니었다. 그런데 그날 나는 몇십 년 만에 일기를 다시 쓰기로 했고, 그 결심은 나의 삶에 중요한 변곡점이 됐다. 그런 결심을 하게 된 그날의 배경에 대해서 나는 일기장에 이렇게 적었다.

"지금 내 나이 쉰여덟. 2년 후면 예순이 되는데, 지나간 세월을 돌아보니 행복은커녕 즐거웠다는 소리도 쉽게 나오지 않는다. 화내고, 불평하고, 갈등에 시달린 기억만이 가득하다. 특별히 고된 삶은 아니었던 것 같은데 왜 지난 시간에 대한 나의 느낌은 이리도 우울할까? 앞으로 내게 남은 생이 한 30년 될까? 더 짧을 수도 있겠다. 세상에. 많은 시간이 속절없이 지나갔고, 남은 시간은 이리도 짧다니. 하루도 더 낭비할 수 없다. 나는 오늘부터 행복하고 즐거운 일 한 가지씩을 매일 찾아 여기에 적어 보기로 한다."

앞으로 살날이 얼마 남지 않았다는 것이 실존적 두려움으로 다가와 순간적으로 내린 결심이었다. 그러나 그 결심은 견고했다. 그날 이후 나는 6년이 넘는 오늘까지 하루도 빠지지 않고 일기를 쓰고 있다. 출장을 다닐 때도 가볍지 않은 일기장 노트와 만년필을 챙겨 갔다. 그렇게 그동안 쌓인 일기장이 스물두 권에 이른다.

처음에는 나를 행복하게 만든 순간들을 찾아보았다. 그런데 그런 '건수'는 많지 않았다. 행복이란 감정은 추상적이고, 지속적이지 못했다. 단계를 낮춰서 '즐거운 일'이 있나 살펴보았다. 그 역시 반복되는 직장 생활에서 쉽게 발견되지 않았다. 한 단계 더 낮추어 내가 잠시라도 기분 좋았던 순간이 있는지 둘러보았다. 찰나지만, 그런 순간들은 가끔 있었다. 길 가다가 바닥에 떨어진 낙엽 몇 개를 주운 날이 있었는데, 그날은 자연의 아름다움을 느낀 것이 감사해서 그것에 대해 적어 보았다.

일기장에 적을 만한 걸 찾다 보니 그런 것들은 결국 내가 뿌듯하게 받아들일 수 있는 자신의 모습과 무관하지 않다는 것을 알게 됐다. "나를 칭찬해"라고 할 수 있는 것들이 훈훈한 행복이었다. 반면 남이 열거해 주는 행복은 나의 행복 리스트에 들어가지 않았다. 유네스코 회의에서 하루 종일 '폼 나게' 연설문, 인사말을 읽고 온 날, 나는 그런 모습의 나에 대해 한마디도 적고 싶은 마음이 들지 않았다. 오히려 그런 날 나의 늦은 퇴근으로 늦은 시간까지 반려견을 돌봐 준 도우미에게 진심으로 감사의 말을 건넨 나를 칭찬했다.

시간이 지나면서 나는 하루에 감사할 수 있는 일 하나씩을 적어 가기 시작했다. 보통 화딱지 나는 일은 많아도 감사할 일은 쉽게 찾아지지 않았다. 그런 날은 일기의 앞부분에서 화나는 일을 씩씩거리며 적어 나가다가 끝부분에 와서 뜬금없이 "그래도 디디가 오늘도 잘 지냈으니 다행이다"라고 적고 끝냈다. 분노로 하루가 지나가는 것을 거부하고, 억지로라도 "오늘은 괜찮은 날이었어"라는 주문을 거는 것이다. 신기한 것은 그렇게 하고 나면 그날은 정말로 괜찮은 날이었다는 생각이 든다는 사실이었다.

6년이 넘는 기간 동안 나는 날마다 "다행이다"라는 소확행에서 행복을 찾는 연습을 해 왔다. 이 연습은 은퇴 생활을 하는 지금의 나에게 참으로 소중하다. 지금 나의 일상은 겉으로 보면 밍밍하다. 그럴싸한 모습으로 남 앞에 나설 일도 없고, 주위로부터 큰 부러움을 살 일도 없다. 그런 일상 속에서 다행스럽게 보낸 하루에 진심으로 만족해하며 하루를 마감한다. '폼 나는 일'이 개인의 행복과 관련해서는 다 부질없음을 깨달은 결과다. '다행'인 하루는 소모적으로 느껴지지 않아 좋다. 앞으로 남은 인생의 나날이 더 이상 소모적으로 느껴지지만 않는다면 그 이상 무엇을 더 바랄 수 있을까? 나는 죽는 날까지 최소한의 행복을 찾는 일기 쓰기를 계속할 것이다.

결혼보다 경제적 독립

어머니 나이 올해 92세. 치매를 오래 앓고 계신다. 지금은 내가 서울에 살면서 자주 찾아뵈어도 나를 잘 알아보지 못하시지만, 몇 년 전만 해도 엄마는 오랜만에 서울에 들른 나에게 치매 상태에서도 꽤나 '타당한' 질문 하나를 하시곤 했다.

내가 파리에 사는 당신의 큰딸이라는 것을 확인한 후에는 "얘야, 거긴 누구 없니? 흰둥이도 괜찮고 검둥이도 괜찮아"라는 말씀을 반복하셨다. 이제 다 늙어서 결혼이라는 인생 과제와는 거리가 먼데도, 큰딸이 결혼을 안 했다는 사실은 치매를 앓고 있는 엄마에게 여전히 해결해야 할 숙제로 남아 있었다.

내가 젊었을 때 부모님은 크게 결혼을 종용하신 편은 아니다. 내가 스물세 살에 캐나다로 유학 가서 서른이 되어 한국으로 다시 돌아올 때까지 엄마와 아버지는 내게 결혼 이야기를 꺼내신 적이 없다. 내가 공부하는 동안은 함구한다는 암묵적인 결의가 있으셨던 것 같다.

그러다가 내가 서른 살 노처녀가 돼서 한국으로 돌아오자, 부모님은 이제는 공부가 끝났으니 결혼을 생각해 보자는 의견을 내셨다. 나도 거기에 딱히 반대할 이유는 없어서 그때부터 집에서는 본격적으로 나의 결혼을 추진하게 됐다. 엄마는 중매쟁이들을 열심히 찾아다니셨고, 나는 주말마다 선을 보러 호텔 커피숍으로 출근했다.

내 재주로 선이 아닌 다른 방법으로 사람을 만날 방법도 없어서 선을 보러 나가기는 했으나, 몇 번 나가보니 도대체 선이라는 게 사람이 할 짓은 아닌 것 같았다. 조금 떨어진 테이블에서 중매쟁이와 엄마가 나를 지켜보는 가운데, 나는 보자마자 눈에 번쩍

띄는 사람을 찾아야 했다. 얼마 가지 않아 선을 보러 나가는 날은 엄마와 내가 전쟁하는 날이 됐다. 가기 싫다는 나와 그런 나를 달래며 새로 산 치마 입혀서 데리고 가려는 엄마와의 전쟁.

그렇게 몇 년 동안 이어지지 않는 인연을 찾아 엄마와 실랑이를 벌이다가 나는 파리로 유네스코 파견 근무를 떠나게 됐다. 파리에 도착했을 때 내 나이 서른일곱. 결혼 포기하기에 딱 좋은 나이였다. 그리고 이제는 한국으로부터 멀리 떨어져 있어 더 이상 선 보러 나가지 않아도 된다는 생각이 안도감으로 다가왔다.

그즈음에 이르러서는 부모님도 결혼이라는 것이 억지로 되는 게 아니라는 것을 이해하시고, 멀리 있는 딸의 인생사에 더 이상 왈가왈부하지 않으셨다. 한편 객지에서 생활하면서 나 스스로가 자연스럽게 사람을 만날 기회가 있었을 법도 한데, 그런 일은 일어나지 않았다. 팔자라고 생각했다. 그렇게 결혼은 점점 내 삶과 의지와 무관한 일이 되어 버렸고, 그런 사실을 나는 별 저항 없이 받아들였다.

본의 아니게 들어선 비혼의 길이 후회스럽지는 않다. 물론 약간의 단점은 있다. 혼자 밥을 먹어야 하는 건 싱글 라이프의 단점이다. 그러나 그건 아주 작은 희생이라고 생각한다. 모든 결정을 혼자 하게 되면, 실수가 있어도 내가 눈감아 주고 지나가면 된다. 잔소리 들을 일 없고, 속 편하게 살 수 있다. 무엇보다 나의 24시간을 내 맘대로 운용할 수 있다는 것은 죽을 때까지 포기하고 싶지 않은 장점이다.

아버지는 돌아가시기 얼마 전 나에게 이런 말씀을 하신 적이 있다. "나는 너에 대해서는 걱정이 없다. 결혼을 안 한 것이 아쉬운 점이기는 하지만, 넌 내가 없어도 혼자 잘 살아갈 거라는 생각이 들어서 너에 대해서는 내가 딱히 걱정할 것이 없다. 너는 내게 맘 편한 자식이다."

당시는 아버지가 암 진단을 받으시고 본인의 생이 얼마 남지 않았다는 것을 알게 된 뒤 훗날 남겨질 가족들에 대한 생각을 하고 계신 시기였다. 치매를 앓고 있는 엄마가 제일 걱정이었고, 결혼한 나의 형제자매에 대해서는 그들이 각자 짊어져야 하는 가족 부양의 책임도 걱정하셨다.

나는 모두 쓸데없는 걱정이라고 생각했다. 우리 형제자매 모두 먹고사는 것을 걱정할 상황은 아니었기 때문이다. 그러나 원래 집안의 가장으로서 자신이 떠난 뒤에 남겨질 식구들을 생각하다 보면 괜한 걱정까지 고개를 쳐드는 법. 분명 나에 대해서도 뭔가 '괜한' 걱정이 있으셨을 것 같은데, 아버지는 딱히 머리에 떠오르는 것이 없다고 하셨다. 아버지는 나의 경제적 독립과 안정에 엄지척을 해주셨다. 세상을 떠나시기 전 내려다본 자식의 모습에서 결혼을 하고 안 하고는 중요히 여기지 않으셨다. 당신께서 떠나신 다음에 자식이 혼자 두 발로 굳건히 서 있을 것인가 말 것인가 그것이 중요했는데, 나는 그 순간에 코끼리 다리처럼 듬직한 내 다리를 보여 드릴 수 있었다.

아흔이 넘은 치매 노인이 예순이 넘은 자식의 싱글 라이프에 대한 아쉬움을 아직도 놓지 못하시는 것이 안쓰럽고 죄송스럽기는 하지만, 나는 적어도 돌아가시는 순간에 아버지께 걱정을 끼쳐 드리지 않은 유일한 자식이라는 자부심이 있다. 그래서 엄마의 반복되는 질문에 대해서는 한 귀로 듣고 한 귀로 흘려 버리는 여유를 가질 수 있다.

결혼보다 경제적 독립이다. 후자가 생존에 더 필수적이기 때문이다.

힘든 약속을 하는 용기

"디디, 이제 비행기 타는 거야. 조용히 있어야 해. 알았지…? 알았어?"

나는 인천 공항으로 가는 탑승 게이트 앞에서 디디에게 계속 이런 말을 반복했다. 내가 떨리는 목소리로 부질없는 이야기를 계속하는 동안 나의 사랑스러운 강아지 디디는 가방 안에서 눈만

껌벅거릴 뿐 아무 반응이 없다. 23년간 근무한 유네스코에서 퇴직하고, 디디와 함께 한국으로 영구 귀국하는 도중에 펼쳐진 광경이었다.

독일 프랑크푸르트에서 서울까지의 비행시간은 10시간 남짓. 이 긴 시간 동안 작은 가방 안에 들어가 죽은 듯이 지내야 하는 디디에 대한 걱정이 이만저만이 아니었다. 그러나 디디는 다 계획이 있었던 듯 탑승 후 곧 잠에 빠져 들었다. 승무원이 와서 강아지 괜찮냐고 물을 정도로 미동도 없이 깊은 잠에 빠졌다. 본에 있는 집에서부터 시작된 출발 준비로 디디도 나름 긴장하고 피곤했을 테고, 그 덕에 곯아떨어진 것 같았다.

고맙고 기특했다. 인천 공항에 내려 디디의 머리를 한껏 쓰다듬었다. "정말 잘했어, 디디. 고마워!" 호들갑 떨며 얼굴을 비벼 대는 나를 디디는 조용히 핥아 주었다. "뭘 그런 걸 갖고 그러느냐"는 듯한 '쿨'한 인상이었다. 출발 몇 달 전부터 마음 졸이며 디디와의 비행길을 준비했던 나는 큰 안도의 숨을 내쉬었다. 한동안 나의 모든 패스워드에 '기특한 디디'라는 말을 끼워 넣고, 이 감격의 순간을 기억했다.

바쁜 직장 생활의 짐을 내려놓고 보니 디디는 어느새 열다섯 살의 노령견이 되어 있었다. 초롱초롱하던 눈망울에는 회색 망이 번지기 시작했다. 다리의 힘도 예전만 못하다. 껌딱지같이 내 곁을 떠나지 않던 녀석이 이제는 따라다닐 때도 힘을 안배한다. 은퇴하면 디디와 한가로운 시간을 보내리라고 막연히 생각했는데, 디디의 기력은 하루가 다르게 쇠해지고 있었다. 항상, 늘, 그렇게 내 곁에 있으리라고 생각한 내가 무심했던 것이다.

일하는 엄마를 둔 디디는 어렸을 때부터 기다리는 연습을 해야 했다. 출근으로, 출장으로, 그리고 휴가로 내가 집을 비우면 도우미의 품을 파고들었다. 새벽에 여행 가방 들고 나가는 나를 발견해도 디디는 어둠 속에서 미동도 없이 쳐다볼 뿐 나에게 달려 오지 않았다. '엄마'가 또 어딘가를 간다는 사실을 분명히 이해하고, "나는 같이 갈 수 없지"라는 현실을 파악한 다음 아무 말 없이 자기 자리에서 인내하며 지냈다.

디디가 원하는 것은 신나는 여행도, 소리 나는 장난감도 아니었다. 그저 엄마가 곁에 있어 주는 것이었다. 그런 녀석에게 나는 항상 그리워해야 하는 대상으로 남아 있었다. 그러다가 독일에서 코로나로 재택근무를 하면서 디디와 흔치 않은 평일의 일상을 보내게 되었는데, 그제야 나는 그동안 내가 디디에게 쥐여 준 그리움의 시간이 얼마나 길었는지를 처음으로 가늠하게 됐다. "세상에, 네가 이렇게 많은 시간을 엄마를 기다리며 살아왔구나."

서울에 도착한 후 나는 녀석에게 약속을 하나 했다. "더 이상 엄마를 기다리게 하지 않을게"라는 약속이었다. "정말이야?"라는 반문조차 할 줄 모르는 미물에게 한 약속이었지만, 나는 이것을 신에게 한 맹세처럼 지키기로 마음먹었다. 그리고 그에 따른 많은 불편을 감수하는 용기를 내고 있다.

무엇보다 외부에 나가서 해야 하는 활동을 최소화할 수밖에 없다. 봉사 활동, 내가 은퇴 후 하고 싶었던 일 중의 하나다. 그러나 포기하고 기부금 내는 것으로 대신하고 있다. 친구들과의 모임은 가능하면 집이나 집 근처에서 한다. 디디의 산책과 밥 먹는 시간을 맞춰 주기 위해서다. 외부 약속이 있어도 일정 시간이 지나면 나는 자리를 뜬다. "먼저 가겠습니다"라고 하면 지인들은 "디디한테 전화 왔어요?"라며 웃는다. 항상 그걸 이유로 먼저 일어서기 때문이다.

내가 그렇게도 기대하고 기다려온 은퇴 후의 자유 시간은 이렇게 디디에게 묶이게 됐다. 강아지에게 매인 나의 일상을 안쓰러워하는 사람들도 있다. 그러면 나는 "그래요, 혹이지요"라고 했다가 '혹'이라고 한 것이 디디에게 왠지 미안해, "사랑스러운 혹입니다"라고 바로 정정에 들어간다. 그러나 나도 동의의 한숨이 쉬어지는 건 사실이다. 나 스스로도 '이렇게 하는 것이 맞나?' 하는 의문도 든다. 디디뿐만 아니라 나 역시 늙어 가고 있는데, 지금의 시간을 디디에게 '올인'하는 것이 현명한 일인가?

그 질문에 대한 나의 답은 '그렇다'이다. 사랑하는 이와의 이별은 고통스럽다. 사랑하는 반려견과의 이별은 더욱 그러하다. 평생 아무 말 없이 주인의 작은 관심에 고마워하다가 녀석들은 어느 날 홀연히 떠난다. 그리고 철없던 '엄마, 아빠'들의 가슴에는 칼로 도려내는 후회가 남는다. "좀 더 잘해 줄 걸. 좀 더 많은 시간을 같이 보낼 걸."

눈에 넣어도 아프지 않을 디디와 언젠가는 헤어지는 날이 올 것이다. 그 순간이 오면 후회가 없어야 할 것 같다. 그래야 상상도 할 수 없는 아픔의 크기를 조금이나마 줄여 볼 수 있지 않을까 싶다. 내가 할 수 있는 최대의 후회는 디디에게 평생 "기다려"라는 말을 하고 지내는 것일 듯하다. 그런 후회를 하지 않기 위해서는 이제라도 디디 옆의 내 자리를 지켜야 할 것 같다.

반려견이 아니어도 우리에게 소중한 많은 사람들이 우리 곁에서 조용히 그들의 자리를 지키며 우리를 응원한다. 우리는 그들의 존재만으로도 위안받고, 그 힘으로 일을 하고 삶을 이어 간다. 한 번쯤은 그들 옆에 있는 우리 자리의 의미도 되새길 필요가 있다. 특히 그 자리를 오랫동안 비워서 그들에게 긴 부재의 시간을 안겨 주었다면 말이다. 그리고 기회가 왔을 때, 이번에는 우리도 그들 옆에 있어 주는 용기를 내보는 것이 필요할 것 같다.

디디의 따뜻한 뱃살에 내 얼굴을 파묻어 본다. 언제나 그렇듯 디디는 말이 없다. 지그시 눈을 감고 엄마의 얼굴을 품어 준다. 휴식처가 되라는 의미로 지어 준 '모래 언덕'이라는 자기 이름의 뜻을 알고 있다는 듯 말이다.

7장

못다 한 이야기

출장 가방 꾸리기의 노하우

23년간 유네스코에서 근무하면서 나는 출장을 얼마나 다녔을까? 세어 보지 않아서 모르겠지만, 짐 싸는 데는 나만의 노하우와 루틴을 갖고 있을 정도로 달인이 되긴 했다.

출장은 미리 계획하고 준비하는 때도 있지만, 갑자기 떠나야 하는 상황도 많았다. 그래서 짐을 싸는 데에 있어서는 속도가 관건이었다. 하지만 가방을 급히 챙기다 보면 빠트리는 것이 많아진다. 이를 방지하기 위해 나는 가방 속 물건들을 항상 같은 위치에 놓았다. 그런 식으로 짐을 싸면 가방을 한 번만 훅 훑어보아도 뭐가 빠졌는지를 금방 알 수 있다.

손가방도 같은 방법으로 정리해서 갖고 다녔다. 내 손가방에는 여권과 비행기 티켓, 지갑은 물론 간단한 화장용 파우치도 항상 들어가 박히는 지정된 구석이 있었다. 그러면 중요한 서류나 물품들을 수시로 체크할 수 있고, 필요할 때 재빨리 찾아 꺼낼 수 있다.

한편 출장을 떠날 때 '생존'을 위해 항상 챙겨가는 의외의 물건들도 몇 가지 있었다. 첫째는 소금이다. 저개발 지역으로 출장을 가면 공기 오염이 심하다. 더러워진 얼굴과 몸은 비누로 씻어내면 되지만, 하루 종일 퀴퀴한 공기를 걸러내다 지친 코와 목은 소금물로 씻어주는 수밖에 없었다. 사용하는 물은 어디를 가든지 병에 든 생수였다.

두 번째 필수 아이템은 귀마개였다. 사람들은 의식을 못 하지만, 공항에는 온갖 기계와 가게, 그리고 사람들에게서 나오는 어마어마한 소음이 있다. 환승이 잦은 여행길에는 피로감이 가중되어 공항의 안내 방송 소리조차도 듣기 싫을 때가 있다. 호텔 방에서는 에어컨, 난방, 옆방에서 나는 소리, 거리에서 들어오는 소리들과 싸워야 한다. 그럴 때는 달팽이만 한 귀마개 두 개가 나의 유일한 무기였다.

회의장에 앉아 있는 내 사진을 보면 나는 항상 몸에 숄을 걸치고 있다. 나의 세 번째 여행 필수품이다. 더운 나라로 출장을 떠나면 반드시 에어컨의 차가운 공기를 피하기 위한 덮개가 있어야 한다. 또 그럴듯한 패턴과 색깔의 숄이 있으면 옷을 좀 단순하거나 편하게 입어도 나쁘지 않은 패션 감각을 연출할 수 있다. 나는 옷보다 숄이었다.

가방은 항상 두 개를 들고 다녔다. 짐칸에 부칠 수 있는 일반 여행 캐리어와 비행기 앞좌석에 쏙 들어갈 수 있는 작은 보조 가방. 핸드백 없이는 다녔어도 나는 이 보조 가방 없이는 출장길을 나선 적이 없다. 그 속에는 큰 짐이 도착하지 않은 비상사태에도 출장 임무를 완수하기 위한 필살기 물건들이 들어 있었다. 출장 가서 발표해야 하는 자료나 전달해야 하는 물건들이 대표적인 예다. 동료들은 그런 보조 가방에 간단한 세면도구나 옷 한 벌씩을 넣어 다니기도 했다. 나의 비상 개인용품은 좀 달랐다. 나는 속옷 한 장을 꼭 챙겨 다녔다.

세면도구는 현지 호텔이나 상점에서 쉽게 조달할 수 있다. 옷은 치약 사는 것만큼 쉽지는 않지만, 호스트와 참석자들에게 짐이 도착하지 못해 누추한 모습으로 오게 됐다고 하면 너그럽게 양해가 된다. 그런데 짐이 도착하지 않아 속옷을 갈아입지 못하면 나만이 아는 불편한 진실이 생긴다. 호텔 안 상점이나 주변에서 속옷 파는 곳을 찾는 것은 쉽지 않다. 이럴 때 "짜-잔" 하고 보조 가방에서 내 속옷 한 장을 찾아 꺼내 들면 그처럼 반가울 수가 없었다. 뭐니 뭐니 해도 사람은 '속'이 편해야 한다.

이 보조 가방 안에는 의외의 물건이 또 하나 있었는데, 그것은 품이 넉넉한 양말 한 켤레다. 웬만한 남자들도 신으면 헐렁할 정도로 큰 사이즈다. 여행 중에 피곤이 몰려오면 나는 어디서든지 맨발에 이 양말을 꺼내 신겨주었다. 그러면 답답한 신발에서 해방된 발이 아늑한 이불 속에 들어가 잠시 쉴 수 있었다.

내가 마지막으로 비행기를 탄 것은 2021년 11월, 퇴직을 하고 프랑크푸르트에서 서울로 오는 길이었다. 그 이후론 한 번도 해외로 짐을 싸서 여행을 떠나 본 적이 없다. 덕분에 나의 여행 가방은 모처럼 만의 휴식 시간을 보내고 있다. 빨간 여행 캐리어는 각국의 공항에서 붙여진 스티커 자국들을 훈장처럼 달고 있다. 나의 단짝 보조 가방은 지퍼로 크기를 줄인 채 납작하게 누워 있다. 지금이라도 내가 "출발!"하면 벌떡 일어나서 나를 동행할 친구들이지만, 이제는 이런 명령을 내린다: "열심히 일한 친구들, 쉬어라!"

리셉션을 불편해하는 DNA 극복기

숫기 없는 한국 사람들은 보통 서서 하는 칵테일 리셉션을 매우 불편해한다. 우리는 서로 "형님, 언니, 동생" 하는 사이가 아니면 모르는 사람에게 다가가서 말을 붙이고 대화하는 것을 어색해하는 경향이 있다. 예전에 한국에서 직장 생활을 할 때 가끔 주한 외교 사절 모임에 갈 기회가 있었다. 그런 모임에 가면 사람들 틈에 끼지 못하고 뒷전에서 혼자 술잔만 홀짝거리고 있는 한국 아저씨들을 많이 볼 수 있었다.

유네스코 일을 하게 되면서 나는 수많은 리셉션에 가야 했는데, 나 역시 그게 고역으로 느껴졌다. 처음에는 군중 속에서 외톨이가 될 것이 두려워 이야기 동무가 되어 줄 친구들과 같이 갔다. 그러나 그런 모임에서 아는 동료들하고만 어울린다는 것은 그 모임에 섞이지 못하고 있다는 증거였다. 할 짓이 못 됐다.

무엇보다 리셉션은 우리에게는 업무의 연장선이었기 때문에 행사에 가서는 '활동'을 해야 했다. 그런 모임에서는 사람을 만나고 사귀면서 정보도 교환하고, 그것이 인연이 되어 사업을 위한 펀드도 마련해야 했다. 어떨 때는 사무실 책상에 앉아 있는 것보다 더 많은 성과를 올리는 것이 사교 모임이었기에 어떻게든 리셉션에서 살아남아 내 이익을 챙기는 방법을 찾아야 했다.

이윽고 불편한 리셉션을 몇 번 경험한 끝에 리셉션에서 살아남는 나만의 방법을 터득하게 되었는데, 그중 하나가 모임 장소에 조금 일찍 가는 것이었다. 리셉션에는 주최 측의 호스트가 행사장 입구에서 손님을 맞이한다. 사람들이 몰려들기 전에 가면 호스트와 좀 더 긴 인사와 대화를 나눌 수 있는 장점이 있다. 그 모임에서 가장 중요한 비즈니스 상대는 호스트이기 때문에 그에게 얼굴도장만 확실하게 찍어 두어도 그날 해야 하는 비즈니스의 기본은 한 셈이다.

주최 측과 인사를 한 다음에는 되도록 입구 쪽에서 서성거렸다. 사람들은 하나씩 행사장으로 들어오면서 '누가 왔나?' 하며 두리번거리는 게 당연지사, 이때 행사장 입구 쪽에 서 있으면 내가 굳이 다가가지 않아도 들어오는 사람과 눈길을 마주치는 것이 쉬워진다. 그 대신 입구 쪽에서의 만남은 짧게 하는 것이 좋다. 거기서 긴 이야기를 하면 상대방의 발목을 잡는 느낌을 줄 수 있다. 더 할 이야기가 있는 사람이면 인사만 간단히 한 뒤 "조금 있다가 다시 봐요"라고 하고 일단 놓아 주는 것이 좋다. 그래도 입구 쪽에서 일단 눈을 마주쳐 놓으면 나중에 다가가는 것이 덜 어색해지기 때문에 입구 쪽에서의 조우는 짧아도 실속이 있다.

일단 사람들이 모이고 모임의 분위기가 고조되기 시작하면 음식이 있는 주변으로 가는 것이 좋다. 음식 앞에서는 서로의 얼굴을 보지 않아도 앞에 있는 음식 때문에 자연스러운 대화가 오고 간다.

“이거 맛있네요. 얼른 하나 집어 가세요.”

“그래요? 이게 뭐예요?”

“고추전이에요”

“매워요?”

“많이 안 매워요.”

“한국 사람이세요?”

“네. 선생님은 어디서 오셨어요?”

음식을 앞에 두고 시작되는 대화는 음식에 관한 이야기뿐만 아니라 문화에 관한 이야기로 이어지고, 그러다 보면 “어느 나라에서 왔냐? 무엇을 하느냐?” 등의 대화가 자연스럽게 발생한다. 그렇게 상대방에 대해 하나씩 알아 가는 과정에서 일과 관련된 뜻밖의 ‘숨은 인재’를 발견하기도 하고, 그를 통해 유용한 네트워킹의 기회가 생기기도 한다.

이렇게 사람들이 삼삼오오 모여 이야기를 하고 있을 때 끼어들기 위해서는 약간의 매너가 필요하다. 내가 만나고 싶은 사람이 다른 사람과 단둘이 이야기하고 있으면 약간 떨어져서 그 사람에게 내가 기다리고 있다는 신호를 보내는 것이 좋다. 여럿이 있으면 분위기를 봐서 그들만의 ‘작당’을 하는 건 아닌지 확인한 후 자연스럽게 끼어들면 된다. 그때 사람들이 틈을 만들어 새로운 사람을 들어 오게 하면 환영한다는 뜻이다.

아무리 비즈니스를 위해서 가는 것이 사교 모임이라고 해도, 모임에 차려진 음식에 대한 기대를 안 할 수는 없다. 유네스코 본부에서는 스칸디나비아반도의 국가들이 공동으로 주최하는 '노르딕 리셉션'이 있었는데, 이 모임은 항상 인원 초과의 성시를 이뤘다. 연어와 정어리, 각종 해산물 샐러드, 바삭한 페이스트리에 올려진 감칠 맛 나는 전채 요리들은 금방 동이 나곤 했다.

그러나 나는 리셉션에서는 먹는 일에는 신경을 접었다. 일단 만나야 할 사람들을 다 만났다 싶으면 그제야 허기진 배를 채울 뿐, 그러기 전에는 먹는 시늉만 했다. 입안에 음식이 들어 있으면 말을 할 수가 없고, 양손에 마실 것, 먹을 것이 들려 있으면 악수할 손이 없기 때문이다. 나의 한 손은 항상 비워 둬야 했고, 다른 손에는 물 한 잔만을 예의상 들고 다녔다. 그런 모임에서 '임'도 보고 '뽕'도 따는 것은 쉽지 않아서 나는 '임' 보는 데만 집중했다.

내가 리셉션에서 제일 반겼던 순간은 리셉션장을 빠져나올 때였다. 이 사람 저 사람 만나서 말 걸고, 쓸데없이 웃어 주고, 감격해 주는 것은 정신적으로, 그리고 육체적으로 힘든 노동이었다. 특히 나 같이 키가 작은 사람은 키 큰 사람들 속에서 그들을 쳐다보고 이야기하는 것이 고통스러운 육체노동이었다. 거기에 큰 사람들 틈에서 조금이라도 솟아 보일까 해서 오랜만에 신은 뾰족구

두도 다리를 지치게 하는 큰 요인이었다.

그래서 비즈니스 목표를 달성하면 행사가 끝나기 전에 나는 쏜살같이 도망쳐 나왔다. 사무실 건물 내에서 행사가 있으면 예의상 걸쳤던 목걸이는 다음 행사를 위해 사무실 책상 서랍에 집어 던져두고 집으로 향했다. 입에 대지 못한 산해진미는 하나도 아쉽지 않았고, 어서 집에 가서 맘 편하게 라면 하나 끓여 먹을 생각밖에 없었다. 아무리 노하우가 있어도 나는 리셉션을 불편해하는 DNA를 갖고 있는 한국 사람이었다.

떡잎 알아보기

국제기구에 진출하기를 꿈꾸는 젊은이들이 많다. 비교적 안정된 직장이고, 무엇보다 세계를 대상으로 활동할 수 있는 기회가 주어진다는 점에서 많은 이들이 매력을 느끼는 것 같다.

사람들이 어떻게 하면 국제기구에 들어갈 수 있냐고 물을 때 나는 늘 한 가지 대답을 해왔다. 비법은 아니지만, 어떻게 해서든 자신의 능력을 보여 줄 기회를 만드는 것이 중요하다고 이야기한다.

어느 직장이고 이력서만 보고 사람을 뽑지는 않는다. 면접도 하고 수련 과정도 거치면서 후보자를 관찰한 뒤에 그 사람의 됨됨이를 보고 최종 결정을 한다. 국제기구도 마찬가지다. 이력서 검토와 면접은 물론이고, 채용 서류에 적혀 있는 예전 직장의 동료나 상사와 면담을 하기도 한다. 그런 '조회' 절차가 채용 과정의 일환으로 정해져 있고, 후보자에게도 그런 백그라운드 체크가 있을 것임을 사전에 알려 둔다.

그러나 이력서에 제시된 추천인의 코멘트를 백 퍼센트 신뢰하기는 어렵다. 본인을 탐탁하게 여기지 않는 사람을 추천인으로 적어 낼 일은 없기 때문이다. 그래서 나는 직원을 채용할 때 나만의 루트를 통해 후보자에 대해 좀 더 객관적으로 이야기해 줄 수 있는 사람들을 별도로 찾았고, 그들의 의견을 귀담아들었다.

물론 이러한 나만의 '스파이' 작전에도 한계는 있었다. 외부에서 지원한 후보자의 경우 그 사람에 대해 솔직하고 객관적인 코멘트를 해 줄 수 있는 사람을 찾는 것이 쉽지 않았고, 설사 몇 다리 걸쳐 믿을 만한 사람을 찾았다 하더라도 한 사람의 견해만으로 전혀 모르는 누군가에 대한 평가를 내리는 데는 무리가 있었다.

따라서 가장 확실하게 후보자를 파악할 수 있는 방법은 그와 같이 일을 해보는 것이다. 개인적으로 아는 사람이라고 할지라도 일을 같이해 보지 않으면 그 사람이 업무 환경에서 어떻게 행동할지를 가늠하기란 쉽지 않다. 업무 환경에는 그 환경만의 특정한 역학 구조가 있어 그에 따라 사람의 다른 모습이 나타나기도 하고, 알고 있던 모습이 사라지기도 한다.

그래서 나는 사람을 채용할 때 모든 객관적 조건이 비슷하면 그 사람의 인성이나 일을 하는 방식에 대한 나의 확신이나 믿을 만한 정보가 있는 후보자를 선택했다. 대부분의 경우 결과는 실망스럽지 않았다. 그런 케이스 중에 미리엄이라는 독일인 여자 직원이 특히나 기억에 남는다.

미리엄은 독일 정부에서 장학금을 받고 온 펠로우*였다. 내가 국장으로 있던 부서에 도착한 지 얼마 되지 않아 그녀는 계획안 하나를 작성했고, 그것이 검토를 위해 내 책상에 올라왔다. 유네스코 연계 학교를 지원하기 위한 계획안이었는데, 단숨에 읽혔다. 무엇보다 핵심이 군더더기 없이 논리정연하게 잘 정리되어 있었다. 작성자가 계획의 앞과 뒤를 잘 꿰고 있다는 증거였다.

미리엄은 심성도 좋았다. 약간 수줍은 듯하지만, 필요할 때는 정확하게 자기의 의견을 밝혔다. 업무 처리 능력과 인성을 동시에 갖춘 인재는 흔치 않다. 잠재적인 보석을 발견한 흥분에 나는 그녀를 불러 그녀의 미래를 점쳐 주었다. "미리엄은 펠로우십 마치고 직장 찾는 데 어려움이 없을 것 같아. 미리엄 같은 인재는 사람들

---

* 각 회원국들은 여러 기회를 통해 자국의 젊은이들을 유네스코에 보낸다. 내가 처음에 그랬듯이 파견으로 나오는 경우도 있고, 석사나 박사 과정을 밟은 젊은이에게는 펠로우 장학금을 주어 유네스코에서 일정 기간 일하면서 경험을 쌓을 기회를 제공하기도 한다.

이 서로 데려가려고 할 걸? 그런 일이 생기면 내가 그렇게 예견했다는 거 잊지 마세요"라고 하면서 그녀를 향해 찡긋 웃어주었다.

나의 '점괘'는 어렵지 않게 들어맞았다. 그녀는 유네스코에서 펠로우십을 마치고, 디지털 데이터를 관리하는 회사에 취직했다. 이후 우리 국에 준정규직 자리가 생기자 정식으로 응모했다. 우리는 그녀를 선택함에 어떤 주저도 하지 않았다. 경쟁을 뚫고 유네스코로 돌아온 그녀는 지속가능발전 교육 프로그램을 담당했다. 그녀의 유연한 일솜씨 덕에 우리 국과 프로그램의 펀드를 대던 일본 정부와의 관계도 더욱 돈독해졌다.

그 후로도 시간이 지날수록 그녀는 우리 국의 보석 같은 일꾼이 됐다. 그녀의 명성이 높아지자 우리는 그녀를 정규직에 채용해도 무방하겠다고 생각하게 됐다. 그러나 정규직 자리를 만드는 일은 내가 담당하던 국의 차원에서 결정할 사안은 아니었다. 조직의 전반적인 인사관리 차원에서 이루어지는 결정인데, 불행히도 내가 국장으로 재직하는 동안 그런 일은 생기지 않았다. 그리고 나는 파리 본부를 떠나 독일로 전근하게 됐다.

그렇게 내가 독일에서 근무를 시작한 지 어언 일 년이 지난 어느 날, 파리의 미리엄에게서 이메일이 하나 도착했다. 파리 본부의 정식 직원이 됐다는 소식이었다. 유네스코 자체의 지속가능발전 정책을 다루는 중앙 부서에 정규직으로 채용된 것이다. 미리엄에게 최적화된 자리였다. 이메일에서 그녀는 몇 년 전 내가 미래를 점쳐 줬던 이야기를 꺼냈다. 격려가 됐고, 그래서 고맙다고 했다.

나의 예견 때문에 그녀가 잘 풀린 것은 아니다. 그녀는 처음부터 남다른 능력의 '떡잎'을 갖고 있었고, 펠로우십을 통해 그것을 미래의 고용주에게 보여줄 기회를 마련했다. 고용주 입장에서는 '될성부른 떡잎'을 찾은 셈이었다. 엄격한 노동법으로 직원의 권리가 철저하게 보장되는 국제기구에서는 직원 해고가 쉽지 않다. 채용 과정에 '겪어 본' 경험만큼 도움이 되는 선택 근거는 없다.

유연성 없는 지식은 독이다

국제기구 직원들은 전문가들과 일을 많이 한다. 전문가들을 선택하는 이유는 두말할 것 없이 그들의 전문 지식이 필요하기 때문이다. 하지만 저개발 지역의 특수한 상황에 대한 안목이 없으면 그들의 교과서적인 지식은 아무 도움이 되지 않는다.

유네스코 파리 본부에서 유아가정교육과 과장으로 근무할 당시 미국 동부에 있는 한 아이비리그 대학교의 저명한 유아교육 교수와 함께 브라질로 출장을 간 적이 있다. 출장 목적이 가난한 지역의 유아교육 상황을 파악하기 위한 것이어서 우리는 브라질 북부에 있는 가난한 시골 마을의 유아보육 센터를 방문하게 됐다.

센터 관계자들의 안내를 받으며 보육 시설 내부를 관찰하고 있는데, 같이 간 교수가 보이지 않았다. 출장단의 동선을 책임지고 있던 나는 그녀를 찾아 나섰다. 누군가가 그녀가 바깥의 주차장에 있는 것을 보았다고 해서 주차장으로 나가 보니, 아닌 게 아니라 그녀는 그곳에서 홀로 서성이고 있었다.

조심스레 다가가 시설 방문을 하다 말고 왜 이곳에 나와 있냐고 물었다. 그랬더니 그녀는 울먹이는 듯한 목소리로 센터의 작은 내부 공간에 저렇게나 많은 아이들이 모여 있는 것이 마치 돼지우리를 보는 것 같아 마음이 아파서 나왔다고 했다. 그녀의 넋 나간 듯한 표정을 보아 그곳의 현실을 안타깝게 생각하는 그녀의 마음은 진심인 것 같았다.

교실의 학생 밀집도는 교육의 질을 가늠하는 중요한 잣대다. 그 센터는 그런 잣대에서 보면 참으로 한심한 곳이었다. 유아교육을 오래 해 온 그녀가 용납할 수 없는 수준인 것은 사실이었다. 그래서 그녀가 그런 행동을 취했다는 게 이해는 됐지만, 그녀의 입장까지 동의하지는 않았다.

교과서적인 질의 잣대에는 안 맞을지 몰라도 해당 센터는 그 지역 사회에서 할 수 있는 최선의 노력을 하고 있었다. 국제 수준에 맞지는 않았지만, 부모들이 모두 일하러 나간 후 집에 혼자 남겨진 아이들을 안전하게 보호하는 역할을 하고 있었다. 그런 곳에다 선진국에서 사용하는 기준을 갖다 대는 것은 전문가의 욕심이다.

그러나 국제 사회에서 일하는 전문가들은 '잣대의 욕심'을 자주 부린다. 솔직히 나도 파키스탄의 시골 유치원을 방문해서 똑같은 짓을 한 적이 한 번 있다. 먼지 풀풀 나는 시골길을 한참 달려 외진 마을에 있는 유치원에 도착했는데, 어디에서도 놀고 있는 아이들을 볼 수도, 그들의 소리를 들을 수도 없었다. 유치원 안에 있는 교실에 들어가니 그제야 옹기종기 모여 앉아 파키스탄 언어인 우르두 글자를 공부하고 있는 아이들을 발견할 수 있었다.

아동 발달이나 유아교육을 공부한 사람들이 가장 싫어하는 것이 어린아이들에게 공부를 시키는 것이다. 나는 그 광경을 본 순간 선생님들에게 왜 아이들을 놀게 하지 않고 공부를 시키고 있냐고 묻고 싶었다. 그러나 도착하자마자 대뜸 부정적인 질문부터 할 수는 없는 노릇이라 선생님 대신 한 아이에게 "공부 재미있어? 밖에 나가서 놀고 싶지 않아?"라고 물었다. 그랬더니 그 아이는 "아니요. 밖이 너무 더워요. 교실이 좋아요. 여기는 먼지도 없어요"라고 했다.

머리를 한 대 얻어맞은 기분이었다. 실제로 주변을 살펴보니 작열하는 햇볕과 불볕더위에 교실 밖은 아이들이 뛰어놀기는커녕 나가 서 있기도 힘든 지경이었다. 그리고 교실은 아이들이 놀이를 할 공간을 찾을 수 없을 만큼 협소했다. 결국 나란히 앉아 조용히 글자 연습을 하는 것이 나름 최선인 것이다. 주어진 환경을 고려하지 않고, 어린아이들은 무조건 뛰어놀게 해야 한다는 고정 관념에서 벗어나지 못한 내가 한참 부끄러웠다.

유연성 없는 지식은 독이다. 특히 외부에서 온 전문가들은 그들 나름대로 이해하는 세상에 대한 원칙과 원리가 있어 그것에 집착하는 경향이 있는데, 그런 원론적인 자문은 도움보다 해가 될 때가 더 많다. 세상 사람들을 그 나름의 입장에서 이해하지 못하기 때문이다. 그리고 그들의 최선을 게으른 차선으로 오해하는 실례도 범할 수 있다.

앞서 2장에서 언급했던 싱가포르의 한 정부 관리의 이야기가 새삼 다시 떠오른다. 정부가 어떻게 질 높은 교육에 관심을 두게 됐냐는 물음에 교육의 양적인 측면에 치중하는 과정에서 질 낮은 교육이 양산되는 걸 보면서 비로소 질의 중요성을 깨닫게 되었다는, 자기들도 그 수준에 이르기까지 많은 시행착오를 거쳤던 것처럼 저개발 국가들의 상황에도 인내하는 자세가 필요하다던 그 이야기 말이다.

한 나라의 발전과 개발은 하루아침에 이루어지지 않는다. 개발 문제는 한 방의 가르침으로 대들 일이 아니다. 쓸데없는 동정심도 도움이 안 된다. 실수를 하더라도, 시간이 걸리더라도 국가 스스로가 경험을 쌓아가며 그들만의 속도로 변화해 나가도록 도와주는 것이 옳다.

전근 천태만상

국제기구에서는 직원들의 전근 제도를 원칙으로 하고 있다. 현지에서 고용된 직원이 아니라 국제 직원의 자격으로 채용된 경우에는 임용 계약서에 전근 명령에 복종한다는 서약을 해야 한다.

전근은 기구 차원에서 보면 직원들의 근무 환경을 형평성 있게 보장한다는 의미가 있다. 누구는 편안한 곳에서만 일하고, 누구는 힘든 근무지에서 평생 고생하도록 내버려두지 않는다는 이야기다.

그러나 몇 년 만에 한 번씩 나라를 바꿔가며 삶의 터전을 옮긴다는 것이 쉽지는 않다. 가족이 있는 사람들은 아이들의 학교 문제, 배우자의 일자리 문제 등을 해결해야 한다. 아이들이 어릴 때는 이사가 비교적 쉽지만, 학교 선택에 특히 신중을 기해야 하는 대학 입학을 앞두고 있으면 전근으로 인해 고민이 생긴다. 유네스코 교육본부에서 국장으로 일하고 있던 제이콥은 파리에 오기 전 뉴욕에서 근무했다. 그러나 그가 파리로 건너올 때 자녀와 아내는 뉴욕에 남았다. 자녀들이 미국의 대학으로 진학했기 때문이다. 그러다가 유네스코에 전근 바람이 불자 제이콥은 험지로 꼽히는 나라로의 전근을 자처하고 나섰다. 그런 근무지에서는 몇 주에 한 번씩 외국으로 나가 휴식을 취하고 올 수 있는 제도*가 있어서 그나마 가족을 보러 미국으로 자주 갈 수 있다는 생각에서였다.

배우자 문제는 좀 더 심각하다. 그중에서도 결혼한 여성 직원이면 남편의 직장 상황을 무시하고 전근을 떠나기는 쉽지 않다. 여성 직원들이 자기 커리어 관리상 불이익을 당하게 될 것이 뻔한데도 가정을 지키기 위해 전근을 포기하는 경우는 흔히 보는 광경이다.

부하 직원이었던 마사코는 예외적인 사례였다. 그녀는 유럽에서 아시아, 아시아에서 다시 유럽 등지로 전근을 많이 다녔다. 유엔의 다른 기구로 가서 일하다가 유네스코로 돌아오기도 했다. 그러면서도 다른 동료들보다 승진이 빨랐다. 그녀가 그렇게 자유롭게 돌아다닐 수 있었던 이유는 남편이 IT 계통의 일을 하고 있어서 어느 나라를 가든지 일자리를 쉽게 구할 수 있었기 때문이다. 사회복지 활동을 하면서 집안 살림을 하는 남편을 둔 패티라는 동료

---

* 'Rest and Recuperation'이라 불리는 이 제도는 험지의 수준에 따라 직원들이 몇 주에 한 번씩 정해진 국가로 가서 닷새 동안 쉬고 올 수 있도록 혜택을 주는 것이다. 비행기표와 숙박비가 제공되고, 닷새라는 기간은 유급 휴가로 처리된다. 근무지에서 가까운 정해진 국가에 준하는 경비가 제공되는데, 그 경비로 다른 곳을 갔다 와도 무방하다. 국제 전문직(P직급)과 국장급(D직급) 직원들에게 제공된다.

도 전근을 쉽게 다녔다. 두 사람 모두 아내의 전근길에 비교적 부담 없이 따라나설 수 있는 남편들이 있었다.

이사를 가면 사람만 가는 것이 아니다. 반려묘, 반려견도 생활 터전을 옮겨야 하는데, 이 역시 만만치 않은 일이다. 반려동물이 나이가 많거나, 혹은 이주하는 나라에서 검역에 걸린다든지 하는 문제가 발생하면 생이별을 해야 하는 상황이 생긴다. 빅토리아라는 친구는 현장에서 파리로 전근을 오면서 키우고 있던 반려견 두 마리 중 한 마리를 안락사시켜야 했다. 병을 앓고 있는 노령견이어서 비행기를 탈 수 없었기 때문이다. 그녀는 반려견이 비행기 안에서 혼자 무지개다리를 건너는 것보다는 자기 품에서 떠나는 것이 낫다는 생각에 힘든 결정을 내렸다.

딸린 식구들이 없는 친구들은 비교적 화려한 전근 이력을 쌓았다. 파리 본부에서 유네스코 일을 시작한 미셸은 레바논으로 처음 현장 전근을 갔다. 그러고는 탄자니아를 거쳐 뉴욕 본부에서도 일을 했다. 그런 다음엔 다시 미얀마로 옮겨 가서 로힝야 난민들 사태로 고생을 많이 했다. 그 후 요르단으로 갔다가 지금은 다시 파리 본부로 옮겨갔다.

나는 대부분의 시간을 파리 본부에서 지낸 탓에 현장으로의 전근이 적은 편에 속한다. 그래서 다양한 현장 근무를 한 미셸 같은 친구들을 보면 부럽기도 하고 부끄럽기도 하다. 국제기구 직원의 진정한 근무처는 현장이고, 현장을 다양하게 겪은 사람과 그렇지 않은 사람의 세상 보는 눈은 같을 수 없다. 전근으로 국제기구 직원들의 삶은 생채기가 나기도 하지만, 다양한 경험으로 단단해지기도 한다. 그런 기회를 부여받는 것은 그들이 가진 특권 중의 하나다.

대한민국, 조금만 더 잘하자

내가 처음 유네스코에 입사했던 1990년대 말에서 2000년대 초반까지 한국은 유네스코 내에서 교육 프로그램 지원과 관련해서는 뚜렷한 성격을 드러내지 못하고 있었다. 그 당시 일본은 이미 환경교육에 많은 지원을 하는 나라로 알려져 있었고, 유럽 국가들은 기초교육 지원에서 리더 역할을 하고 있었다. 그에 비해 한국은 국내 사정과 많이 다른 개발 도상국의 교육 상황을 강 건너 불 보듯 하고 있었다.

이런 상황에 조금씩 변화가 일기 시작한 것이 2000년대 말부터이다. 유네스코에 대한 분담금과 프로그램 지원금을 늘리면서 한국의 지원을 브랜드화할 수 있는 분야를 찾기 시작했다. 그러다가 2015년에 당시 반기문 유엔 사무총장이 세계시민교육이 포함된 GEFI를 발표하면서 한국도 이 분야에 전폭적인 관심을 보이기 시작했다. 그 뒤로 한국은 세계시민교육에 지원을 아끼지 않는 회원국이 되었고, 관련 행사도 많이 개최했다.

물론 반가운 일이었지만, 한국 정부를 상대하는 것이 내게는 심리적으로 그리 편한 것만은 아니었다. 내가 한국 사람이기 때문에 한국을 그냥 하나의 회원국으로 대할 수가 없었다. 한국이 잘하면 뿌듯했지만, 행여라도 국제 사회 규범에 벗어나는 행동을 하면 유난히 창피하게 느껴졌고 화도 났다. 이런 것을 보고 '미움도 사랑이 있어야 싹트는 법'이라고 하나?

성평등은 국제기구가 추구하는 가장 중요한 가치 중의 하나다. 이와 관련해 국제기구에서는 모든 행사나 프로그램을 계획하고 운영할 때 '젠더 밸런스(gender balance)'를 반드시 체크한다. 예를 들어 토론 단상에 남자만 있는 것은 절대 있을 수 없는 일이다. 나 같은 경우엔 여성 토론자를 찾기 힘들면 우리 여성 직원을 사회자로라도 올려 보내 '그림'을 맞췄다.

남녀평등을 위한 구체적이고 실제적인 노력이 중요하지, 겉으로 보이는 구색 맞추기 식의 노력이 뭐가 중요하냐고 이야기할 사람도 있을 것이다. 하지만 전자가 중요함은 물론이거니와 국제 사회에서는 후자도 매우 중요하게 생각한다. 남녀가 같이 섞일 수 있고, 혹은 섞여야 하는 상황에 한쪽만 나오는 '그림'을 만들면 그런 현실을 그대로 용납한다는 무의식적인 메시지가 전달되기 때문이다. 그런 편파적 현실에 계속 노출되다 보면 다양성에 대한 의식은 싹트지 않는다. 국제 사회는 그래서 무언중에 전달되는 메시지에 매우 민감하게 반응한다.

내가 경험한 대한민국은 그런 민감한 사안과 관련해 국제 사회와 발을 맞추지 못하는 면이 있었다. 국제 사회가 민감하게 생각하는 규범과 가치에 종종 무감각한 모습을 드러내곤 했다.

2015년 5월 인천의 송도 컨벤션센터에서는 세계교육포럼이 열리고 있었다. 그 회의의 메인 토론 세션을 한국의 한 교육 연구기관이 맡아서 조직했는데, 단상에 앉아 있는 토론자들이 모두 검은 양복을 입은 남자들이었다. 멀리서 보니 매미 군단 같았다. 국제회의에서 보기 드문 이 장면에 세계 각국에서 모인 청중들이 수군거렸다. "아니 어떻게 토론자가 남자들만?" 주최 측에 알아보니, 원래는 핀란드에서 여성 토론자가 한 명 오기로 되어 있었는데 불참하게 되어 결국 단상이 그렇게 시커멓게 됐다고 했다.

그럴 수 있다. 그러나 교육 분야는 어느 나라를 가도 여성 전문가를 찾기 힘든 분야가 아니다. 여성 토론자를 애초에 한 명만 초청했다는 것은 토론자 선정에 있어 '젠더 밸런스' 원칙을 처음부터 고려하지 않았다는 뜻이다. 한국의 엘리트 기관이 그런 국제회의 운영의 기본을 지키지 못한 것이다.

한번은 내가 한국에서 조직한 회의에서 비슷한 일이 발생해 크게 입씨름을 한 적도 있다. 국제 전문가를 초청해 서울에서 자문 회의를 하게 됐다. 유네스코 회의였지만 한국의 협력 기관에서 리셉션을 베풀어주었다. 나는 감사한 마음으로 리셉션장에 도착했다. 그러고는 귀빈들을 모시는 헤드테이블 참석자 리스트를 살펴보았다. 한국 측에서 작성한 리스트였다. 한 7, 8명 되는 귀빈 리스트는 북미와 유럽에서 온 좀 높으신 분, 남성, 명성 높은 미국의 아이비리그 교수 위주로 짜여 있었다. 젠더 밸런스뿐만 아니라 유네스코가 외교적으로 목숨 걸고 지켜야 하는 지역 간의 밸런스도 철저히 깨져 있었다.

나는 이런 리스트는 유네스코 관례에 벗어나니 여성 귀빈도 포함하고, 지역도 다양화하자고 했다. 한국의 주최 측은 반대했다. 그들은 아이비리그 남성 교수의 자리를 개발 도상국에서 온 여성 참석자에게 내어준다는 것은 전자에 대한 결례라고 생각하는 듯했다. 유럽 참석자를 뺀 채 듣도 보도 못한 나라의 참석자를 넣는 것 역시 불편해했다.

나도 한 성깔 하는 사람이었다. 리셉션 참석자는 25명 안팎이어서 누가 헤드테이블에 앉았는지를 나머지 참석자들이 다 볼 수 있는 상황이었다. 내 직업 윤리상 그런 사대주의적이고 가부장적인 헤드테이블은 용납할 수 없었다. 처음에는 조용히 나의 의견을 건네다가 한국 측의 고집이 만만치 않자, 찡그러진 얼굴과 높아진 목소리로 한판 붙었다. 그 덕에 헤드테이블의 지역별, 성별 안배를 조금 향상시킬 수 있었다. 장애인을 한 명 넣는 데도 성공했다. 머리에 히잡을 쓴 무슬림 여성 참석자도 골인했다.

그리고 나는 옆 테이블로 물러나 앉았다. 헤드테이블에는 유네스코를 대표해 다른 사람을 보냈다. 식사 전에 하도 씩씩거려서 그 테이블에 앉고 싶지도 않았고, 무엇보다 내 자리를 양보해서라도 헤드테이블에 다양성을 한 겹이라도 더 입히고 싶었다.

다른 나라에서 이런 것들을 경험했다면 그 정도로 화가 나지는 않았을 것 같다. 그냥 속으로 "쯧쯧" 하고 지나갔을 것이다. 그러나 나의 조국이 그렇게 성숙하지 못한 모습을 보이는 것은 창피하고 안타까웠다.

세월이 좀 흘렀다. 지금 우리는 어디쯤 와 있을까? 예전보다는 나아지고 있기를 바란다. K-문화, K-푸드를 내세워 우리 것만 세상에 일방적으로 자랑할 생각만 하지 말고, 세상의 규범도 배우고 국제 사회의 일원으로 살아가는 방법과 매너도 좀 더 열심히 익히면 좋겠다. 한강의 기적도 일으킨 마당에 토론 단상의 '매미군단' 하나 제거하지 못할까? 대한민국, 조금만 더 잘하자!

묶음으로 처리하는 자랑

직장 생활과 관련해서 동료들이 하는 행동 중에 나는 하지 않는 행동이 몇 가지 있다. 나 나름의 '개똥' 철학에 근거해서 생긴 고집들인데, 나는 그런 고집이 필요하다고 생각한다.

국제기구 직원은 박사 학위가 있어도 명함에 박사 타이틀을 쓰지 않는다. 통성명을 하고 나면 동료들은 물론 외부 사람들에게도 성을 빼고 이름만으로 불리기를 선호하는 경향이 있다. 하지만 사무국 직원 중에도 스스로 자신을 박사라고 소개하고, 그렇게 불리기를 원하는 사람들이 더러 있기는 했다. 나는 촌스러운 짓이라고 생각했다. 박사가 박사 타이틀을 내세우지 않을 때 더 '쿨'해 보이는 것 아닌가?

그런데 이런 내 생각을 현실에 반영하기가 쉽지만은 않았다. 아프리카에서 소장으로 일할 때 박사 타이틀을 명함에 넣지 않겠다고 하자, 나의 비서는 펄쩍 뛰었다. '타이틀'이 있어야 대접을 받는다고 했다.

그래서 그곳에서 일하는 동안에는 할 수 없이 '로마법'을 따라야 했다. 그러나 불편했다. 특히 파리에서 동료들이 출장 와서 사람들이 나를 '최 박사'라고 부르는 걸 보는 것이 창피했다. 현장에 나와서 목에 힘주고 산다고 할까 봐 염려스러웠다.

간혹 박사라고 부르지 말라고 하면 더 엉뚱하게 불리기도 했다.

내가 자주 출장을 가던 태국에서는 성을 빼고 이름만 부르라고 이야기하면 정부 관리들은 거북해하면서 나의 성이 아닌 이름 첫 자에다 기어코 박사 타이틀을 붙여서 "Dr. Soo"라고 불렀다. 차라리 "Dr. Choi"가 나았을 것 같다.

자신의 타이틀을 내세우는 것보다 내가 더 촌스러운 짓으로 간주하는 것이 있었다. 자신이 방문한 나라가 몇 나라인지 세고, 그것을 자랑하는 일이다. 어떤 이들은 벽에 세계 지도를 붙여 놓고 자신이 갔다 온 나라들을 핀으로 찍어 두기도 했다. 그 정도면 방문이 아니라 정복이라고 해야 할 것 같았다.

나는 유네스코에서 근무하는 동안 몇 나라를 가 봤는지 기록을 해 본 적도 없거니와 지금도 정확하게 그 숫자를 알지 못한다. 처음부터 나는 그런 것에 별 관심이 없었다. 회원국 방문은 우리가 일을 위해 하는 것인데, 그것을 내가 방문해 정복한 걸로 간주할 일인가?

재미있는 것은 이런 행동을 하는 사람들은 통상 비교적 늦은 나이에 뒤늦게 국제기구 활동을 시작한 사람들이라는 점이다. 아마도 더 늙기 전에 "나 여기 갔다 왔어요"라고 자랑하고 싶었는지도 모르겠다. 그리고 해외여행을 많이 해 보지 않은 사람들도 '정복 일대기' 작성에 열심인 경향이 있었다.

"몇 나라를 가 보았냐?"는 국제기구 직원의 업적을 가늠하는 지표가 될 수 없다. 실제로 회원국 사업에 집중하면 여러 나라를 다닐 수도 없다. 한 곳에, 혹은 한 지역에 몇 년 동안 정성을 들여야 하는 경우도 많기 때문이다.

사실 박사 타이틀을 쓰거나 자신이 방문한 나라의 숫자를 세는 따위의 행동은 대다수 직원들이 하는 행동은 아니다. 반면 주위의 많은 동료들이 하는 행동 중에 나는 유독 하지 않았던 행동이 하나 더 있다. 그것은 현장에 나가서 사진 찍는 일이다. 특히 저개발 회원국을 방문해서 지역 사람들과 같이 사진 찍자고 하거나 그들을 피사체로 사진 찍는 것을 매우 싫어했고, 그렇게 행동하는 동료들을 보면 눈살이 찌푸려졌다.

내가 이런 행동을 하지 않게 된 데는 계기가 있었다. 처음 유네스코에 입사해서 캄보디아 시골로 출장을 갔다. 마을 정자 밑에서 열리는 텐트 수업을 관찰할 예정이었는데, 갑자기 비가 내리자 동네 아이들이 커다란 바나나 잎을 따서 우산 삼아 쓰고 정자로 달려왔다. 그 모습이 신기해서 내가 들고 있던 카메라로 사진을 찍었더니, 달려오던 아이들이 당황해하며 정자 가까이 와서는 슬그머니 나를 피해 멀리 가서 앉았다.

그 이후에도 시골의 학교 등을 방문해서 아이들 사진을 찍으면 아이들은 영문을 몰라 했고, 그런 모습을 보는 나도 당황스러워졌다. 학교에서의 사진 촬영은 대체로 선생님들의 사전 허락을 받은 것이긴 했지만, 영문을 모르는 아이들에게 카메라를 들이댄 것이 부끄러울 따름이었다. 현장 방문에서의 사진 찍기는 개인 신상 정보 보호의 개념에서 당연히 조신하게 다뤄져야 하는 행동이기도 하다.

아이러니하게도, 어려운 사람들을 돕는 직업을 가진 국제기구 공무원들은 누리는 특권도 많고, '갑'의 위치에 서게 되는 경우가 많다. 그렇기 때문에 의식적으로라도 자신의 자랑을 괄호 안에 넣어 묵음으로 처리하는 습관을 지녀야 한다. 그래야 다른 사람들의 소리를 들을 수 있는 마음의 공간이 열린다.

꿀팁을 찾지 않는다

1998년 내가 유네스코의 정식 직원이 되었을 때 임용 사실이 국내 신문에 뉴스로 나갔다. 그 이후 자리를 옮기거나 승진할 때면 어김없이 국내에 뉴스 기사가 뒤따랐다. 기사의 헤드라인에는 "최초" 혹은 "최고"라는 단어가 들어갔다. 이런 미디어의 호들갑에 해외 커리어에 관심이 있는 젊은이들이 나를 찾았다. 대학생은 물론 중·고등학교 학생들도 있었다.

사람들이 가장 궁금해한 것은 국제기구에 들어가기 위해서는 무슨 준비를 해야 하는지였다. 나는 머리를 긁적였다. 구체적인 준비를 한 적이 없기 때문이다. 준비는커녕 국제기구 공무원이라는 직업이 있는 줄도 몰랐다.

한번은 파리 주재 동아일보 특파원에게서 전화가 왔다. 자기네 신문에 연재되는 「여성 1호를 만나다」라는 시리즈에 나의 이야기를 싣고 싶다고 했다. 각 분야에서 독보적인 업적을 이룬 여성들의 이야기를 다루는 시리즈였다. 나는 인터뷰 요청에 손사래를 쳤다. 시리즈에 맞게 들려줄 만한 이야기가 딱히 없었다. 평생 독신으로 살았기 때문에 결혼, 출산, 육아 등과 같은 여성들의 단골 소재에 관해 이야기할 여지도 없었다.

내 직장 생활은 '인간 승리'로 미화될 수준과는 거리가 멀었다. 뭔가를 이루어 내겠다는 불굴의 의지가 있었던 것도 아니고, 눈물을 자아내는 역경 극복의 과정도 없었다. 아무리 생각해도 감동을 자아낼 만한 구석이 없어 보여 인터뷰 요청을 사양했다.

그러나 그 특파원은 국제기구의 국장이라는 자리만으로도 범상치 않다고 생각하는 것 같았다. 여성이라는 관점이 아니더라도 그런 직업 세계에 발을 디디게 된 이야기를 들을 수 있겠냐고 물어왔다. 직장 내에서의 성공과 관련된 꿀팁을 찾는 것 같았다. 남들은 관심 있다는데 나 혼자 아니라고 우기는 것도 예의가 아니라는 생각이 들었다. 얼마간의 망설임 끝에 "그럼, 재미없는 이야기나마 한번 들어 볼 텐가" 하는 기분으로 취재에 응하게 됐다.

인터뷰는 파리의 내 사무실에서 오후 한나절 동안 진행됐다. 돌고 돌아 살아온 이야기를 하려니 시간이 꽤 걸렸다. 인터뷰를 바탕으로 작성된 기사는 대문짝만한 내 사진과 함께 사회면 한쪽을 장식했다. 특파원이 뽑아낸 기사의 타이틀은 '작은 기회에 충실하면 더 큰 기회가 온다'라는 것이었다. 듣고 보니 그럴듯했다. 역시 글 쓰는 이가 제목을 달아 주니 줄거리 없는 듯한 인생에도 그림이 그려졌다.

나는 머리가 비상한 사람은 아니었다. 그렇지만 매 순간 주어진 일에는 미련하다 싶을 정도로 집중해서 달라붙는 사람이기는 했다. 생각이 단순해서 한 가지 일을 할 때는 다른 생각을 할 줄 몰랐다.

내게 주어진 기회들은 이게 기회일까 하는 의심이 들 정도로 확실하지도 않았다. 오히려 미래가 희미한 기회들이었다. 하지만 나는 기회 따위를 운운하며 시간을 낭비하지는 않았다. 변화의 기회가 생기면 내가 해볼 만한 일인지 아닌지만 따졌다. 그리고 결정을 내렸다.

특파원은 이것을 나의 '60%의 법칙'이라고 표현했다. 40%의 불안하고 불확실한 미래에도 60%의 가능성이 느껴지면 밀고 나갔다는 이야기다. 듣고 보니 그런 것도 같았다. 그렇게 해서 한 걸음 나아가고, 그러다 보면 다른 기회가 나타나고, 거기서 잔머리 부리지 않고 일을 하다 보면 또 다른 기회가 나타나곤 했다. 그것이 내 인생과 직장 생활 이야기이고, 그게 전부다.

꿀팁이라고 하기에는 좀 맥 빠지는 느낌이 있다. 큰 방향을 정하고 무언가를 구체적으로 준비하는 부지런함은 내게 없었다. 다만 토막 쳐진 매 순간에 대한 충실함과 그 연속이 있었을 뿐이다.

한 시대에 위인이 나오면 몇 명이나 나오겠는가? “짜잔~” 하고 나타나는 극적인 기회를 잡아서 인생 역전한 사람이 몇 명이나 되겠는가? 대부분 사람들은 극화시킬 일 없는, 지극히 사소한 일상 속에서 숨 쉬고, 또 운 좋으면 한숨 돌리고 그러면서 살아간다.

사실 많은 이들의 삶은 호들갑스럽게 설명할 일이 별로 없다. 운이 좋아 기회가 주어지더라도 사람들은 그것이 기회라는 것조차 눈치채지 못하고 지나간다. 그래서인지 기회는 앞으로 오지 않고 옆으로 오기 때문에 놓치기 쉽다는 말도 있다.

인생 준비는 열심히 하기보다 잔잔한 일상에서 준비됨이 쌓여가면 된다. 밤새 장독 위에 내리는 눈은 소리가 없다. 그러나 아침에는 소복소복 쌓인 뿌듯함이 있다.

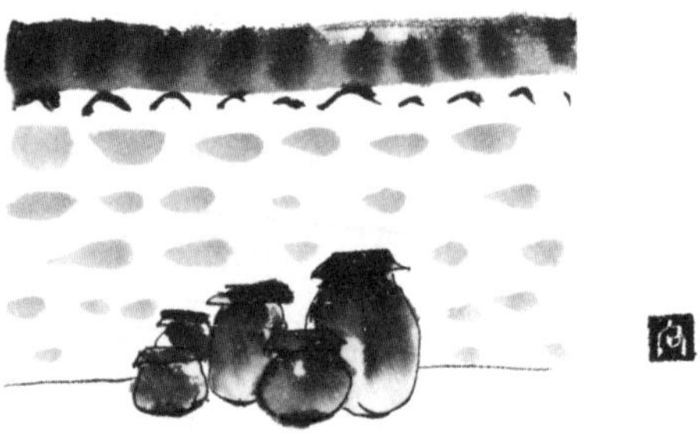

고민을 키우는 옵션 리스트

"박사 과정으로 바로 들어가는 것이 나을까요, 아니면 잠시 일을 해볼까요?"

"해외로 눈을 돌리는 것은 어떨까요? 괜한 짓일까요?"

"남자 친구가 있는데 지금 결혼을 해야 하는지, 아니면 제가 준비해 온 유학을 떠나야 하는 건지 잘 모르겠어요."

「무엇이든 물어보세요」 방송도 아닌데 젊은이들이 이런 고민거리들을 들고 나를 찾았다. 그들은 수많은 방향 표지판 앞에서 혼란스러워하고 있었다. 옵션은 많은데 그 어느 하나 확신을 갖고 선택하지 못하고 있었다.

살다 보면 그런 혼란에 빠지게 된다. 나 역시 갈라지는 인생길에서 당황한 적이 없지 않은데, 나의 경우 고민의 시간은 그리 길지 않았다. 비교하고, 재보고, 다시 고민해야 할 만큼 여러 옵션을 갖고 살지 않았기 때문이다. 별다른 계획이나 생각이 없는 상황에서 변화의 가능성이 생기면 "예" "아니오"만 결정하면 됐다.

나는 대학교를 졸업하고 한국에서 대학원을 가려고 했다. 유학을 떠난다는 생각은 꿈도 꾸지 않던 어느 날 저녁 아버지가 느닷없이 "유학을 가보는 게 어떠냐?"고 하셨다. 인생 항로가 생각지도 않게 해외로 향하는 순간이었는데, 내게는 그 역사가 이루어지는 데 단 몇 분도 걸리지 않았다. 유학에 대해 생각해 본 적이 없어서 곰곰이 따져 보고 고민해 보아야 할 '거리'가 없었기 때문이다. 그 대신 하늘에서 뚝 떨어진 옵션에 해외여행이 포함되어 있다는 사실에 흥분을 느끼고는 얼른 그러겠다고 대답했다. 해외로 틀어진 나의 인생 항로는 그렇게 단순한 생각으로 순간에 정해지고 말았다.

이처럼 나는 생각이 많은 사람이 아니었다. 어릴 때는 이런저런 꿈이 있었지만, 나이가 들어 대학을 졸업할 즈음에 이르러서는 무엇이 되겠다는 것에 대한 구체적인 생각이 없었다. 취직할 마음은 없어서 차선책으로 대학원으로 눈길을 돌렸고, 아버지가 대학에 계셨기 때문에 장래 희망으로는 막연히 교수가 되면 좋겠다는 생각 정도만 갖고 있었다.

그런데 나는 어려서부터 '좋아하는 것'은 없어도 '싫어하는 것'은 무지 많은 아이였다. '하고 싶은 것'은 없어도 '죽어도 하고 싶지 않은 것'이 분명했다. 직업으로 무엇을 택할지에 대한 생각은 많이 하지 않았어도 집에서 살림하는 인생을 살지는 않겠다는 생각만큼은 확고했다. 그래서 대학 졸업 후 결혼은 나의 우선 순위 항로가 아니었다.

진로에 대해서 뿐만 아니라 나는 만사에 "정말 싫어"를 입에 달고 사는 사람이었다. 오죽하면 나이 어린 동생이 "이렇게 싫은 게 많은 사람은 처음이야"라며 혀를 둘렀겠는가? 한번은 가족 여행을 가서 식구들이 저녁을 먹고 모두 노래방을 가는데, 나는 나 혼자 차에 남아 있는 고집을 부렸다. 단지 '노래방 가는 것이 싫다'라는 이유에서였다. 그게 뭐 그리 대수라고 나머지 식구들이 즐거운 시간을 갖는 동안 혼자 차에 앉아 있었는지 모르겠다.

싫은 것이 많은 나는 집에서 불편한 자식에 언니이자 누나였고, 주위 사람들에게는 까칠한 사람으로 비쳤다. 그러나 싫은 것이 분명한 나의 성격은 무언가를 선택하고 결정을 내리는 데에는 편리한 잣대가 됐다. 남들이 저 길도 좋아 보이고 이 길도 좋아 보여서 고민할 때, 나는 내가 제일 가기 싫은 길을 골라 그쪽으로 가는 문부터 닫아 버렸다. 나는 빛을 좇지 않았다. 어둠을 피하는 방법을 찾았다. 결정과 선택을 하는 데에는 그게 도움이 됐다.

살면서 부딪쳐야 하는 많은 결정과 선택의 순간들. 나는 그런 상황에서 현명한 판단을 내리기 위해 우리가 어떤 준비를 할 수 있는지 모르겠다. 다만 그런 상황이 왔을 때 후회 없는 결정을 내려야 하는데, 자신이 죽어도 하기 싫은 일을 제쳐 버리면 후회는 확률적으로 줄어들지 않을까?

백설 공주 동화에 나오는 왕비는 종일 거울을 들여다보면서 이렇게 묻는다. "거울아, 거울아, 세상에서 누가 제일 예쁘니?" 그러나 수만 갈래의 선택 앞에서 혼란스러워하는 사람들의 질문은 조금 달라야 할 것 같다. "거울아, 거울아, 내가 죽어도 하기 싫은 것은 뭐니?" 그러면 인생의 갈림길에서의 고민 상담은 그 필요가 조금 줄어들지 않을까 싶다.

'짠돌이' 국제기구

파리에서 근무하는 동안 나는 한국에서 오는 방문객들을 많이 만났다. 그중에서 유네스코나 파리에 출장을 왔다가 나를 보러 들른 지인들은 반갑기도 하고 바쁜 일정 중에 찾아 주는 것이 고마워 그들을 식사에 초대하곤 했다. 그럴 때 내가 겪는 한 가지 고충이 있었다. 내가 초대한 지인이 일행과 함께 가도 되겠냐고 묻는 것이었다.

높은 분들은 따라온 부하 직원을 떼어 놓고 오는 것을 맘에 걸려 했다. 이런 한국인의 정서를 모르는 바는 아니지만, 내게는 초대 손님의 숫자를 맘껏 늘릴 수 없는 사정이 있었다. 그 초대는 순전히 내 주머니에서 나가는 개인 돈으로 감당해야 하기 때문이었다.

나는 유네스코 근무 시절 일반 직원이 아닌 과장, 국장의 관리자 위치에 있었다. 그러나 한국과 달리 유네스코에는 이런 직위에 있는 사람이 쓸 수 있는 업무 추진비나 법인 카드 같은 것은 존재하지 않는다. 우리가 조직한 회의에 참석하는 사람들을 위한 다과나 공식 리셉션은 회의 예산에서 책정할 수 있지만, 그들과 개인적으로 만나는 장소에서 우리가 기관의 예산으로 그들에게 대접할 수 있는 것은 물 한 잔도 없다. 업무로 만나는 사람들에게도 이렇게 박한 상황에서 나 개인의 지인에 대해서는 더 말할 나위가 없다.

이 이야기를 한국에 있는 유네스코 국제이해교육원의 전 원장인 정우탁 박사에게 했더니, "아, 그때 최 국장님 방에서 우리 직원들과 만날 때 차도 주시고 다과도 주셨잖아요"라며 의아해했다. 하지만 그런 것은 모두 내가 사비로 감당한 것이었다.

물론 회의에 참석한 사람들과 따로 회식을 해야 할 때도 있다. 그런 경우 우리는 별도로 예산 요청을 해서 결재를 받아야 한다. 이때 회식에 참석하는 우리 직원의 수를 반드시 적어 내야 한다. 일정 비율이 넘으면 직원들은 자비로 참석해야 하기 때문이다. 그래서 그런 모임에는 담당 책임자만 가거나, 아니면 핵심 관련 직원 한두 명 정도만 동석하게 된다. 접대 행사를 통해 직원이나 방문자에게 인심을 베풀 구멍은 바늘 끝만큼도 없다.

이런 짠돌이 국제기구의 모습은 유네스코뿐만 아니라 다른 국제기구에서도 대부분 마찬가지다. 그와 관련해서는 앞서 언급한 정 박사가 산증인이다. 그는 얼마 전에 요즈음 소위 '잘나가는' 한 국제단체에서 온 손님들과 회식을 했다고 한다. 그런데 상당한 자금과 영향력을 가진 기관의 직원들이 식사를 마친 뒤 정 박사의 식사 비용을 각자가 십시일반으로 각출하더란다. 법인 카드 같은 걸로 식사비를 통으로 계산할 줄 알았던 정 박사는 잔돈을 세어 가며 자기 몫을 계산하는 그들의 모습을 보고 놀라지 않을 수 없었다는 것이다.

유네스코에서도 출장 가서 다른 사람에게 밥 인심을 쓸 여비는 나오지 않는다. 인심을 쓸 여유가 없는 것은 물론 직원 개인의 출장비 관리에도 짠 냄새가 풀풀 난다. 출장을 가서 회원국으로부터 식사 대접을 받으면 그 한 끼는 출장비에서 제외한다. 그래서 출장 기안을 올릴 때, 회원국에서 식사를 제공할 예정이면 그것을 미리 기관에 알려 처음부터 출장비를 줄여서 받아야 한다. 그렇지 않으면 기관에서 일정 금액의 출장비를 줬다가 나중에 정산을 하고는 준 돈을 다시 뺏어가는 일이 생긴다.

기본적으로 국제기구에서 일하는 동안에는 월급과 정해진 직원 혜택 외에는 다른 부수입원을 가질 수 없다. 출장을 나갔다가 출장 외로 강연을 하는 경우에도 우리는 강연비를 받을 수 없다. 업무의 일환으로 간주되기 때문이다.

부수입원도 없고 대접도 쉽게 베풀지도 받지도 못하는 것이 불편할 수 있겠다는 생각이 들 수 있으나, 그것이 일상이 되고 나면 그렇지 않은 것이 오히려 불편하다. 나도 한국에 오면 꼭 밥을 먹어야 비즈니스 이야기를 할 수 있는 것이 항상 힘들었다.

그래서 지인들은 국제기구의 이런 짠돌이 모습을 이해하고 나면 내가 사는 밥 한 끼를 더욱 고맙게 받아들였다. 그 맛에 나는 내 돈 들여서라도 그들을 파리의 맛있는 식당으로 초대했다. 물론 그 일행들은 좀 섭섭할 수도 있었겠지만, 쩝.

무소의 뿔

'무소의 뿔처럼 당당하게 나아가라.' 어느 베스트셀러의 제목이다. 그 책의 메시지는 열정을 갖고 필요한 일에 돌진하는 자가 남을 이끄는 리더도 되고, 남이 부러워하는 성공도 한다는 것이다.

나는 리더가 되려고 애쓴 적도 없고, 성공을 염두에 두고 직장 생활을 하지도 않았다. 딱히 일에 열정이 있었다고 하기도 어렵다. 일은 해야 하는 것이니 했고, 이왕 할 바에는 잘하는 것이 좋겠다는 상식적인 생각을 했을 뿐이다.

그러나 남들이 보기에 내가 무소의 뿔처럼 돌진하는 경우가 가끔 있었다. 남들은 말리거나 혹은 나서지 않는 일에 뛰어들어 '사건 사고'를 많이 일으켰다. 도중에 벽에 부딪혀 포기를 할망정 필요하다고 생각되면 일단은 무소처럼 돌진하는 기질이 있었다. 아프리카에서는 사무실 정화하다가 목숨을 잃을 뻔하기도 했다. 정치, 외교적 배경을 바탕으로 조정된 사업안에 나 나름의 기초 데이터를 갖다 대며 "다시 한번 살펴보시지요" 했다가 야단을 맞은 적도 있다. '싸움꾼' 소리를 들어가면서까지 문제 있는 직원에 관한 사안을 해결하기 위해 진흙탕을 정면으로 돌파했다.

물론 이런 행동을 나 혼자만의 충동적 판단으로 한 것은 아니라 상사와 논의하고, 관련 부서와 연계해서 처리하긴 했다. 하지만 내 수준에서 할 수 있는 작업에 대한 발상은 '나 홀로'의 결정인 경우가 많았다. 때로는 직속상관을 설득해서 일의 방향을 바꾸자고 건의하는 것도 주저하지 않았다.

지금도 내 생각은 다르지 않다. 필요한 일은 해야 한다고 생각한다. 그러나 그 과정에서 협상의 유연성을 보였어야 했다는 아쉬움은 있다. 사무소 '청소'가 필요하면 직원들의 심기를 건드리는 문제는 일단 덮고, 그들의 동의를 얻어가면서 점진적으로 필요한 작업을 할 수도 있었다. 문제가 있는 직원이 있으면 때로는 "떼끼, 이놈" 하는 수준에서 훈계를 끝낼 수도 있었다. 기존에 정치 외교적인 협상이 있었으면 내 수준에서는 그것을 지지하는 보고서를 내면 될 일이다. 그러나 나는 그렇게 못했고, 무소의 뿔처럼 돌진하는 쪽을 택했다. 나의 성격 탓이 크다. 나는 틀렸다고 생각하는 것에 발끈하는 경향이 있었다. 길에서 빨간 신호등에 길 건너는 사람들이나 금연 지역에서 담배 피우는 사람들을 보면 나는 꼭

한 마디 던지고 지나간다. 가족들은 나보고 거리에서 싸울 일 만들지 말라고 부탁하곤 했다.

하지만 돌아보면 후회보다는 할 일을 했다는 생각이 더 강하다. 문제가 있는 직원을 해고하고 싶어도 근거가 없어서 조직이 끙끙거리고 있을 때 내가 작성해 둔 직원 기록은 결정적인 역할을 했다. 그렇게 내보낸 직원과 같이 일했던 동료들은 지금도 그때의 악몽을 떠올리며 내가 칼자루 쥐고 나서서 뭇매를 맞으며 문제를 해결해 준 것에 대해 감사해한다. 또한 직장에서 나의 생사를 좌지우지할 수 있는 사람들의 지시를 무조건 따르는 것만이 아랫사람의 도리는 아니라고 생각한다. 조직의 일원은 지위를 막론하고 조직에 도움이 되는 일을 소신껏 밀어 보는 배짱도 필요하다. 물론 그러다가 자신이 원하는 결과를 얻지 못하면 그것을 받아들이는 지혜도 요구된다.

흥미로운 사실은 이러한 직원의 노력을 알아주는 조직의 관리자들도 있다는 것이다. 내가 아프리카에서 고생하고 있는 걸 보고 파리에 있던 상사는 내가 최소한의 근무 기간만을 마치고 파리로 다시 돌아올 수 있게 배려했다. 자신이 은퇴하는 와중에도 나의 복귀에 필요한 준비를 미리 챙겨 두고 떠났다. 다른 상사들도 문제 해결이 필요한 사무소가 있으면 나를 보내려고 했다. 나를 개인의 고충을 무릅쓰면서까지 조직에 도움이 되는 일을 하는 사람이라고 생각했기 때문이다.

돌진하는 무소의 뿔. 시간이 흐른 후에라도 누군가가 그 충격을 고마워한다면, 그러면 된 거 아닐까? 인생은 끝까지 가봐야 아는 법이다.

나의 글로벌 직장 일기

초판 1쇄 인쇄 2024년 4월 15일
조판 1쇄 발행 2024년 4월 22일

지은이 최수향
발행 최재훈
책임편집 허웅
디자인 네오이크

펴낸곳 도서출판 경계
등록 2011년 1월 19일, 제2012-000279호
주소 서울시 마포구 동교로 129, 301-B
전화 02-3144-1313
팩스 02-3144-0852
이메일 gyeonggyebooks@gmail.com
인쇄 지경사문화
용지 미색모조 80g, 랑데뷰 240g

ISBN 979-11-972002-2-9 (03810)